KB231788

국어 문법의 탐구 2

국어 높임법 표현의 발달

홍종선 · 곽숙영 · 권용문 · 문혜심 · 이은희 · 하영우

박문사

머리말

국어 문법의 탐구 2

　'국어 문법의 탐구'라는 이름으로 나오는 이 세 권의 책은 고려대학교 대학원의 '국어문법론연구' 시간에 같이 공부한 연구자들의 탐구 결과이다. 이 연구 논문들에서는 해당 분야에 대한 기존 연구들을 폭넓게 섭렵하면서 이들에 나타난 성과와 문제들을 연구자의 시각으로 점검하였다. 무릇 학문이 발달하기 위해서는 이전 연구에 대한 철저한 점검과 가치 평가가 요구되는데, 이 힘든 작업을 충실하게 해 낸 것이다. 여기에 연구자들이 갖는 새로운 시각을 내보여, 각 주제에 대해 한 걸음 나아간 성과를 이루었다고 할 것이다.

　국어 문법론 가운데에서도 중심적인 연구 주제들을 집중적으로 고찰한 이 논문들은 모두 깊은 성찰을 거쳐 이루어 낸 연구 결과들이다. 제1권은 국어의 시제와 동작상, 그리고 서법에 관한 연구들로, 그 체계뿐 아니라 해당 범주와 관련된 문법 형태나 표현 등을 치밀하게 분석하여 타당성 높은 해석을 해 놓았다. 제2권은 국어의 높임법에 관한 고찰로, 언어 현실성에 유의한 연구들이다. 특히 상대 높임법의 실현 실태에 관심을 가지고, 그 체계와 표현 양상, 그리고 교육 문제까지 실제 발화 자료에 근거하여 고찰한 성실한 논문들이다. 제3권은 접속과 내포를 통해 이루어지는 국어 문장의 확대에 관한 연구들이다. 국어 문장 확대 표현의 역사성에 주목하면서, 그 역사

적 현재인 현대 국어 확대문에 이르기까지의 국어 자료를 정밀하게 분석하였다. 격과 조사 문제도 함께 논의한 주제이었으나 여러 편을 싣지 못한 것이 아쉽다.

이 논문들에서는, 오랜 연륜을 쌓아 온 기성 학자들의 논문에서 드러나는 성숙하고 완미한 안정감이 더 요구될 수도 있겠으나, 자신의 학문을 개척해 가는 패기에 찬 연구 열의와 성실성을 확인할 수 있다. 이런 점에서 학문을 열어 나가는 강호 동학분들께 이 글을 내놓는다. 이 논문들을 쓴 소장 학자들이 앞으로 국어 문법론 연구를 이끌어갈 것임을 생각할 때, 이들에게 거는 기대는 매우 큰 것이다. 많은 지적과 가르침을 기다린다.

국어학을 공부해 나가는 길목의 한 켠에서 등불을 켜들고 서 있는 도서출판 박문사를 만나 무척 고맙고 마음 든든하다. 저자들이 앞으로 큰 학문을 이루는 것이 오늘의 고마움에 대한 답례라고 생각한다.

2009년 8월 1일
지은이

국어 문법의 탐구 2

국어 문법의 탐구 2

국어 높임법 표현의 발달

홍종선 · 곽숙영 · 권용문 · 문혜심 · 이은희 · 하영우

국어 문법의 탐구 2

01 현대 국어의 상대 높임 체계

:: 홍 종 선

1. 머리말

우리가 대화를 할 때에 상대방과의 관계에 따라서 또는 대화 분위기나 화자의 의도에 따라서 말투는 여러 면에서 달라질 수 있으며, 대화를 진행하면서 변화가 생기기도 한다. 국어에서 그것은 어휘 선택 등으로도 이루어지지만 서술어의 어미 활용으로 매우 민감하게 나타나고 있다.

특히 화자와 청자와의 관계 등으로 비롯되는 발화의 높임 체계는 한국어의 특징으로, 오랜 역사를 가지고 있는 문법론적 범주 체계이다. 이른바 '높임법'이나 '대우법' 등으로 불리는 이 현상은 사회적인 요인이 언어에 투영되어 나타나는 대표적인 문법 범주이며, 이러한 특성으로 인해 언어 내적인 요인 외에도 사회 변화에 따라 역사적으로 변천이 끊임없이 일어나고 있다. 높임법 가운데 주체 높임은 비교적 표현 형태에 변화가 적으며, 객체 높임은 이미 대부분 무너진 상태이고, 상대 높임은 현대 국어에 들어와서도 그 변화의 진행이 뚜렷하게 나타나고 있다. 이런 점에서 상대 높임은 지금 이 순간

에도 변화와 다양성이 통시적으로 그리고 공시적으로 존재한다고
말할 수 있다.

여기에서는 현대 국어 사용에서 나타나는 상대 높임의 화계를 살
피기로 한다. 화계에 관해선 이미 국어학계에서 여러 고찰과 연구가
있어 왔지만, 기존의 연구에서는 오늘날 발화 현장에서 실제로 나타
나는 일반적인 화계의 모습과 어느 정도 거리감이 있었다고 생각된
다. 그리하여 규범화된 높임법 형식이나 정형화해 놓은 높임법의 체
계를 다시금 검토하며 발화 장면에 충실한 화계 체계를 세우는 것이
다. 상대 높임법은 현재에도 비교적 크게 변화가 진행되고 있는 문법
범주이므로, 일정한 지역과 연령 등의 범위를 정하여 고찰하는 것이
좀더 정확한 접근이 될 수 있을 것이다. 여기에서는 오늘날 서울을
중심으로 하는 중부 방언권의 대다수 화자들을 그 대상으로 한다.

2. 상대 높임법의 화계 설정

현대 국어의 상대 높임법에 관한 고찰은 일찍이 주시경(1910)에서
부터도 비교적 자세히 언급되어 있다. 이 책에서는 '높음, 같음, 낮
음'으로 나누었다. 최현배(1937)에선 '아주 높임(합쇼), 예사 높임(하
오), 예사 낮춤(하게), 아주 낮춤(해라)'으로 나누고, '반말'은 '해라'
와 '하게'의 중간으로 보았다. 이희승(1968)은 여기에 '더 아주 높임
(하소서)'을 더하여 5등분을 하고, 반말을 예사 높임에서 아주 낮춤
에 이르는 것으로 보았다. 김민수(1973)에서는 '극칭, 상칭, 중칭, 평
칭, 반칭, 하칭'의 9등급을 설정하였는데, 여기서 '반칭'은 흔히 말하

는 '반말'이다. 이익섭(1974)도 '합쇼체, 해요체, 하오체, 하게체, 반말체, 해라체'를 세웠다. 이들은 모두 반말체를 포함하여 1원적 등급 체계를 말한 것이다.

한편 고영근(1974)에선 '합쇼체·하소서체, 하오체, 하게체, 해라체'라는 네 등급에, '요' 통합형과 '요' 통합 가능형이라는 반말을 따로 두는 2원적 체계를 세웠다. 서정수(1984)에서는 격식체로 '아주높임(합쇼체), 예사높임(하오체), 예사낮춤(하게체), 아주낮춤(해라체)'을, 비격식체로 '두루높임(해요체), 두루낮춤(해체, 반말)'을 두어 2원적인 체계를 보였다. 이는 성기철(1985)에서 지지되었고 현재 고등학교의 「문법」 교과서에도 그대로 반영되어, 학교 문법에서는 4등급 화계의 격식체와 2등급 화계의 비격식체를 채택하고 있는 셈이다.

그런데, 상대 높임법은 현재 변화가 활발하게 진행되고 있으므로, 통시적인 차이는 물론 지역이나 연령층에 따라 또는 구어와 문어 등에 따라 공시적으로도 차이를 많이 드러내고 있다. 그러므로 이를 논의할 때는 어느 특정한 지역과 연령층 등을 명시하여야 한다. 가령 중부 지방과 전남 지역에서는 하게체가 쓰이는 양상이 매우 다르며, 같은 서울 지역 내에서도 70-80대 노년층과 20-30대 젊은 층의 하오체 사용 실태가 다른 것이다. 같은 현대 국어라고 하여도 근대 전환기(개화기)나 일제 강점기, 광복 직후, 그리고 오늘날엔 상대 높임 표현에서 여러 가지가 다를 것이다.[1] 물론 이들 각 지역이나 연령 계층 안에서도 집단이나 개인별로 약간의 차이가 없지 않으나, 대부분의 문법 범주들이 각 개인의 표현에서 다소간 차이를 보일 수

---

1) 성기철(1999:19)에서는, 19세기의 청자 대우법 체계에 상위 양반 계층과 하위 서민 계층에서 쓰는 화계 형태에 적지 않은 차이가 발견되며 이러한 면모는 20세기에 들어와서도 얼마간 그대로 유지된다고 하였다.

있으므로, 그 집단의 일반적인 모습을 전제하고 논의하게 된다.

여기에서는 오늘날2) 중부 방언권 특히 서울 지역에 거주하는 20
대에서 60대에 이르는 한국어 모어 화자들을 대상으로 우리말의 상
대 높임법 사용 양상을, 구어를 위주로 살핀다. 이들은 거의가 실제
로 우리말의 표준어 사용 화자들이라고 말할 수 있는데, '서울'은 경
기도 등 중부 지역으로 넓혀도 그리 문제가 되지 않을 것이다. 연령
대를 위와 같이 설정한 것은, 10대 전반까지는 높임법 표현에서 아
직 유아어 단계를 충분히 벗어나지 못하였다고 본 때문으로, 10대
후반부터는 이 논의의 대상에 들어갈 수 있을 것이다. 이에 반해 60
대 말의 언중에는 그보다 상위 연령층의 언어를 구사하는 화자들이
어느 정도 분포되어 있기는 하겠지만, 이러한 정도의 전이(뒤섞임)
현상은 크게 고려하지 않아도 되리라 본다. 10대 후반부터 60대 후
반까지의 언중이라면 그 사회에서 활발하게 활동하는 구성원의 대
다수일 것이므로, 이들이 현재 사용하는 언어 모습은 '오늘날의 높
임법'이라고 이름하기에 큰 무리가 없을 것이다.3) 직업이나 학력 그
리고 남녀 등 집단의 성격에 따라서도 차이가 아주 없지는 않지만
이 역시 상대 높임법 표현과 관련해서는 무시하여도 좋을 것이다.
이상에서 설정한 언어는 오늘날 방송이나 신문 등 대중 매체에서 일
반적으로 발화되는 국어의 모습이기도 하다.

---

2) '오늘날'은 거의 2000년대를 말하기로 한다. 필자의 경험에 의하면 1980년대에
  중년 계층이 사용하던 상대 높임 표현 정도는 오늘날 거의 그대로 쓰이는 듯
  하다. 그러므로 그 당시의 중년층이면 오늘날 60대의 연령층을 형성한다고 보
  아, 연령의 상한을 60대로 하였다.
3) 엄경옥(2003)에선 '유소년기, 청년기, 장년기, 중년기, 노년기'로 나누어 상대
  높임법이 나타나는 실태를 보였는데, 이에 의하면 연령층에 따라 적지 않은
  차이가 나는 것을 알 수 있다.

　위와 같이 본고에서 고찰하려는 지역 및 계층의 언중은 일반적으로 상정되는 '국어' 사용자의 대표적인 집단인데, 이들은 고찰하는 대상 언중에 대하여 별다른 언급 없이 논의하는 대부분의 '현대 국어'의 연구에서도 암묵적으로 전제되는 화자들일 것이겠지만, 상대 높임법이 통시적인 변화가 비교적 크게 진행되고 있다는 특성을 가지므로 여기에서는 구태여 이를 밝히는 것이다. 본고에서도 이들이 사용하는 국어에 대해 이후부터는 그냥 '현대 국어'나 '우리말'로 쓴다.

　앞에서 보았듯이 우리말의 높임법에 대한 연구에서는 현대 국어의 상대 높임법이 대체로 격식체 4등급과 비격식체 2등급의 화계로 정리되고 있다. 상태 높임 표현을 격식체와 비격식체로 나누는 견해들이 많다. 그러나 이러한 체계는 오늘날 일반적인 언어 현실과 거리가 있어 보인다. 학교 문법 등에서 격식체로 설정한 4개의 화계 즉 '하십시오, 하오, 하게, 해라'와 비격식체로 본 '해, 해요'체는 실제로 오늘날 발화되고 있는 표현들이다. 문제는 이들이 얼마나 일반적인가에 있다. 이제 하나씩 검토해 보기로 한다.

　격식체에서 가장 높은 등급인 '합쇼/하십시오'는 어느 정도 거리감이 있거나 형식성이 요구되는 관계에서, 또는 매우 높임을 나타내어야 하는 대상에 대하여 사용하는 표현 형태이다. 다른 화계의 표현에 비해 비교적 사용 대상이 적은 편이지만, 경우에 따라서는 다른 화계와의 뒤섞임 없이 이 하십시오체만을 써야 하는 장면이 있기도 하다. 나이 차이가 많이 나거나 직장 등에서 아주 높은 위치의 상급자에게 사용하며, 여자보다는 남자들이 더 많이 쓰고, 젊은 계층보다는 연만한 사람들이 더 일상적으로 사용하는 경향이 있다.

　'하오체'는 이제는 일상 생활에서 거의 사용하지 아니한다. 그것은 명령문 외에 평서문에서도 그러하다. 아래의 예문을 보자.

(1) ㄱ. 이 일은 당신이 하오.
    ㄴ. 이것은 나의 책이오.
    ㄷ. 나도 내일 산에 가겠소.

(1ㄱ)은 명령문이고 (1ㄴ)과 (1ㄷ)은 평서문인데, 이들은 근대 전환기(개화기) 시기에 나온 책에서나 읽을 수 있을 정도의 옛글이라는 느낌을 준다. 물론 오늘날에도 문어에서는 (1ㄴ)이나 (1ㄷ)과 같은 문장이 가끔 보이지만 적어도 일상적인 구어에서는 쓰이지 않으므로 화계 체계에서는 제외하여도 좋을 것이다. 화계 체계는 해당 언중들에게 널리 쓰여서 하나의 전형성을 보이는 언어 표현 유형들을 1차로 정리해야 할 것이다.[4]

'하게체'는 하오체보다도 사용이 더 희소하여, 이는 오늘날 한국어 모어 화자에게도 표현 언어라기보다 이해 언어 수준에 가깝다. 흔히 하게체의 평서형으로 꼽는 '하네'형도 특별한 의도를 표현하는 경우가 아니면 일상 생활에서 별로 많이 쓰이지 않는 종결형이다. 외국인을 위한 한국어 교재에서도 하게체와 하오체는 대개 상급에서 소개하고 있지만 일부 교재에서는 그 이전에 표현 언어로도 언급하기도 하였는데, 이는 현실어에 대한 사려 깊은 성찰이 부족한 결과라고 할 것이다.

'해라체'는 일상어에서 많이 사용한다. 친한 사이의 동년배나 아

---

4) 이전의 연구들에서도 대체로 일상적이지 않은 종결형은 상대 높임법의 체계 속에 넣지 않았다. 예를 들어 '하소서, 하옵소서'나 '하라' 등은 오늘날에도 특수한 환경에서는 사용되고 있으나 높임법 화계로 설정하지 않았다.

랫사람에게 쓰는 이 해라체는 격식을 전혀 갖추지 않은 표현으로, 공식적인 자리에서는 사용하지 않는다. 문어보다는 구어에서 훨씬 더 많이 사용되는 이 표현은, 이전 연구에서 격식체에 속하였으나 격식성이 전혀 없으므로 격식체 체계 속에는 넣을 수가 없을 것이다.

　흔히 비격식체로 분류되는 '해체'와 '해요체'는 가장 널리 쓰이는 높임법 표현이다. 이 형태 역시 격식적인 자리보다는 비격식적인 경우에 많이 쓰이지만, '해요체'는 어느 정도의 격식적인 자리에서 쓰이기도 한다.

　　(2) ㄱ. 이 일은 내가/제가 하지요.
　　　　 ㄴ. 이 일은 여러분들이 해요.

　위의 예문 (2)는 모두 해요체인데, 매우 격식적인 경우가 아니라면 공식적인 대화나 강연 등에서 얼마든지 나올 수 있는 표현이다. 이들 표현 대신 '합니다'와 하십시오'를 쓴다면 더욱 높은 대우를 보이거나 정형적인 격식을 나타내겠지만, 상대방과의 격의를 다소 줄이고자 할 때는 격식적인 자리에서도 해요체를 의도적으로 많이 사용하고 있다.

3. 오늘의 상대 높임법 화계

　국어 높임법 표현은 중세 국어 이후 계속하여 대체로 약화되거나 단순화하는 경향성을 보여 왔다. 상대 높임법 체계도 그러한데, 현대 국어에 들어서도 근대 전환기 때보다 일제 강점기를 지나 광복 이후 오늘에 이르기까지 높임법의 화계가 덜 나뉘어지는 방향으로 진행되며, 압존법의 실현도 크게 약화되고 있다. 19세기 말 갑오경장(1894년) 이후 시작된 현대 국어도 이미 100여 년을 넘어 오늘날 21세기에 들어오면서, 상대 높임법 체계의 단순화는 더욱 심하며 상대 높임 체계에서 이웃 화계를 넘나드는 전이(switching: 뒤섞임) 현상도 더욱 많이 나타나고 있다.

이제 2000년대를 맞은 오늘날의 상대 높임법 표현 체계를 살피기로 한다. 오늘날은 변화가 빠르고 심해서 같은 시기라고 하더라도 지역과 계층에 따라 언어 사용 모습이 다른데, 상대 높임 표현은 그 대표적인 예라고 할 수 있다. 여기에서도 앞 장에서 살펴본 대로, 10대~60대 연령층의 중부 방언 한국어 화자들― 이들은 실제로 거의 한국어 표준어 화자들이다.―이 일상적으로 사용하는 한국어 표현에서 나타나는 상대 높임 표현의 체계를 살피기로 한다.

학교 문법 등에서는 현대 국어의 상대 높임법 가운데 최고의 화계에 '하십시오체'를 꼽고 있다. 하십시오체는 오늘날 매우 높음을 나타내는 대표적인 표현 화계라고 할 수 있다. 이보다 더 높은 대우를 표현하고자 하면 '하소서, 하옵소서, 하시옵소서' 등의 형태를 사용할 수 있으나,5) 이는 기원문이나 종교적인 발화 등과 같은 특수한

---

5) 용언의 활용 어미에 나타나는 '-시-'나 '-옵-'은 원래 각각 주체 높임과 화자 낮춤을 나타내는 형태소이다. 물론 이들 형태소가 갖는 본래적인 문법적인 기능은 그러하나, 이들이 명령문 문장에서 사용될 때는 그러한 대우 표현이 모두 상대 높임에 기여하게 된다.

　　i)ㄱ. 오른쪽으로 가시오.
　　 　ㄴ. *오른쪽으로 가시오.
　　ii)ㄱ. 오른쪽으로 가십시오.

환경에서 한정적으로 쓰이는 표현 방식이므로 일상적인 높임법 체
계에서는 제외한다.

'하십시오'보다 조금 낮지만 높임의 자질이 주어지는 표현에는
'하셔요/하세요'를 들 수 있다.⁶⁾ 남부 지방에서는 '하셔요'를 많이
쓰고 중부 지방에서는 '하세요'형을 주로 사용하므로 이 표현은 '하
세요체'라 일컫기로 한다. 하세요체는 일상 생활에서 가장 많이 쓰
는 표현이지만, 이 화계에 해당하는 평서형이 따로 없어서 실제 화
행 장면에서는 대개 하십시오체와 해요체로 평서문이 상응하고 있
다. 하세요체에서 높임의 첨사 '-요'를 제외한 '하셔'형도 간혹 사용
되기는 하지만, 그 쓰임의 빈도가 너무 낮으므로 일상적인 화계 체
계에서는 제외한다.

하세요체보다 조금 낮은 화계에는 오늘날 매우 널리 쓰이는 '해요
체'가 있다. 학교 문법 등에서 설정한 '하오체'와 '하게체'가 비현실
적임은 앞 장에서 논의하였으므로 여기에서는 더 이상 언급하지 아
니한다. 해요체는 많은 연구에서 비격식체(반말)라고 하여 '하십시
오-하오-하게-하라'로 이어지는 격식체와 체계를 달리하였지만, 앞

      ㄴ. 오른쪽으로 가십니다.
   iii)ㄱ. 오른쪽으로 가시옵소서.
      ㄴ. 오른쪽으로 가시옵니다.

  위의 예문에서 (ㄱ)은 명령문이고 (ㄴ)은 평서문이라고 할 때, (iㄴ)은 비문이
된다. (i)에 비해 상대 높임이 더한 (ii) (iii)의 문장은 모두 (i)에 '-시-'와 '-옵-'
을 더하고 있다. 명령문에서, 주체 높임은 곧 청자인 상대에 높임이 되므로 주
체 높임을 말하는 '-시-'는 상대 높임의 등급을 올린다. 화자를 낮추는 '-옵-'
역시 상대적으로 청자를 높이게 되므로 상대 높임의 등급을 올리는 효과를 갖
는다. 그러므로 이들 '-시-'와 '-옵-'이 주체 높임법이나 화자 겸양법에서 논의
된다고 하더라도, 상대 높임법에서 화계를 설정할 때에는 이들도 높임 표현에
참여하는 요소로 고려해야 한다.
6) '하세요체'를 설정한 연구로는 박영순(1976)과 이주행(1996)이 있다.

서 살펴었듯이 해요체와 해체는 해라체보다 오히려 격식성이 더 있다. 격식적인 자리에서 높임의 요소가 없는 '하라'를 쓰는 일은 거의 없다. 격식체와 비격식체, 반말에 대한 논의는 다음 장에서 자세히 하기로 한다.

해요체에서 '-요'를 제외한 '해체'도 매우 널리 사용되는 표현이다. 성기철(1999)에서는, 19세기 말이나 20세기 초 즉 개화기에서 21세기 초 오늘날에 이르면서 상대 높임법에 나타난 가장 큰 변화로서 '해요, 해'로 대표되는 반말체의 확대를 꼽았다. 고영근·구본관(2008: 456)에 의하면, 21세기 초에 청장년층들의 문말 종결형으로 격식체(4원적 체계)와 비격식체(2원적 체계)의 실현 비율이 각각 14.55%와 63.78%라 하였다. 이처럼 '해'와 '해요'는 종결형의 절대 다수를 차지한다. 해체는 물론 격식적인 표현 어미가 아니고 높임의 자질을 주기 어렵지만 아랫사람한테만 사용하지는 않는다. 서로 간에 커다란 거리감이 없는 관계의 동년배나 아랫사람에게 주로 사용하며, 때로는 조금 윗사람이지만 친근한 관계라면 쓰일 수 있다.

해요체를 사용하는 관계보다 더 격의가 없는 동년배 이하의 사람에게 사용하는 상대 높임법 표현으로 '해라체'가 있다. 해라체로 말하는 상대방에게는 해체도 섞어서 쓰는 일이 많은데, 아주 가까운 관계가 아니라면 해라체를 쓰기는 어렵다. 이런 점에서 해라체는 해체보다 더 격식이 없고 높임 대우가 전혀 없는, 가장 낮은 화계의 표현이라고 할 것이다.

여기에 더한다면, 거의 문어에서만 쓰이는 '하시오체'를 생각할 수 있다. 이는 하십시오체와 계열을 같이하되 '-십-'을 제외함으로써 화계를 낮춘 것인데, 언어 현실에서는 하세요체보다 다소 낮고 해요체보다는 높은 화계이다. 하시오체는 시험 문제나 표지판, 안내문 등에서 자주 볼 수 있지만, 매우 격식적인 자리에서― 예를 들어 군대에서 상급 장교가 하급 장교에게 격식을 차리면서 명령할 때― 간혹 사용되는 외에 구어로 쓰이는 일은 거의 없다. 그러므로 일상생활에서 널리 사용되는 형태를 위주로 하는 본 논의에서는 하시오체를 하나의 화계로 설정하지 아니한다. '하라체' 역시 시험 문제나 표지판, 구호, 선언문 등에선 비교적 자주 쓰이지만 일상적인 구어에서는 사용하지 아니 하므로 높임법의 체계에는 넣지 않는다.

이상에서 살핀 바에 의하면, 오늘날 서울 지방에서 쓰는 우리말에 일상적으로 두루 나타나는 상대 높임법의 화계는 높임의 정도에 따라 '하십시오-하세요-해요-해-해라'의 명령형 어미 체계를 설정할 수 있다. 현행 학교 문법에서 세운 격식체의 '하십시오-하오-하게-해라'와 비격식체의 '해요-해'에서, 격식체와 비격식체의 구분을 없애고, 오늘날 일상적인 구어에서 거의 쓰이지 않는 '하오, 하게'를 없앤 대신 일상어에서 분포와 빈도를 두루 갖춘 '하세요'를 넣은 것이다. 이들은 각각 '아주 높임(하십시오)-중간 높임(하세요)-예사 높임(해요)-보통(해)-안 높임(해라)'의 체계라고 할 것이다.

여기에서는 '낮춤'이라는 명칭은 사용하지 않는다. '해라'가 아랫사람에게 낮추어 말할 때에 쓰이기도 하지만 가까운 사이에서 주로 쓰이는데, 그럴 경우 낮춘다기보다 높임을 주지 않은 것으로 보아야 할 것이다. 윗사람이 아랫사람에게 '하세요'나 '해요'를 써서 높임을 나타내기도 한다는 점을 생각할 때, 이보다 낮은 등급의 대우 표현이라면 '낮춤'이 아니라 '안높임'이라고 보는 게 좋을 것이다.[7]

---

7) 권재일(1992), 김영희(1996), 엄경옥(2003), 김정숙 외(2005)에서도 '높임'과 '안

4. 높임법 화계의 체계와 명칭에 대한 검토

앞서 언급하였듯이 현재 학교 문법이나 연구 논의에서 세운 상대
높임법의 체계는 오늘날의 언어 현실에 잘 맞지 않은 점이 많다. 그
까닭은 여러 가지가 있겠지만 가장 큰 요인으로, 오늘날 국어의 변
화가 다양하고 빠르다는 점을 꼽을 수 있다. 지역에 따라, 연령층에
따라, 집단에 따라 표현 방식과 체계가 다르며, 심지어 개인의 습관
이나 선호성 또는 가치관 등에 의해 표현 양상을 달리하기도 하는
것이다. 그러므로 각 연구에서 체계를 세운 지 20~30년 이상이 지난
현재 높임 표현의 체계에 변화가 생겨, 연구 논의에서의 체계와 현
실어에 차이가 난 것이다. 예를 들어 하오체나 하게체는, 1970년대
만 하더라도 중년층에서 사용하는 사람들이 간혹 있었고, 그 이상의
연령층에서는 상당한 분포를 가졌었다. 그러나 2000년대에는 이러
한 종결형이 이해 언어로는 얼마든지 존재하지만 표현 언어로서는
노년층에서도 일부를 제외하곤 거의 사라진 상태이다. 살아있는 언
어는 표현과 이해를 모두 충족시켜야 하므로 오늘날 더 이상 표현
기능을 거의 수행하지 않는 형태는 제외해야 한다.

한편 이전의 연구에서는 구어 외에 문어에의 비중을 크게 둔 듯
하다. 1980년대에도 중부 지방의 구어에서는 하게체나 하오체가 그
리 널리 쓰이지 않았으나 문어에서는 그나마 조금은 더 많이 나타났
다. 이 시기의 연구에서 하나같이 모두 하게체와 하오체를 체계 속
에 넣은 것은 문어의 비중을 그만큼 중요시한 결과라고 하겠다. 그
렇다 하더라도 이제는 더 이상 이들 종결형을 기본 체계 안에 들여

높임'으로 나누었다.

오기 어렵다고 본다. 이에 반해 하세요체는 1970년대에도 구어에서
충분히 널리 사용되었지만 이전 연구에서는 화계의 기본 체계에서
빠져 있다. 박영순(1976)에선 1970년대 당시에 조사를 통해, 하세요
체가 서울 중류 계층에서 가장 많이 쓰이는 형태임을 밝히었다. 그
럼에도 불구하고 아직도 대부분의 논의에서 하세요체를 인정하지
않는 것은, 하세요체가 구어에서와 달리 문어에서는 잘 쓰이지 않는
때문으로 보인다. 앞으로 상대 높임법의 논의에서는 문어보다 구어
에 훨씬 큰 비중을 두어야 할 것이다.

이제까지의 국어 상대 높임법 연구에서 나타난 큰 특징 가운데
하나로, 많은 연구에서 격식체와 비격식체라는 2원 체계를 보인 것
을 들 수 있다. 이러한 2원 체계는 현재 학교 문법에서도 자리를 잡
고 있다.8) 그러나 비격식체의 개념이나 성격 규정이 그리 뚜렷한 것
이 아니다. 국어 높임법에서 '높임'의 요인이나 성격으로는 '상하 위
계'와 더불어 '격식성'도 매우 많음은 주지의 사실이다. 즉 상대 높
임에서 화계가 높아질수록 격식성도 커진다고 말할 수 있다. 더구나
국어의 종결 표현에 나타난 격식성은 유무로 나뉘어지기보다 정도
성으로 분간해야 할 것이다. 매우 높임의 대우를 표시하는 높임 표
현에서는 그만큼 격식성도 있게 마련이다. 연령이나 직위, 힘 등에
서 비슷한 정도의 상대방에 매우 높임의 종결형을 사용하였다면 그
만큼 화자와 청자 간에 거리가 있어서 매우 격식적인 표현을 한 것
이다.

---

8) 격식체와 비격식체의 구분은 외국인을 위한 한국어 교육 교재에도 대부분 그
대로 적용되고 있다. 연세대학교의 교재 「한국어」에서도 Formal(-ㅂ니다, -네, -
ㄴ다)과 Imformal(-어요, -어)로 나누어 놓았고, 외국인을 위한 한국어 문법서인
김정숙 외(2005)에서도 격식체와 비격식체로 분류하였다.

흔히 '해요체'와 '해체'가 격식성이 없다고 분류해 놓았지만, 언어
현장에서 이들 형태는 '해라체'보다 훨씬 더 격식을 갖춘 표현으로
인식된다. 최석재(2008)에서도 해체와 해요체가 격식적인 상황에서
도 자주 사용되며, 격식체로 설정한 화계가 비격식적인 자리에서도
사용됨을 말하였다. 아랫사람이라고 하더라도 어느 정도 거리감이
있어서 격식을 다소 차릴 필요가 있을 때에는, 해라체를 쓰지 못 하
고 해체나 해요체를 사용하게 된다. '해라'보다 '해'는 의도적인 배
려감을 느끼게 되는데, 이러한 배려 자체가 격식적인 속성을 갖는
것이다.

격식체와 비격식체에 대한 남기심·고영근(1993:334)의 설명을 아
래에 인용한다.

> (3) 격식체의 용법을 의례적 용법, 비격식체의 용법을 정감적 용법이
> 라 할 수 있다. 의례적 용법이란 것은 나이나 직업, 직위 · · · 등
> 의 주어진 사회적 규범에 의해 어느 특정한 등급의 의미를 쓰게 되
> 어 말하는 이의 개인적인 선택의 여지가 없을 때의 용법을 이른다.
> 그것은 사회적으로 주어진 선택으로서 아무도 거부할 수가 없다. 정
> 감적 용법이란 것은 상대방에 대해 개인적인 감정이나 느낌, 개인적
> 인 태도를 보이기 위해 스스로 어느 문체를 선택하여 사용하는 경우
> 를 이른다. (중략) 일반적으로 격식체는 표현이 직접적이고 단정적
> 이며 객관적인 데에 반해, 비격식체는 부드럽고 비단정적이며 주관
> 적이다. (중략) 비격식체는 더 많은 어미가 포함되어 있으며, 의혹,
> 추측, 감탄 · · · 등의 여러 가지 느낌을 표현할 수 있다.

(3)에서 격식체는 '사회적으로 주어진 선택으로서 아무도 거부할
수 없'이 상대방에 대한 등급이 사회적 규범에 의해 정해지고, 비격
식체는 '스스로 어느 문체를 선택하여 사용하는 경우'라고 하였다.

이것은 높임법과 문체법을 혼동하는 설명이다. 높임법도 넓은 의미의 문체법 아래에 놓일 수 있지만, 높임법은 문체를 선택한다기보다 상대방과의 관계를 고려하여 매우 한정된 범위 안에서 대우 등급을 정하는 것이다. 상대 높임은 상대방에 대해 화자가 얼마나 높임의 대우를 하느냐의 문제이며, 여기에서도 어느 정도의 사회적 규범과 개인적인 선택이 있다. 그것은 화자와 청자와의 관계에 대한 화자의 높임이나 친밀감(/격식성) 등의 인식과 발화 책략에 의해 결정되는 것이다. 따라서 때로는 비의도적으로 때로는 의도적으로 화계의 전이도 있게 된다.

이러한 조건은, 이전의 연구에서 이른바 격식체로 분류되었던 4가지 화계의 종결형이나 비격식체로 분류된 2가지 종결형에서 똑같이 적용된다. 가령 나이나 직책으로 윗사람이 아랫사람에게 하세요체, 해요체, 해체, 해라체 등 어느 것이든 필요에 따라서 쓸 수 있고, 같은 화자와 청자 사이에서도 다른 상황에서는 선택 화계가 또 달라질 수도 있다. 아랫사람은 윗사람에 대해 하십시오체, 하세요체, 해요체 등을 적절히 선택해 쓰며, 역시 같은 화·청자 사이에서도 다음 번에는 달리 선택할 수도 있다. 또한 두 경우 모두 화행 중간에 화계의 전이도 가능하다. 이전의 연구들에서 설정한 격식체와 비격식체 그 어느 것이든, 어느 정도의 사회적 규범에 따른 선택상 제약과 자신의 언어 전략에 따른 선택의 자율성이 다 적용되며, 그것의 운용에서 각 종결형마다 약간의 차이가 있는 정도이다.

(3)에서 말한 '직접적, 단정적, 객관적, 부드러움, 비단정적, 주관적' 등의 차이나 '의혹, 추측, 감탄' 등 여러 가지 느낌을 표현한다는 문제는 높임법이 아니라 문체상 나타나는 현상이다. 남기심·고영

근(1993: 335)에서는, 유치원에서 보모가 원아들에게 해요체를 쓰는 것은 '격식체체가 갖는 심리적 거리감을 버리고 다정함을 나타내기 위한 것'이라고 하였다. 그러나 해요체가 다정함을 나타내는 비격식체라서라기보다, 아이들을 존대하되 하십시오체나 하세요체는 높임의 정도가 너무 심하므로 해요체 정도를 사용하는 것으로 보아야 할 것이다. 지나치게 높은 등급을 선택하지 않고 약간 높여 주는 해요체 정도의 표현이라면 원아들에게 다정하면서도 인격적으로 대우해 주는 효과를 얻을 수 있음은 물론이다. 그것은 해요체가 비격식체이라서가 아니라 예사 높임이기 때문이다.

'해'와 '해요'를 '반말' 또는 '반말체'라고 하여 등외로 처리하는 견해들도 많다.9) 최현배(1937)에서 '반말'이라고 한 이후 이희승(1968), 이익섭(1974), 성기철(1985) 등에서도 보이는데, 이들은 대개 반말을 등외로 처리하고 있다. 더구나 최현배(1937) 이래 고영근·구본관(2008)에 이르기까지 반말을 불분명한 화계로 다루는 논의가 많다. 이러한 견해를 수용하여 「표준 국어대사전」(1999)에서도 '반말'을 '대화하는 사람의 관계가 분명치 아니하거나 매우 친밀할 때 쓰는, 높이지도 낮추지도 아니하는 말'이라고 정의하였다.10) 그러나

---

9) 김혜숙(1991)에선 반말체를 '친밀체'라 하여 격식체와 구별하였다.
10) 「표준 국어대사전」(1999:2458)에서는 '반말'을 아래와 같이 정의하였다.

반말 團[어]①대화하는 사람의 관계가 분명치 아니하거나 매우 친밀할 때 쓰는, 높이지도 낮추지도 아니하는 말. ②손아랫사람에게 하듯 낮추어 하는 말.

이러한 뜻풀이는 잘못된 것이다. ①번의 뜻이 얼마나 정확한 것인지를 확인하지 않고 몇 사람의 견해를 그냥 좇은 것이다. ①과 ②의 뜻이 모두 언어학의 전문어라고 하였는데, 전문어에 이처럼 같은 범주의 두 가지 뜻이 함께 있다는 것은 모순이며, ②의 뜻도 전문어라고 하기는 어렵다. 더구나 이 사전에서는 부올림말 '반말하다'라는 동사도 언어학 전문어라고 하였는데, 이는 매우

'해'는 '해요'와 '해라'의 중간에 놓이고 '해요'는 '하세요'의 아래에 놓여, 화계 체계에서 분명한 위치를 갖고 있다. 이들 화계에는 '-어, -어요' 외에도 '-지, -지요', '-고, -고요', '-군, -군요' 등 여러 가지 어미들이 있어서 화자의 발화 태도에 따라 선택의 다양함이 있는데, 이것이 불분명한 화계로 인식될 수는 없는 것이다. 화계가 전이될 때에 이들 해체 및 해요체와의 사이에서 많이 이루어지는데, 그것은 이들이 화계 체계에서 중간 등급의 위치에 있어서 상하로부터 전이가 손쉽기 때문으로 보아야 한다.

이상에서 보았듯이 오늘날 사용하고 있는 국어 상대 높임법의 화계를 체계화할 때에 격식체와 비격식체로 나누는 것은 별 의미가 없음을 알 수 있었다. 오히려 구어와 문어로 나누어 각각의 체계를 세우는 것이 오늘날의 현실어를 여실하게 보여주는 방식일 것이다. 가령 문어에서는 '하시오체'를 설정하고 '해라체'는 제외할 가능성을 고려해 볼 수 있다.

현대 국어 상대 높임법의 화계를 설정할 때에 근거를 삼는 어미 체계에는 두 가지 계열이 있으니, 하나는 명령형이고 또 하나는 평서형이다. 대체로 연구 초기에는 명령형을 기준하였으나 최근에는 평서형을 내세우는 연구도 많아졌다. 고영근(1974), 서정수(1984), 성기철(1985), 현행 고등학교 「문법」 교과서에서는 명령형으로 대표 형태를 삼고, 이익섭(1974), 김혜숙(1991), 권재일(1992), 김영희(1996) 등은 평서형을 기준으로 삼았다.

이윤하(2001)은 명령법 어미를 기준으로 한 명명법은, 형용사 명령법이 실행되지 않는다는 점, 평서형에 없는 '-시-'가 청자를 높인

잘못된 것이다.

다는 점, '합쇼'는 일반적으로 하층민의 어투라는 점 등을 들어 부적
절하다고 하면서, 평서법 어미를 기준으로 할 것을 제안하였다. 그
러나 이러한 제안은 형용사 명령법이 없는 것 이외에는 타당하지 않
다. 또한 형용사에 없더라도 동사에서 존재한다면 얼마든지 화계를
세울 수 있다. 마찬가지로, 평서형에 없더라도 명령형에 존재한다면
그것은 충분히 화계로서 의미를 갖는다. 그리고 '하십시오'는 오늘
날 전혀 하층민의 어투가 아니라 매우 공손하고 격식적인 말이다.

명령형으로 화계 체계를 세우는 것은 그 나름으로 장점이 많다.
우선 '상대 높임법'이라는 것이 청자에 대한 화자의 대우 양상이므
로, 청자를 직접 대하는 언어 표현인 명령형이 이 범주에 적합한 분
석 대상이 된다. 평서문은 불특정한 청자나 독자를 대상으로 말하거
나 다양한 다수의 청·독자를 염두에 두면서 발화하는 경우가 많다
는 점에서도 화계를 분간하여 체계화하기에 어려운 면이 있다. 평서
문에서는 이웃하는 화계를 넘나들면서 표현하는 일이 그리 많지 않
은데, 이는 화자나 필자가 그만큼 청자나 독자들에 대해 높임과 관
련하여서는 언어 수행상 전략을 별로 세우지 않는 것으로 해석할 수
있다.[11) 그러므로 상대방에 대한 대우 양상은 명령문에서 가장 선명
하고 세밀하게 나타난다고 할 것이다.

이러한 발화 성격은 높임 화계의 체계성에서도 나타난다. 명령문
에서는 뚜렷하게 설정될 수 있는 화계의 종결형이 있지만 평서문에

---

11) 음성 언어의 명령문에서 이웃 화계를 넘나드는 것은 발화 전략인 경우가 많은
   데, 이는 곧 청자에 대해 화자가 상대 높임 표현 형식에 기대어 예우와 친근성
   등을 적절하게 조절하는 책략으로 이해할 수 있다. 그러나 평서문에서 문말
   화계를 전환하면서 발화를 이어가는 것은, 상대방에 대한 높임의 조절보다는
   발화상 단조로움을 피하려는 다양화의 책략이 주된 것으로 해석할 수 있다.

서는 그와 대응될 만한 종결형이 없는 경우가 있다.

    (4) ㄱ. 이것을 하십시오―하세요―해요―해―해라.
        ㄴ. 이것을 합니다―*하네요/*하세요―해요―해―하다.

  (4)에서 명령문 (ㄱ)에 대해 그와 화계상 상응하는 평서문 (ㄴ)이 모두 채워지지 못한다. 명령문에서 매우 널리 쓰이는 '하세요'형에 비교적 근접한 평서문의 종결 형태로 '하네요'를 들 수 있을 듯하나 결코 같은 화계가 아니다. 이전의 연구들에서는 대부분 '하네'형을 하게체의 평서문 어미로 보았는데, 하세요체는 하게체보다 훨씬 높은 화계를 나타낸다. 또한 하네체는 일반적인 다른 평서문 표현들과 같은 기본 체계 선상에 놓기가 부적합하다.[12] 즉 다른 종결형들이 서술 내용을 단순히 표현하는 어미이지만, '-네'형은 그렇지 않다. 즉 화자가 발화하는 그 당시(또는 그 즈음)에서야 알게 되었다는 사실을 덧붙여 나타내거나, 발화 내용을 객관화하여 말하려 하거나, 화자의 발언 내용을 확실하게 다지면서 청자로 하여금 이의 제기를 봉쇄하려는 의도를 포함하는 성격을 가진 특수한 표현의 어미라고 할 것이다.[13] 명령형 '하세요'에 상응하는 화계의 평서형에 역시 '하세요'를 둔다고 하여도 이 역시 적당하지 않다. '하세요'가 평서형 어미가 될 때에는 '-시-'가 상대 높임이 아니라 주체 높임의 표지이므로 '하세요'는 '해요'와 화계상 차이가 전혀 없다. 따라서 평서형

---

12) '하네'형은 실제 일상 언어 활동에서 그리 많이 쓰이지도 않는다. 앞의 각주 5에서 예를 든 교재에서는 일상적이지도 않고 특수한 의미 기능을 가진 하네형을 외국인의 한국어 교재에 넣는 무리함을 보였다.
13) 이들 세 가지 경우는 모두 음성 발화에서 운율을 달리한다. 첫 번째 경우에는 문말이 약간 올라가며, 둘째는 여느 평서문처럼 평탄한 어조를 가지고, 셋째는 문말을 강한 하강조로 발음한다.

을 기준으로 화계를 세울 경우에는 일상생활에서 자주 쓰이는 하세요체를 설정할 수가 없는 것이다.

상대 높임법의 화계를 설정할 때에 명령형과 평서형, 의문형, 청유형이 모두 있다면 더욱 좋겠지만 그렇지 못하다고 하더라도 하나의 화계가 되지 못하는 것은 아니다. 예를 들어, 명령문 종결형 '하세요'는 그에 꼭 맞게 상응하는 평서문과 청유문의 종결형이 없지만 하세요체라는 하나의 화계를 설정할 수 있는 것이다. 그것은 이전의 해요체나 해체에서 청유형이 달리 없었지만 각각 하나의 화계를 이룬 것과 마찬가지다.

5. 마무리

상당한 기간이 전제된 현대 국어가 아닌 오늘날 국어의 일상적인 생활에서 널리 나타나는 상대 높임법의 표현 양상들을 살펴본 결과, 이전의 연구들에서 보인 국어 상대 높임법의 화계 체계는 오늘날 일반인들이 느끼는 우리말 체계와 상당한 거리가 있음을 알 수 있었다. 격식체와 비격식체로 나누어 각각 4개와 2개의 화계를 설정한 높임법 체계는, 문어를 지나치게 중시하고, 주체 높임의 '-시-'와 화자 겸양의 '-습니-, -옵' 등은 상대 높임 요소에서 제외하려 하였다. 그러나 이러한 인식들은 대부분의 연구에서 세운 국어의 상대 높임법 체계가 현실과 차이를 보이는 요인이 된 것이다. 또한 시대가 바뀜에 따라 높임법의 체계에도 변화가 생긴 것으로 보인다.

본고에서는 오늘날 언어 생활에서의 실상에 근거하여 국어의 상대 높임법 체계를 다시 설정하였다. '아주 높임(하십시오)-중간 높임 (하세요)-예사 높임(해요)-보통(해)-안 높임(해라)'의 5개 화계를 가진 이 높임법 체계는 격식체와 비격식체를 구분하지 않은 단선 구조로 되어 있다.

　이러한 상대 높임법 체계는 앞으로 계속하여 변화를 겪을 것이다. 그만큼 국어 높임법 표현은 끊임없이 변화해 가고 있는 대표적인 문 법 범주인 것이다. 오늘날까지는 대체로 '단순화'라는 방향성을 보 이고 있는데, 이는 피・사동, 명사구, 부정법 등 다른 문법 범주와 더불어 비슷한 경향을 갖는 것으로 해석할 수 있다.

▌참고문헌▌

고영근·구본관. 2008.「우리말 문법론」서울: 집문당.

고영근. 1974. "현대국어의 존비법에 대한 연구."「어학연구」(서울대 어
　　　학연구소) 10-1.

권재일. 1992.「한국어 통사론」서울: 민음사.

김민수. 1973.「국어문법론」서울: 일조각.

김영희. 1996. "문법론에서 본 상대 높임법의 문제."「한글」(한글학회) 233.

김정숙 외. 2005.「외국인을 위한 한국어 문법」서울: 커뮤니케이션북스.

김혜숙. 1991.「현대국어의 사회언어학적 연구」서울: 태학사.

남기심·고영근. 1993.「표준 국어문법론」서울: 탑출판사.

박영순. 1976. "국어 경어법의 사회언어학적 연구."「국어국문학」(국어국
　　　문학회) 72·73.

서정수. 1984.「존대법의 연구」서울: 한신문화사.

성기철. 1985.「현대국어 대우법 연구」서울: 개문사.

성기철. 1999. "20세기 청자 대우법의 변천."「한국어교육」(국제한국어교
　　　육학회) 10-2.

엄경옥. 2003. "현대국어 청자대우법 화계에 대한 고찰." 중앙대 박사학위
　　　논문.

이관규. 2002.「학교문법론」서울: 월인.

이윤하. 2001.「현대 국어의 대우법 연구」서울: 역락.

이익섭. 1974. "국어 경어법의 체계화 문제."「국어학」(국어학회) 2.

이주행. 1994. "청자 대우법의 화계 구분에 대한 고찰."「어문논집」(민족
　　　어문학회) 23.

이희승. 1968.「새문법」서울: 일조각.

주시경. 1910.「국어문법」서울: 박문서관.

최석재. 2008.「국어 대우법 체계의 정보화 연구」서울: 박이정.

최현배. 1937, 1961.「우리말본」서울: 정음사.

02 주체높임 '-시-'의 사용 실태 조사를 통한 문법적 의미 고찰

::: 곽 숙 영

1. 머리말

　현대국어 높임법은 크게 주체높임법과 상대높임법으로 나뉜다. 객체높임법은 비록 '-님', '께' 등을 통해 목적 인물(target)을 표시할 수 있으나 문법적 수단을 통해 규칙적으로 표시되지 않으며, 단어 차원에서 유표적으로 쓰이는 '드리다'류도 중세국어의 '-숩-'과는 성격을 달리하므로 주체높임법, 상대높임법과 같은 차원에서 다루기 어렵다. 본고에서는 현대국어 높임법 중 주체높임으로 그 범위를 한정하여 먼저 주체높임의 성격과 종류를 밝히고, 주체높임의 문법적 높임에 해당하는 선어말어미 '-시-'의 문법적 의미에 대한 선행 연구를 살펴본다. 그리고 최근에 주로 서비스업에 종사하는 사람들이 많이 사용하는, 기존의 논의에 의하면 잘못된 사용이라고 볼 수 있는 과도한 '-시-'의 사용 예를 조사하고, 본고에서 주장하는 '-시-'의 문법적 의미의 근거로 삼고자 한다.

　그동안 제시된 '-시-'의 문법적 의미는 대체로 [존대]라는 상식적인 내용에 머물러 있었고, '-시-'가 쓰이는 통사적 구조 기술 역시 대체로 주어-서술어라는 논리적인 관계에 크게 의존해 왔다. '-시-'의 의미와 통사적 속성에 대한 기존의 논의가 충분하지 않다는 것을 다음의 예를 통해 살펴볼 수 있다(임동훈 1996).

> (1) ㄱ. (댁은) 서울서 곧장 내려오는 길이시오? ≪박경리, 토지≫
>   ㄴ. 커피 아니신 분 계세요?
>   ㄷ. 찬송 한 가지, 사도신경 한 구절 모르는 어머니셨다. ≪이동하, 장난감 도시≫
>
> (임동훈 1996:3)

(1ㄱ)은 서술어 '길이-'에 '-시-'가 붙어 있다. 그런데 통사적 속성만 고려한다면 '길이-'의 주어는 생략된 '댁'이나 존귀한 인물이라고 보기 어렵다. 또, 화자가 수신자인 '댁'을 존대하기 위해 '댁'과 관련된 서술어에 '-시-'를 붙인다고 하더라도 '-시-'는 '길이-'가 아니라 '내려오-'에 붙여야 옳다. 이 예는 '-시-'의 쓰임이 생각보다 간단하지 않음을 보여 준다.

(1ㄴ)은 다방에서 어떤 음료를 시킬지 의논하면서 동석한 다른 사람들의 의견을 묻는 말이다. '아니다'는 'NP1-이 NP2-이 아니다' 구문을 취하는 것이 보통이고, 이 때 NP1과 NP2는 의미상 서로 비교될 수 있는 속성을 지닌다. 그런데 (1ㄴ)에서 상정되는 두 명사구는 각기 상이한 의미 부류에 속해 서로 비교될 수 없는 '분'과 '커피'이다. 따라서 문장을 그 핵인 서술서의 어휘적 속성이 투사되어 형성된 것으로 이해한다면, (1ㄴ)은 이해하기 곤란하다. 그러나 "저는 홍차입니다."라는 발화가 일상생활에서 흔하다는 사실을 고려하면 (1

ㄴ)에 나타난 경어법 현상이 그리 이상한 것은 아니다.

　(1ㄷ)에 나타난 '-시-'는 '이다' 앞에 나온 '어머니'를 대우하기 위해 쓰인 것이다. 즉, (1ㄷ)은 주어가 존귀한 인물을 가리킬 때 그 서술어에 '-시-'가 나타난다는 기존의 견해에 대한 반례가 된다. 물론, (1ㄷ) 앞에 '어머니는'을 상정하여 '-시-'는 여전히 주어-서술어 구조와 관련된다고 주장할 수도 있지만 주어 자리에 존귀하지 않은 인물이 올 때에도 '-시-'는 쓰이기 때문에 이러한 해석은 적절하지 않다. 이와 같이 (1ㄱ)~(1ㄷ)의 예들은 주어-서술어 구조에 기반을 둔 기존의 논의가 불충분하고 구체적이지 못함을 잘 지적해 준다.

　국어의 높임법을 연구할 때 문제가 되는 것은 높임법이 가지는 언어적 성격과 더불어 그 사회적 성격을 어떻게 함께 다루는가이다. 언어적 측면에만 관심을 둘 경우, 높임법을 표현하는 형식에는 어떤 것이 있으며 이들의 형태·통사적 특성은 어떠한가를 분석 대상으로 삼게 된다. 그러나 이러한 방식의 연구는 높임법이 가진 사회적 측면의 성격을 고려하지 않고는 국어 높임법의 성격을 엄밀하게 파악할 수 없다는 비판을 받게 되었고, 1970년대 이후부터는 높임법이 가진 사회적 측면의 성격을 연구 중심에 함께 놓는 경향이 나타나게 되었다(김정호 2004).

　본고에서는 먼저 언어적 측면에서 주체높임 선어말 어미 '-시-'의 문법적 의미에 대해 고찰한 선행 연구를 살펴본다(2장). 다음으로 주체높임법에 대해 사회언어학적인 방법으로 접근한 연구를 살펴보고(3장), 기존의 문법적 관점에 의하면 과도한 사용이라고 볼 수 있는 '-시-' 사용 용례를 다각도로 점검해 본다(4장). 마지막으로 '-시-' 사용 용례를 통해 본고에서 주장하는 '-시-'의 문법적 의미에 대한 타당성을 검증하며 끝맺는다(5장).

2. 주체높임 '-시-'의 문법적 의미와 기능

'-시-'의 문법적 의미와 기능에 대해서는 크게 두 가지 주장이 있다. 첫째는 '-시-'가 화자의 존대 의사를 표시하는 문법 형식이라는 것이고, 둘째는 상위성 자질을 지닌 개체가 주어 자리에 올 때 이에 호응하여 서술어에 나타나는 문법 형식이 '-시-'라는 것이다. 첫 번째 주장은 존대설로, 두 번째 주장은 호응설로 부른다. 한편 '-시-'의 문법적 의미에 대해 존대설과 호응설 외에 '-시-'를 발화 참여자 간의 특정한 사회적 관계를 가리키는 요소로 본 지시설이 있다.

2.1. 존대설

존대설은 다시 존대의 대상을 무엇으로 보느냐에 따라 주체 존대설, 주제 존대설, 경험주 존대설로 나뉜다.

2.1.1. 주체 존대설

주체 존대설은 주체를 주어의 지시체로 이해하고 '-시-'는 이러한 주체에 대한 화자의 존대 의향을 표시하는 문법 형식으로 본다. 즉 화자의 존대 의향을 '-시-'의 쓰임에서 가장 중요한 것으로 간주하는 것이다(허웅 1961, 1962). 이처럼 화자의 존대 의향을 강조하는 이 이론은 다음 예처럼 존대하려는 주체가 상위자일 때뿐만 아니라 하위자일 때에도 '-시-'가 쓰이는 현상을 잘 설명해 준다는 이점이 있다. 하오체나 하게체를 쓸 만한 하위자라 하더라도 화자의 존대 의향은 있을 수 있기 때문이다.

> (2) ㄱ. 아, 오늘 당직이 김 선생이시오?
> ㄴ. 고생하셨네. 선친께서 살아 계셨다면 이 감격을 나누는 것인데 애석하기 그지없구먼. ≪송기숙, 녹두장군≫
>
> (임동훈 1996:39)

그러나 주체 존대설에 대해 임동훈(2006)에서는 아래의 예를 들어 그 설명력이 크지 않다고 비판하였다.

> (3) ㄱ. 선생님이 토론에서 밀리자/*밀리시자 제자들은 어쩔 줄을 몰라 했다.
> ㄴ. 사모님의 고통이 크시겠는데요.
>
> (임동훈 2006:293)

(3ㄱ)에서 보듯이 화자의 존대 의향이 부여된 주체이더라도 그 서술어에 '-시-'가 실현되기 어려운 경우가 있고, (3ㄴ)에서 보듯이 주체가 아니더라도 관련된 서술어에 '-시-'가 실현된 경우가 있다는 것이다. 특히 임동훈(2006)에서는 주체 존대설이 아래 (4)의 예와 같은 이중주어문에 나타난 '-시-'도 설명하기 어렵다는 문제를 지적하였다. 주체 존대설에 대해 임홍빈(1976)에서 '-시-'가 중간의 매개물을 통하지 않고 직접 문두의 체언을 향한다고 보는 것이 직관에 부합하다고 설명한 것과 맞지 않으며, (4ㄴ)에서는 '티'를 존대함으로서 '소대장님'을 존대한다고 설명하기 어렵기 때문에 이 역시 문제가

된다고 하였다.

    (4) ㄱ. 선생님은 수완이 좋으시다.
        ㄴ. 소대장님께서 왼쪽 눈에 티가 들어가셨어.

(임동훈 2006:294)

    그러나 이는 '주체'의 정의를 어떻게 내리느냐에 따라 달라진다. 지금까지 국어학에서 '주체'의 개념에 대해 많은 논란이 있어 왔다. 주체는 행위를 일으키거나 작용을 끼치는 사람이나 사물이고, 객체는 어떤 행위나 작용이 미치는 대상으로 해석하는 것이 상식으로 되어 있다. 즉, 개념적으로 주체는 객체와 대립되어 존재하는 것이다. 그러나 일부 자동사문에서는 객체를 상정하기 어렵고 형용사문에서는 객체는 물론 주체도 상정하기 어렵다는 점에서 주체-객체 개념을 바로 국어 문장 이해에 도입하는 것은 적절치 않아 보인다. '꽃이 예쁘다'에서 '꽃'을 주체라고 보는 것은 주체의 일반적 개념에 어긋나는 것이다. 따라서 '주체'와 '객체'라는 용어를 국어 문장 이해에 도입하려면 이들을 다시 정의할 필요가 있다. 따라서 임동훈(1996)에서는 '주체'를 주어 표현이 가리키는 지시물로 정의하고, '객체'를 목적어나 부사어 표현이 가리키는 지시물로 정의하여 사용하고 있다. 한편 임홍빈(2006)에서는 주체높임이라고 할 때에 '주체'는 통사론에 국한되지 않으며 판단 행위에 대한 언어 사용자들의 인식 내용이 어떻게 언어적으로 관습화되어 통사론에 반영되는지, 나아가 통사론에 반영된 관습화된 내용이 어떻게 언어 사용자들에 의해 이용되는지가 논의의 초점이 된다고 하였다. 이렇게 '주체'라는 개념은 명시적이지 못하다는 이유로 많은 비판의 대상이 되어 왔다. 그러나 주체 존대설에서 존대의 대상이 되는 것이 문법적으로 주어가 될 수가 있지만, 주어가 아닌 다른 성분으로도 표현될 수 있다는 면에서 '주체'라는 개념을 도입할 수밖에 없었던 것이다.

유혜원(1997)에서는 기본적으로 허웅(1962)에서 내려진 '주체'의 정의를 받아들이고 예외적인 이중주어문과 관형 구성에서의 주체 판별법을 다음과 같이 정리하고 있다.

> (5) 다음은 예외적인 경우로 주체의 판별법은 다음과 같다.
> ① 이중주어문
> a. 2개의 주어 중 하나는 [+Human], 나머지 하나는 [-Human]의 자질을 가지면 [+Human] 자질을 가진 주어가 주체가 된다.
>   예) 할아버지께서 눈이 크시다.
>   [+Human] [-Human]
> b. 2개의 주어가 모두 [-Human]인 경우는 '-시-'가 존대할 주체는 존재하지 않는다.
> ② 관형 구성: 관형어의 수식을 받는 주어가 나타나는 구조에서 원칙적으로 주어가 주체가 되나 다음의 경우 예외가 된다.
> a. 관형어의 수식을 받는 주어가 [-Human]이고, 관형어가 [+Human] 자질을 가지면 관형어가 주체가 된다.
>   예) 할아버지의 눈이 크시다.
>   [+Human] [-Human]
> b. 관형어의 수식을 받는 주어와 관형어가 모두 [+Human]이면 주어가 주체가 된다.
>   예) 사장님의 아버지께서 오셨다.
>   [+Human] [+Human]
> c. 관형어의 수식을 받는 주어와 관형어가 모두 [-Human]이면 주체는 존재하지 않는다.
>
>   (유혜원 1997:56)

즉, 유혜원(1997)에서 주체라는 것은 문법적으로 많은 경우에 주어로 나타나기도 하지만, 어떤 경우에 있어서는 특히 이중주어문이나 주제화라고 이야기되어지는 것들, 그리고 관형어로 표현되는 것들에 한해서는 주어가 아닌 다른 성분으로 표시된다고 보았다. 그리고 이와 같이 '주체'라는 것은 그것의 구조상으로 명시적으로 정의될 수 있는 요소이고, 따라서 문법적 개념으로서 손색이 없다고 하였다.

앞서 제시한 (3ㄴ), (4ㄱ), (4ㄴ)의 예는 관형 구성과 이중주어문 구성을 보이는 것인데 이 때 유혜원(1997)을 따라 [+Human] 자질을 갖는 것이 주체가 된다고 하면 주체 존대설에도 문제는 없어 보인다. (3ㄱ)에 대해 임동훈(2006)에서는 '선생님이 토론에서 밀리시자……'에 비문법적임을 나타내는 표시를 하였는데 이 문장이 확실히 비문법적이라고 말하기는 어렵다.

주체 존대설의 문제는 '주체'라는 개념을 '동작의 동작자나 상태의 주인공'이라고 하여 심증적으로는 수긍이 가도록 정의할 수 있지만, 문법적으로 볼 때 명시적인 개념이라고 할 수 없다는 데에 있을 수 있다. 그리고 단순히 주체를 존대하는 선어말어미로서의 '-시-'가 동사에 부착되어 존대 동사가 된 것이 어떻게 '주체'와 관련을 맺고 있는지에 관한 명시적인 논의가 없다는 점이다. '주체'라는 개념의 명시적 정의가 없다는 한계를 극복하고자 제시한 것이 앞에 제시한 유혜원(1997)의 주체 판별법이다.

2.1.2. 주제 존대설

'-시-'가 주제와 관련된다는 주장은 임홍빈(1976)에서 본격화 되었고, 서정수(1972, 1984)로 이어진다. 주제 존대설은 (6ㄴ), (6ㄷ)에서

'-시-'가 처격어 '아버님께는, 김 선생님 댁에도'를 존대하는 현상도
잘 설명해 준다.

> (6) ㄱ. 선생님은 키가 크시다.
>   ㄴ. 아버님께는 지팡이가 있으시다.
>   ㄷ. 김 선생님 댁에도 책이 많으십니까?
>   ㄹ. (김 선생님은/김 선생님) 김 선생님 댁에도 책이 많으십니까?
>   ㄹ'. *김 선생님 댁에도 책이 많으실 것이다.
>   ㅁ. *아버님은 철수가 붙잡으셨다.
>
> (임동훈 2006:295)

그러나 임동훈(2006)에서는 (6ㄷ)처럼 '-시-'가 처격어를 존대하는
듯이 보이는 예는 (6ㄹ)에서 보듯이 그 앞에 주어나 호격어가 상정
될 수 있어 처격어가 아니라 이들이 '-시-'와 관련된다고 보는 것이
합당하다고 보았다. (6ㄹ')에서 보듯이 똑같은 처격어라 하더라도 그
앞에 주어나 처격어가 상정되기 어려운 구문에서는 '-시-'가 쓰일 수
없기 때문이다. 더구나 (6ㅁ)에서 보듯이 모든 주제가 존대 대상이
되는 것은 아니어서 주제 존대설은 주체 존대설에 대한 보완은 될지
언정 그 자체로 자족적인 이론은 되지 못한다고 비판하였는데 타당
한 것으로 보인다.

2.1.3. 경험주 존대설

'-시-'가 존대 대상의 경험과 관련된다는 논의는 박양규(1975) 이
래 임홍빈(1976, 1985, 1990)에서 꾸준히 제기되어 왔다.

> (7) ㄱ. 아버님이 붙들리셨어?

　　ㄴ. 아버님이 보이니?

(박양규 1975:85)

　박양규(1975)에서는 (7ㄱ)의 '아버님'은 흔들리는 사태를 느끼거나 의식하는, 즉 경험하는 인물로 화자에게 인식되어 '-시-'가 쓰였으나 (7ㄴ)의 '아버님'은 그러한 사태를 경험할 수 없는 무정물처럼 인식되어 '-시-'가 쓰이지 않았다고 보았다. 전자의 '아버님'은 경험주(experiencer) 기능을 지니나 후자의 '아버님'은 대상(theme) 기능을 지닌다는 것이다.

　박양규(1975)와 비슷한 맥락에서 '-시-'가 경험주와 관련된다는 주장은 임홍빈(1985)에서 본격적으로 주장되었다. 주어나 주체가 아니더라도 화자의 시점(視點)이 놓이면 존대 대상이 될 수 있고, 이때 존대 대상과 관련 상황 사이에 심리적이거나 실제적인 영향 관계가 발생한다고 판단될 때 '-시-'가 쓰인다는 주장이다. 즉 '-시-'는 어떤 대상을 경험주화하는 문법 요소로 규정된다. 그리하여 다음 (8ㄱ)에서 '-시-'가 쓰이는 이유는 관형어인 '아버님'에 화자의 시점이 놓이고 '유품이-'라는 상황이 존대 대상인 아버님에게 영향을 미치기 때문이라고 설명된다.

　　(8) ㄱ. 이것이 아버님의 유품이시다.
　　　　ㄴ. 아버님의 손이 떨리신다.

(임홍빈 1985:307)

　그러나 임동훈(2006)에서는 박양규(1975)와 임홍빈(1985)의 경험주 존대설이 명확하지 않다는 점에서 문법적 이론으로 보기에 어렵다고 하였다.

> (9) ㄱ. 바람이 부니까, (나무 위의) 아버님도 막 흔들리시나 보더라.
>   ㄴ. 바람이 부니까, (나무 위의) 아버님도 막 흔들리더라.
>   (박양규 1975:103)
>   ㄴ'. 바람이 부니까, (나무 위의) 아버님도 막 흔들리시더라.
>   (임동훈 2006:295)

먼저 박양규(1975)에 대해서는 (9ㄱ)과 (9ㄴ)의 '아버님'을 화자가 어떻게 인식하였느냐에 대한 관찰은 매우 타당한 것이지만 이를 의미역과 연관 짓는 것은 지나친 것이라고 하였다. (9ㄴ)과 (9ㄴ')에서 '아버님'의 의미역이 다르다고 보기는 어렵기 때문이다(임동훈 1996, 2006).

임홍빈(1985)에서 제시한 이론 역시 어떨 때 화자의 시점이 놓일 수 있고 어떨 때 시점이 놓일 수 없는지에 대한 설명이 부족하다는 문제가 있다고 비판하였다. 즉 이 이론에서 주장하는 '심리적이거나 실제적으로 영향을 끼친다'는 내용 역시 모호하다는 것이다. 임동훈(2006)에서는 다음 예를 들어 이러한 문제점을 지적하고 있다.

> (10) ㄱ. 오늘도 아버님은 술에 잔뜩 취해 들어오셨다.
>   ㄴ. 거기 누구시오?
>   ㄷ. 찬송 한 가지, 사도신경 한 구절 모르는 어머니셨다.
>   (임동훈 2006:296)

(10ㄱ)에서 술에 취해 들어오는 행위가 아버지에게 심리적이거나 실제적으로 영향을 끼치는 사태인지 의심스럽고, (10ㄴ), (10ㄷ)도 미

확인 인물이나 어머니가 어떤 일이나 사태를 경험한다고 보기 어렵기 때문이라고 설명하고 있다.

2.2. 호응설

호응설은 존대설과 달리 화자의 존대 의향보다 문장 내의 관계에 초점을 둔다. 발화 장면에서 어떤 인물이 상위자로 결정되면 문장 내에서 일정한 문장 성분들 사이의 언어적 관계에 의해 상위성의 호응이나 일치가 발생한다고 보는 것이 호응설이기 때문이다. 존대설이 높임법을 지시물(존대 대상)과 표현('-시-'가 결합한 서술어) 사이의 관계로 파악한다면 호응설은 높임법을 표현(존칭 체언)과 표현('-시-'가 결합한 서술어) 사이의 관계로 파악한다. 호응설은 호응을 유발시키는 내용을 무엇으로 보느냐에 따라 신분성 표지설, 무정화 표지설, 일치소설로 나뉜다.

2.2.1. 신분성 표지설

'-시-'를 신분성 표지로 보는 주장은 이숭녕(1964)에서 제기되었다[14]. 여기서의 '-시-'는 주어와 서술어 사이의 신분성에 의한 호응을 성립시키는 동사의 자질이 형태상으로 드러난 것이라고 하였다. '상위 신분성 주어'가 '상위 신분성 동사'와 호응한다는 것이다. '-시-'를 인구어의 인칭 어미와 비슷하게 이해한 것으로, 주어가 생략되

---

14) 기본적으로 이숭녕(1964)에서는 높임법이란 언어 사회의 특이한 '신분성 표시'라는 규범이라고 정의하고 있으며, 국어의 경어법 체계가 형태소의 형태가 뚜렷하며, 통사부에서 정연한 문법적 관계를 표시하고 있다고 보고 있다(유혜원 (1997)에서 재인용).

어도 이러한 신분 어미로 말미암아 그 주어의 신분성이 노출되는 것이어서 문맥에서 주어 생략이 있어도 아무런 불편과 혼란을 느끼지 않는다고 하였다.

이와 비슷한 맥락에서 더 정교화된 논의는 강창석(1987)에서 찾아볼 수 있다. 이 논의에서 '-시-'는 상위자 동작의 특징(즉 상위성)을 표시하는 요소로 간주되었다. 이러한 호응설이 '-시-'가 문장에서 구조적으로 어떤 문법적 관계가 있음을 나타내려고 했다는 점에서 의의가 있다고 할 수 있다.

그러나 이러한 주장은 다시 임동훈(1996)에서 부정된다. (11ㄱ), (11ㄱ')에서 보듯이 상위자 주어의 서술어에 '-시-'가 항상 결합하지 않는 현상과 (11ㄴ)에서 보듯이 '-시-'가 호응하는 문장 성분이 주어로 특정되지 않는 현상을 설명하는 데는 뚜렷한 한계를 지니고 있기 때문이다. 경험주 존대설을 주장한 박양규(1975)와 임홍빈(1985)에서 어느 정도 설명되었던 예들이 호응설에서는 난제로 등장한 것이다.

> (11) ㄱ. 바람이 부니까, (나무 위의) 아버님도 막 흔들리더라.
> ㄱ'. 바람이 부니까, (나무 위의) 아버님도 막 흔들리시더라.
> ㄴ. 사모님의 고통이 크시겠는데요.
>
> (임동훈 2006:297)

또한 유혜원(1997)에서는 신분성 표지설의 문제점으로 이숭녕(1964)에서 언급한 '문장의 환경에서 행위자의 신분성을 결정한다'는 것에서 '문장의 환경'이라는 것은 결국 화용적 영역 혹은 언어 외적인 영역의 고려라는 점을 지적하였다.

2.2.2. 무정화 표지설

호응 관계를 무정화라는 관점에서 파악한 논의로는 박양규(1975)가 있다. 이 주장의 핵심은 아래의 인용에 드러나 있다.

> (12) "존칭 체언이 현실적으로는 유정물을 지칭하면서도 문법적으로
>   는 무정 체언에 속한다." (박양규 1975)

이 논의는 화자의 존대 의향이 주어진 존칭 체언은 무정 체언과 공기 제약을 같이한다고 본다. 그리고 문법적으로 무정 체언인 존칭 체언이 유정 체언만 허용되는 위치에 와서 생기는 선택 제약의 위배(이른바 '통사론적 파격')를 해소하기 위해 '-시-'가 서술어 결합한다고 주장하였다. 즉 '-시-'는 서술어의 선택 제약을 유정 체언 주어를 요구하는 것에서 유정 체언 주어를 배제하는 것으로 바꾸는 기능을 한다고 본 것이다.

> (13) ㄱ. 동생이 문을 닫는다.
>   ㄴ. *손잡이가 문을 닫는다.
>   ㄷ. *아버지가 문을 닫는다.
>   ㄹ. 아버지가 문을 닫으신다.
>
>   (박양규 1975:90)

박양규(1975)의 1차적인 초점은 예문 (13ㄷ)에 있다. 왜 (13ㄷ)이 사람을 주어로 취한 (13ㄱ)보다는 사물이 주어인 (13ㄴ)과 문법성에서 동일한가라는 의문이다. 더 나아가 박양규(1975)에서는 (13ㄷ)이 (13ㄹ)처럼 바뀌면, 즉 술어에 '-시-'가 첨가되면 어째서 문장이 문법적으로 바뀌느냐 하는 데에 관심이 놓여 있다. 따라서 다음과 같은

두 가지 가설을 들게 된다. 하나는 유정물인 "아버지"가 같은 유정
물인 "동생"보다는 무정물인 "손잡이"와 가깝다는 가설이고, 다른
하나는 그러한 비문법적인 구성을 문법적으로 바꾸어 주는, 다시 말
해 무정 체언과 같아진 주어 "아버지"와 술어 "닫는다" 사이의 호응
을 가능케 해 주는 것이 '-시-'의 삽입이라는 가설이다.

(14) ㄱ. 아버님이 수술대에 놓이자……
　　 ㄴ. 가위가 수술대에 놓이자……

(박양규 1975:91)

위의 예는 무정 체언이 나타날 수 있는 곳에 존칭 체언이 나타날
수 있다는 사실로, 그 둘 사이의 분포적 동일성을 입증하는 것이다.
이러한 분포를 근거로 박양규는 "존칭 체언은 무정 체언의 한 하위
부류로 간주(1975:90)"된다는 결론에까지 이르고 있다. 이것이 존대
의 이면에 숨어 있는, 존대와는 별개로 순수한 문법 현상으로서의
"유정 체언의 무정화"라는 가설의 핵심이다.

그렇다면 존칭 체언은 왜 무정 체언이 되는가? 박양규(1975)에서
는 "존귀한 인물은 직접 행위에 나서지 않"기 때문이라고 주장하고
있다. 그러다 보니 동작성보다는 경험성이 강조된다는 것이다. 이러
한 입장은 앞에서 보았던 '경험주 존대설'로 이어진다. 이상을 종합
하여 박양규(1975)에서는 다음과 같은 변형 규칙을 제시한다.

(15) 　 N → [-animate]/___HONOR
(16) ㄱ. V → [-[+animate]-subject]/___[-시-]
　　 ㄴ. V → [+[-animate]-subject]/___[-시-]

(박양규 1975:102)

(16ㄱ)이 말하는 바는, 동사에 '-시-'가 추가되면 동사가 유정체 주어를 허용하지 않게 된다는 것이고, (16ㄴ)은 '-시-'의 추가로 동사가 무정체 주어를 요구한다는 것이다. 유정체와 무정체가 동일 자질의 이분법적(+, -) 값으로 구별된다는 점을 전제로 할 때 (16ㄱ)과 (16ㄴ)은 크게 보면 같은 결과를 야기한다. 그런데 이러한 규칙이 존칭 체언과 관련하여 의미를 갖기 위해서는 그 규칙이 적용되기 전에 존칭 체언이 유정 체언으로 바뀌어 있다는 것이 전제되어야 한다. 즉 "존대의 이면에는 '유정 체언의 무정화'라는 현상이 전제(박양규 1975:100)"된다는 것이다. 이러한 전체는 (15)와 같은 규칙으로 실현된다. HONOR는 추상적으로 설정이 된 술어다.

　이러한 박양규(1975)의 주장은 매우 파격적이고 일견 모순으로까지 들리지만 임홍빈(1976), 성기철(1984) 및 임동훈(2000) 등에서 그 주장이 일부 수용되기도 한다. 최재웅(2004)에서는 박양규(1975)의 주장이 임의적으로 제한된 자료에 근거한 잘못된 가설이지만, 박양규(1975)를 반대한 논거가 충분치 않았다고 보고, 기존의 무정화 주장이 아직도 유효하다고 보았다.

　그러나 박양규(1975)에서 주장한 무정화 표지설이 보다 설득력을 얻기 위해서는 보다 더 광범위한 자료를 바탕으로 (15)의 규칙이 예외 없이 적용되는지 검증하여야 한다. 또한 존칭 체언이 무정 체언이 되는 이유에 대해 "존귀한 인물은 직접 행위에 나서지 않"기 때문이라는 박양규(1975)의 주장은 상식적으로도 납득이 쉽게 되지 않는 부분이다.

2.2.3. 일치소(AGR)설

호응 관계를 생성 문법의 틀 안에서 일치(agreement)로 파악하여 국어에 일치소를 설정하고 이러한 일치소가 주격을 배당한다고 가정한 논의는 크게 세 가지로 압축된다.

① INFL을 영어와 같이 설정하고 INFL 안에 '-시-'라는 일치소가 있다고 처리하는 견해(최현숙 1988, 강명윤 1988, 고창수 1992)
② INFL을 다른 범주로 분리하고 AGRP를 설정하여 '-시-'를 AGR로 보는 견해(윤종열 1990, 윤정미 1990, 유동석 1993, 한학성 1993)
③ INFL을 분리하되 범주 자체는 분리하지 않고 INFL(1), INFL(2), INFL(3)으로 구분하여 '-시-'를 INFL(2)로 보는 견해(임홍빈 1987)

이들 논의에서는 '-시-'가 주어 명사구와 지정어(SPEC)-핵(head) 관계에 놓여 주어 명사구에 지배받는 위치에 있다고 전제하고, 주어 명사구와 '-시-'는 [+높임] 자질을 공유한다고 기술한다. 즉 '-시-'는 주어 명사의 [+높임] 자질에 대한 주어 일치소라는 것이다(유동석, 1993). 그러나 이와 같이 국어의 '-시-'를 AGR로 보는 견해에 반박하는 논의도 많이 있다(유형선 1995, 임동훈 1996, 2006, 유혜원 1997 등) 대표적인 두 가지 논의를 살펴보면 다음과 같다.

반박 1: 먼저 유혜원(1997)을 살펴보면, 국어의 '-시-'는 영어를 비롯한 다른 인구어의 AGR과는 다르게 수의적 분포를 보여 준다는 점, 그리고 인구어의 일치 자질은 성, 수, 인칭에 의한 일치인데 반해서 국어의 '-시-'는 주어가 어휘적으로 가지는 존칭 자질과의 일치라는 이유를 들었다. 성, 수, 인칭 자질은 주어가 될 수 있는 모든 명

사가 가지는 자질인데 반해서, 국어의 '-시-'가 일치하는 주어는 어
휘적으로 특수하게 존칭 자질을 가지는 명사라는 면에서 다른 점을
보이기 때문이다.

　　또한 범주적 속성의 차이로 설명을 하고 있는데, 촘스키(1981)에
서 보이는 것처럼 영어에서 AGR은 그 범주 특성으로 [+N, -V]의 자
질을 가지는, 즉 명사의 성격에 의하여 동사의 형식성이 결정되는
속성을 가지는데 반해 국어에서의 '-시-'는 동사의 어간에 붙어서 새
로운 동사 어간을 형성하는 범주라는 것을 감안해 본다면 [-N, +V]
의 자질을 가져야 한다는 것이다.

　　그리고 일치 자질은 문장의 의미 해석과는 무관하여 논리형식부
(LF)에서 삭제가 가능하지만 '-시-'는 그것이 나타나는 환경이나 특
성상 의미적, 화용적 성격을 가지는 것이므로 순수하게 통사적 성격
을 가진다고 보기 어렵다는 이유도 들었다.

　　이처럼 보편 문법의 체계에서 AGR의 특성과 국어의 '-시-'의 특
성이 다르므로 '-시-'를 AGR로 보기보다는 다르게 보아야 한다는
주장을 펴고 있다.

반박 2: 임동훈(2006)에서도 역시 아래의 (17ㄱ), (17ㄴ)에서 보이
는 수의성을 반박의 근거로 들고 있다. 더구나 (17ㄷ), (17ㄷ')에서
알 수 있듯이 주어 명사구에는 [+높임] 자질이 배당되었으나 서술어
에는 '-시-'가 쓰이지 않는 예가 적지 않다는 사실은 이 이론의 설명
력을 약화시킨다고 하였다.

　　(17)　ㄱ. 담임선생님은 지하철을 타고/*타시고 출근하신다.

   ㄴ. 김 선생님이 왔어/오셨어.
   ㄷ. 미국에 있는 아드님은 언제 돌아오나요?
   ㄷ'. 김 선생님 들어오면 나한테 연락해 줘요.

유동석(1996)에서는 (17ㄱ)류에 대해 주어 일치소가 [+AGR] 값을 가지기도 하고 [-AGR] 값을 가지기도 하며, 또 이러한 값은 상위 범주인 시제소의 속성에 의해 결정된다고 하여 그 해결책을 제시한 바 있다. 그러나 아래 (18)의 예에서 보듯이 '-어 보-' 보조동사 구문과 '-지 않-' 보조동사 구문은 똑같이 내포문에 시제 형태소가 실현되지 않으나 전자의 내포문에는 '-시-'가 실현되지 않고 후자의 내포문에만 '-시-'가 실현되어 이러한 설명 역시 한계가 뚜렷하다 하였다.

  (18) ㄱ. 아버지는 자리에 앉아/*앉았어/*앉으셔 보셨다.
    ㄴ. 아버지는 자리에 앉지/*앉았지/앉으시지 않으셨다.

 본고에서도 국어의 '-시-'가 보편 문법의 AGR과 같이 엄격하지 않다는 의견에 동의하며, 실제 '-시-'가 사용되는 예를 통해 국어의 '-시-'를 호응설로 설명하기 어려움을 보일 것이다.

2.3. 지시설

 지시설은 임동훈(1996, 2006)에서 논의된 것으로 경칭 대명사와 평칭 대명사의 구분과 비슷한 맥락에서 '-시-' 결합형과 '-시-' 결여형의 관계를 이해하려는 입장이다. 즉 '-시-'를 사회적 관계가 부호화된 사회적 지시소로 보는 것이다. 그리고 이를 바탕으로 존대는 이러한 사회적 지시에 의해 파생된 개념으로 간주한다.

대면적 발화 상황에서 화자는 대체로 자신을 지시의 중심에 놓고 발화 행위를 수행한다. 화자는 자신을 지시의 중심에 놓고 발화에 참여하거나 등장하는 인물의 사회적 신분이나 그들 사이의 관계를 부호화하여 언어적으로 가리키는데, 이를 사회적 지시(social deixis) 라 한다. '-시-'를 사회적 지시소로 보는 이론에서는 '-시-'와 경칭 대 명사, 호칭어를 함께 묶어 다룬다는 특징이 있다.

'-시-'를 사회적 지시소로 보는 이론에서는 관점(perspective)이라 는 개념이 중요한 역할을 한다. 대상 인물이 특정한 존재로 인식되 지 않아 화자와 개별적인 관계를 맺지 못하면 화자는 그에게 사회적 지시를 하기 어렵기 때문이다.

(19) ㄱ. 대통령이 공항에 도착했습니다.
ㄴ. 대통령께서 공항에 도착하셨습니다.

(19)에서 보듯이 개인적 관계를 드러내기 어려운 인쇄물이나 공적 인 방송 등에서는 '-시-'를 쓰지 않는다. 그런데 '-시-'를 통해 이루어 지는 사회적 지시는 독립적인 것이 아니라 어떤 사태가 상위자에 관 여적임을 파생적으로 가리키는 것이므로 그 존대 대상에는 화자의 관점이 놓이게 된다. 즉 화자가 존대 대상의 관점을 취했을 때 후술 하려는 사태가 이 개체에 관여적이라고 판단되면 그 사태에도 동일 한 사회적 지시를 하게 된다는 것이다.

(20) ㄱ. 선생님이 토론에서 밀리자 제자들은 어쩔 줄을 몰라 했다.
ㄱ'. 선생님은 토론에서 밀리시자 얼굴이 붉어지셨다.

ㄴ. 사모님의 고통이 크시겠는데요.
ㄴ'. 사모님의 고통이 커질수록/*커지실수록 선생님도 고통이 커
졌다.

위 (20)은 앞서 존대설과 호응설에서 설명하기 어려운 예로 제시
된 것이다. 그러나 (20ㄱ)은 선생님의 관점이 아니라 제자들의 관점
을 취해 문장을 구성한 것이고 (20ㄱ')은 선생님의 관점을 취해 문장
을 구성한 것으로 보면 문제가 해결된다. (20ㄴ), (20ㄴ') 역시 화자
가 사모님의 관점을 취했느냐 선생님의 관점을 취했느냐에 따라 '-
시-' 결합 여부가 달라진 예로 볼 수 있다. 즉 (20ㄴ), (20ㄴ')에서 보
듯이 개체에 대한 지시는 화자와의 개별적인 관계를 꼭 요구하진 않
지만 사태에 대한 지시는 개별적인 관계와 관점 고려가 요구된다.

3. 높임법에 대한 사회언어학적 접근

지금까지 주체높임법에 대해 언어적 측면에서 그 문법적 의미에
대해 고찰한 선행 연구를 살펴보았다. 그러나 높임법은 그 성격상
언어적 측면에만 관심을 가지고 설명을 할 수가 없다. 언어는 일정
한 사회적 공동체 속에 존재하며 사회 구성원 간의 사회적 교섭 과
정에서 도구로 쓰이기 때문이다. 따라서 발화 행위를 하는 화자는
발화에 참여하는 사람들의 사회적 신분이나 그들 사이의 사회적 관
계 및 발화가 이루어지는 장면의 성격을 고려하지 않을 수 없다.
그런데 발화가 이루어지는 사회적 상황은 그중 일부만 부호화되
어 언어 구조에 반영되고, 일부는 그러한 언어 구조가 사용되는 데

작용하는 환경의 역할만 한다. 발화에 작용하는 사회적 상황을 사회
적 정보라는 관점에서 살펴본다면 사회적 정보는 언어 구조에 반영
되는 것과 그렇지 못한 것이 있다. 높임법은 국어에서 언어 구조에
반영되는 사회적 정보의 대표적인 예라고 할 수 있다. 따라서 이 장
에서는 국어의 높임법에 대해 사회언어학적으로 접근한 선행 연구
를 살펴본다.

국어 높임법에 대한 사회언어학적 연구에서는 주로 상대높임법을
대상으로 하여 그 체계의 변화에 주목하였다. 높임법 자체를 사회언
어학적으로 해석하거나, 높임법에 대해 사회언어학적으로 접근하는
방법론에 대해 논의한 연구는 있지만 주체높임법에 한정하여 다룬
연구는 없다.

김재민(1998)에서 높임법 사용의 세대 간 차이에 대한 연구를 통
해 우리 사회에서 '나이'와 '사회적 지위'라는 힘(power)의 요소가
높임법 사용에 미치는 영향력이 낮아지고 있다고 하였다. 또한 김재
민(2004)에서는 압존법 사용의 변화 모습을 통해 힘 대신 유대감이
높임법 사용에 영향을 미치는 더 큰 요소로 자리 잡아가고 있다고
하였다.

국어 높임법에 관여하는 요소와 그 사회적 원리의 체계를 세운 김
정호(2004)에서는 높임법에 관여하는 요소를 크게 언어적 요소와 사
회적 요소로 나누고, 사회적 요소는 다시 참여자와 관련된 참여자 요
소와 대화가 이루어지는 상황의 특성이 반영된 상황 요소로 나누었
다. 참여자 요소는 대화 참여자인 화자와 청자의 특성과 그들이 맺는
관계에 관한 것인데, 이를 다시 개별 요소와 관계 요소의 둘로 나눈
다. 개별 요소는 화자의 특성 즉 나이, 성, 사회적 지위 등이 높임법

사용에 영향을 주는 것을 말하고, 관계 요소는 대화 참여자와 대화 관련자가 맺는 관계에 관한 것으로 그들이 가진 특성의 차이가 높임법 사용에 관여할 때, 그것이 곧 관계 요소가 된다. 상황 요소는 발화의 국면을 규정하는데 중심적 역할을 하는 요소로 발화 상황 요소와 참여자 상화 요소의 둘로 나누어 볼 수 있다. 발화 상황 요소는 대화가 이루어지는 공간과 그 분위기와 같은 대화의 상황 특성이 대화 참여자들의 높임법 사용에 영향을 미치는 것으로 격식성이 대표적인 요소이다. 참여자 상황 요소는 대화에 참여하는 다른 참여자와의 관계 특성이 대화 참여자들의 높임법 사용에 영향을 주는 것을 말한다. 이상 높임법 사용에 관여하는 요소들을 정리하면 다음과 같다.

(21) 높임법에 관련된 요소

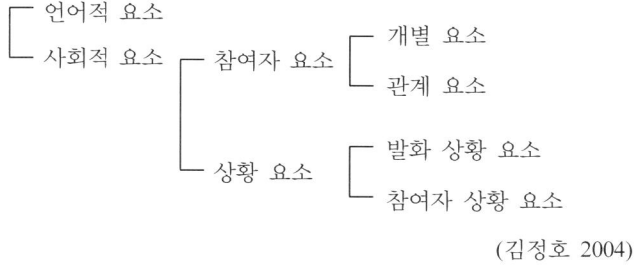

(김정호 2004)

다음으로 높임법 사용의 원리에는 '관계 표현'과 '상황 표현', '전략적 표현'이 있다. '관계 표현'이 대화 참여자들이 지위 관계와 유대 관계에 따라 적절한 등급을 선택하여 사용하는 것을 의미한다면, '상황 표현'은 참여자들의 관계와 상관없이 대화가 이루어지는 공간과 그 분위기 등에 따라 적절한 등급을 선택하여 사용하는 것을 의미한다. '전략적 표현'은 화자가 자신의 의사를 효과적으로 표현하거나 대화의 주도권을 잡기 위해 합의되지 않은, 혹은 청자가 기대하는 것과는 다른 청자 높임법의 등급을 의도적으로 사용하는 것을 말한다.

　높임법은 본질적으로 관계를 언어적으로 드러내는 것이기 때문에 '관계 표현'은 '상황 표현'과 '전략적 표현'에 비해 상대적으로 핵심적인 원리라고 할 수 있다. 그러나 '상황 표현'과 '전략적 표현'이 '관계 표현'에 비해 주변적인 것임에도 불구하고, 실제 높임법 사용의 맥락에 있어서 화자가 어떤 높임법을 사용할 것인가를 결정하는 데 최종적으로 작용한다는 점에서 이들은 국어 높임법 사용 원리에서 중요한 기능을 담당한다. 우리가 일상적으로 사용하는 높임법은 주로 '관계 표현'의 원리에 따라 이루어지지만 최종적으로 그것이 발화 맥락에 나타날 때에는 대화 상황에 대한 판단과 상대방이 어떻게 받아들일지에 대한 판단을 해야 하기 때문이다.

　한편 김정호(2004)에 따르면 화자의 높임법 사용은 4단계의 과정을 거치는 것으로 볼 수 있다. 첫 단계는 화자가 자신의 개별 요소와 높임법의 언어적 요소에 대한 지식을 융합하여 개인의 높임법 체계를 추상적으로 가지고 있는 단계이고, 두 번째 단계는 1단계의 높임법 체계를 가진 화자가 구체적인 대화 참여자를 대하는 과정이다. 세 번째 단계에서는 2단계까지의 과정을 통해 결정된 잠정적 높임법이 구체적인 발화 국면을 통해 걸러지게 되고, 네 번째 단계는 3단계에서 결정된 단계의 높임법을 그대로 발화할 것인가 아니면 발화 상황에 맞는 다른 높임법을 사용할 것인가를 최종적으로 결정하는 단계이다. 만약 화자 자신이 발화 상황을 상황 독립적이라고 판단한다면 앞선 2단계나 3단계에서 결정된 잠재적으로 결정된 높임

법을 사용하겠지만, 발화 상황이 상황 의존적이라는 판단을 내릴 때
는 2단계와 3단계에서 결정된 높임법을 상황 의존 국면이 요구하는
등급의 높임법으로 교체할 것이다.

　지금까지 주체높임법에 대한 선행 연구를 주로 김정호(2004)에서
논의된 것을 중심으로 살펴보았다. 언어마다 높임법 체계가 다른 것
은 역사, 문화적으로 그 언어를 사용하는 언중들의 높임법에 대한
인식이 다르기 때문이다. 그만큼 높임법을 연구할 때에는 높임법이
가지는 언어적 성격과 더불어 그 사회적 성격을 함께 다루어야 한
다. 그러나 국어의 높임법, 특히 주체높임법에 대해 체계적으로 다
룬 사회언어학적 연구가 드물다. 또한 높임법의 언어적 연구와 사회
언어학적 연구가 같은 대상을 연구하면서도 서로 통하는 것이 없이
전혀 다른 성격의 연구가 되고 있다. 언어적 측면에서의 높임법 연
구에 높임법의 사회적 측면이 배제되어야 하거나, 높임법의 사회언
어학적 연구에 높임법의 언어 내적 측면이 배제되어야 할 필요는 없
다고 본다. 다음 장에서는 기존의 주체높임법에 대한 언어적 연구에
서 보면 문법적으로 과도한 사용이라고 볼 수 있는 '-시-' 사용 용례
를 통하여 그 원인에 대해 사회언어학적으로 고찰하고, '-시-'의 문
법적 의미에 대해 재검토할 것이다.

4. 과도한 '-시-' 사용 용례와 그 해석

　2장에서 살펴본 '-시-'의 문법적 의미와 기능에 대한 주체설, 호응
설, 지시설 중 '-시-'가 문장 내에서 높임의 대상이 되는 요소와 호응

을 한다는 호응설은 물론이고 '-시-' 자체에 높임의 뜻이 있다는 주체설, '-시-'를 사회적 관계가 부호화된 사회적 지시소로 보는 지시설 그 어느 것으로 보아도 설명할 수 없는 '-시-'의 사용 예가 최근에 많이 관찰된다. 특히 식당 종업원이나 물건을 파는 매장의 점원, 홈쇼핑 광고를 하는 쇼 호스트 등 주로 서비스업에 종사하는 사람들에게서 이러한 예를 많이 찾을 수 있는데, 이들에게서 발견되는 과도한 '-시-'의 사용은 지금까지 논의된 '-시-'에 대한 문법적 의미로서는 설명할 수 없는, 즉 잘못된 사용법으로 볼 수밖에 없는 것이다. 그러나 이렇게 과도한 '-시-'의 사용에 대해 전공자 정도만 민감하게 받아들일 뿐, 사용하는 사람도 잘못 사용하고 있다고 생각하지 않고, 그것을 듣는 사람도 크게 잘못된 사용이라고 인식하지 않는 것 같다. 과도한 '-시-'의 사용은 대부분 '서비스'라는 특정 장면에서 많이 관찰되지만 다른 장면에서도 심심치 않게 볼 수 있는, 이미 상당히 일반화된 현상이다. 또한 기존의 관점으로 볼 때 맞지 않다고 하여 스스로 변화하고 세력을 떨치고 있는 언어 현상을 규범이라는 명목으로 계속 통제만 할 수는 없다. 이론은 어디까지나 현상을 설명하기 위한 것이지, 이론이 현상을 제약할 수는 없다. 이제는 과도한 '-시-'의 사용에 대해 잘못된 사용이라고만 할 것이 아니라, 그러한 현상이 생기게 된 원인에 대해 고찰하고 새로운 해석을 내려야 할 때라고 생각한다. 여기에서 '과도한 사용'이라는 것도 순전히 기존의 이론에 비춘 가치일 뿐이다.

　다음의 예를 보자.

　　(22) 중요한 건 바르고 나시면 얼굴이 좀 뽀얘지는 느낌이 드신다는

겁니다.

(23) 이렇게 쫀쫀하게 피부에 밀착되는 느낌이 <u>드시기</u> 때문에 <u>고민</u>
<u>되시는</u> 부위에 직접 올려서 <u>관리해 주시면</u> 이렇게 멜라닌이 뾰
글뽀글 생성되는 이 단계에서부터 관리를 해 주기 때문에 여러
분 더욱더 안심하고 미백 관리 <u>해 보실 수가 있으실 겁니다</u>.

(24) 미백 라인에 확실하게 크림까지 더 <u>잡아 보시라고</u> 챙겨 드리니
까 <u>좋아하시는</u> 분들 <u>많으실</u> 거 같아요.

2008년 6월 1일, CJ 홈쇼핑 화장품 광고 중

(22)와 (23) 문장에서 나타나는 '느낌이 드신다'는 표현에서 '느낌'이
높임의 대상이 될 수 없으므로 어색한 문장이 된다. 그러나 (22)를
다음과 같이 '손님이'라는 주어를 상정하면 그리 잘못된 것만은 아
닌 것 같다.

(22)' 중요한 건 (손님이) 바르고 나시면 얼굴이 좀 뽀얘지는 (손님
의) 느낌이 드신다는 겁니다.

「표준국어대사전」의 '-시-' 뜻풀이[15]는 상당히 그 허용 범위가 넓
은 편이다. '-시-'가 상위자라고 인식된 주체의 직접적인 동작이나
상태뿐만 아니라 그와 관련된 동작이나 상태 기술에 결합하여 그것
이 상위자와 관련됨을 나타내는 것으로 보았기 때문이다. 즉 (22)에
서 '느낌'은 상위자로 인식된 주체인 '손님'의 상태와 관련된 것이기
때문에 상위자인 손님과 관련된 느낌의 서술어인 '들다'에 '-시-'가

---

15) -시-[23] : 「어미」(('이다'의 어간이나 받침 없는 용언의 어간, 'ㄹ' 받침인 용언의
어간 뒤에 붙어))((다른 어미 앞에 붙어)) 어떤 동작이나 상태의 주체가 화자에
게 사회적인 상위자로 인식될 때 그와 관련된 동작이나 상태 기술에 결합하여
그것이 상위자와 관련됨을 나타내는 어미. ¶ 아버님께서 오시었다./선생님은
키가 크시다./충무공은 훌륭한 장군이셨다.

결합한 것이다.

　또한 한 문장 속에 두 개 이상의 서술어가 포함되어 있는 복문에서 '-시-'가 사용될 경우 마지막 서술어에만 '-시-'를 사용하는 것이 자연스러운 것으로 받아들여져 왔다. 그러나 위의 예 (22)와 (23)에서는 문장 내에 사용된 거의 모든 서술어에 '-시-'가 사용되고 있다. (24)의 경우 문장 내 마지막 서술어에만 '-시-'를 사용하여 (24)'와 같이 고칠 수 있다.

> (24) 미백 라인에 확실하게 크림까지 더 <u>잡아 보시라고</u> 챙겨 드리니
>   까 <u>좋아하시는</u> 분들 <u>많으실</u> 거 같애요.
> (24)' 미백 라인에 확실하게 크림까지 더 잡아 보라고 챙겨 드리니까
>   좋아하는 분들 <u>많으실</u> 거 같애요.

문법적으로 보았을 때 (24)'가 더 자연스러운 문장이라고 할 수 있지만 실제로 물건을 구입하는 소비자 입장에서는 (24)가 더 듣기 좋다고 생각할 것이다. 한편 문장은 문어에서 사용하는 단위로, 구어에서도 문어의 문장을 기준으로 옳고 그름을 판단할 수 있는지는 다시 생각해 보아야 한다고 본다.

　그러면 왜 이렇게 '-시-'의 높임의 대상을 상위자와 직접적으로 관련된 것뿐만 아니라 간접적으로 관련된 동작이나 상태 등으로까지 확대해야 하는 것일까. 그 원인은 이러한 현상이 주로 서비스업에 종사하는 사람들에게서 나타난다는 것, 그리고 서비스업이 현대 사회에서 차지하는 위치 등을 고려하여 찾을 수 있을 것이다. 현대 사회는 예전에 비해 공급자 사이의 경쟁이 더 치열해졌고, 상대적으로 기술적인 만족도보다 서비스의 질이 중시되고 있다는 것은 누구도

부인할 수 없을 것이다. 즉 쏟아지는 공급 물량 속에서 선택권은 소비자가 쥐게 되고 공급자는 소비자보다 상대적으로 약자의 위치에 서게 될 수밖에 없는 것이다.

높임법에 관련된 사회적 요소 중 관계 요소가 있다. 관계 요소는 대화 참여자와 대화 관련자가 맺는 관계에 관한 것으로 그들이 가진 특성의 차이가 높임법 사용에 관여할 때, 그것이 곧 관계 요소가 된다. 예를 들어 대화 참여자의 나이 차나 지위 차 혹은 성 차, 친밀도가 높임법 사용에 영향을 줄 때 이를 가리키는 것이다. 소비자와 공급자의 관계가 이제는 상위자와 하위자의 관계가 되어 지위 차가 생겼고, 따라서 소비자를 높여야 하는 공급자가 이러한 관계적 요소를 고려하여 높임법을 사용하는 것이다. 공급자, 혹은 판매자가 더욱 소비자를 높이기 위해 사용할 수 있는 가능한 모든 곳에 '-시-'를 사용하기 시작했고, 이로 인해 소비자(상위자 주체)와 직·간접적으로 관련된 모든 곳에 '-시-'가 삽입된 것이다.

물론 명백히 잘못 사용된 예도 있다. 판매자가 소비자와 관련된 모든 것에 '-시-'를 삽입하다 보니, 실수로 자신과 관련된 것에 '-시-'를 삽입하는 실수를 할 때도 생기기도 한다. 바로 (25), (26)과 같은 예이다.

(25) *시중에서 보셨던 <u>제품이셨구요</u>.
　　　　　　　2008년 6월 1일, CJ 홈쇼핑 화장품 광고 중
(26) *○○ 선배에게서 오늘 일이 있어 스터디에 참여하실 수 없다는 문자가 <u>오셨었구요</u>.
　　　　　　　2008년 어느 날, 필자와 후배와의 대화에서 후배의 말 중

현재 관찰되는 언어 현상이라고 하여 이러한 실수까지 용납할 수 있

는 이론적인 해결 방안을 찾으려는 것은 아니다. 그러나 이러한 실수를 하게 된 배경을 어느 정도 이해는 할 수는 있다고 본다. 위의 (25)와 (26)은 각각 다음과 같이 주어를 상정해도 밑줄 친 부분의 존대 대상이 상위자로 인식된 주체와 직·간접적으로 관련이 있다고 보기 어렵다.

> (25) *시중에서 (손님께서) 보셨던 <u>제품이셨구요.</u>
> (26) *○○ 선배에게서 오늘 일이 있어 스터디에 참여하실 수 없다는
>   (○○ 선배의) 문자가 <u>오셨었구요.</u>

(25), (26)은 대화 상대자인 청자를 존대하려는 의도가 과해서 생긴 실수라고 볼 수 있다. 존대 대상을 찾기 어렵다는 면에서 (25), (26)의 용법은 주체높임법도 아니고 물론 객체높임법도 아니다. 오히려 청자를 존대하려는 의도에서 나온 표현이므로 상대높임법에 가깝다고 할 수 있다. 위의 표현은 아무리 서비스 현장이라고 하더라도 올바른 표현으로 받아들여지지 않기 때문에 '-시-'가 상대높임법의 용법으로 사용되었다고 단언하기는 어렵다. 그러나 근대 국어 시기에 객체높임법의 '-습-'이 혼란을 겪다가 현대 국어에서 '-습니-'라는 상대높임법 표현의 하나로 녹아 들어간 것을 보면 현재의 높임법 체계도 변화를 겪을 수 있다는 가능성을 무시할 수 없을 것이다.

  문법적 높임 체계는 고대에는 주체높임법과 객체높임법이, 중세에는 주체높임법, 객체높임법, 상대높임법이 모두 존재하다가 근대 이후 주체높임법과 상대높임법이 남았다고 본다. 국어학계에서는 이러한 높임법 체계의 변화에서 객체높임법이 사라진 이유 중 하나로 주체높임법에서 높임의 대상이 되는 주체와 상대높임법에서 높

임의 대상이 되는 청자에 비해 객체높임법에서 고려하는 문장 내 주체와 객체와의 관계가 비교적 덜 중요했기 때문으로 보고 있다.

한편 필자는 고대에는 상대높임법 체계가 없다가 중세 이후에 상대높임법 체계가 등장한 이유를 국어학에서의 연구 대상에 대한 인식 변화가 서서히 시작한 것으로 들고자 한다. 우리의 고유한 문자가 없었던 고대 국어 시기에 차자 표기의 방법으로 기록된 글과 훈민정음 창제 이후 한글로 기록된 글은 접근의 용이성이 달랐다. 주로 상위 계층의 전유물이었던 고대 국어 시기의 차자 표기 문서는 청자를 고려할 필요가 없었으므로 권위적인 성격의 완벽한 문어체 문장만을 사용했을 것이다. 그러나 훈민정음 창제 이후 점차 일반 서민들도 문자를 사용할 수 있게 되면서 서간체, 수필 문학 등 구어체의 글들이 작성되기 시작했다. 이러한 이유로 중세 국어 이후로 여러 청자 계층을 고려한 상대높임법 체계가 발달하기 시작한 것으로 짐작할 수 있다. 또한 현대 국어로 올수록 전통적인 국어학의 연구 대상이었던 문어뿐만 아니라 구어 역시 국어학 연구의 대상으로 삼아야 한다는 분위기가 형성되는 만큼 다양한 상황에서 사용되는 생생한 구어를 대상으로 하는 연구에서는 상대높임법의 중요성이 더욱 커졌다고 할 수 있다. 따라서 근대 국어 시기에 객체높임법의 '-습-'이 다른 높임법에 비해 존대를 위해 고려하는 대상의 중요성이 낮아 혼란을 겪은 것과 마찬가지로 현재 남아 있는 문법적 높임 체계인 주체높임법과 상대높임법 중 중요성이 더 큰 것을 고르라면 바로 눈앞에서 글을 읽고 있는, 혹은 말을 듣고 있는 상대를 고려하는 상대높임법일 것이다. 주체높임법의 '-시-'가 멀지 않은 미래에 상대높임법과 혼란을 겪다가 점차 상대높임법으로 옮겨 가고 있다는 진

단이 학계에서 내려지는 사태가 발생하는 것이 터무니없는 얘기만
은 아닐 것이다. 다만 주체높임법으로 사용되는 '-시-' 역시 현재로
서는 확고한 용법을 보이고 있으므로 주체높임법이 사라질 것으로
생각되지는 않는다.

5. 마무리

높임법을 연구할 때 높임법이 가지는 언어적 성격과 더불어 그
사회적 성격을 함께 논하지 않을 수 없다. 본고에서는 2장과 3장에
서 문법적 높임 체계로 남아 있는 주체높임법에 대한 언어적 측면에
서의 연구와 사회적 측면에서의 연구를 살펴보았다. 그리고 기존의
이론에 의하면 문법적으로 잘못된 사용이라고 볼 수 있는 최근의 '-
시-' 사용에 의한 높임 현상을 해석하기 위해 4장에서 실제 사용 용
례를 통하여 과도한 '-시-'가 자주 나타나게 된 원인을 사회언어학적
으로 고찰하고, '-시-'의 문법적 의미와 더불어 높임법 체계에 대해
서도 논의하였다.

필자는 최근에 주로 서비스업에 종사하는 사람들에게서 많이 관
찰되는 과도한 '-시-'의 사용에 대해 더 이상 잘못된 사용이라고만
질타할 수 없다는 입장으로, 그러한 사용이 생기게 된 원인을 판매
자와 소비자의 사회적 관계 속에서 파악하고 언어적 의미를 고찰하
고자 하였다. 본고에서는 문장 내에서 호응하는 대상을 찾을 수 없
는 '-시-' 사용이 더욱 많아지고 있는 지금, 주체높임법에 대한 호응
설은 더욱 입지가 좁아지고 있다고 보고 주체존대설을 받아들인다.

'-시-'의 의미에 대해 폭넓게 허용하고 있다고 생각되는 「표준국어대사전」의 정의가 꽤 타당하다고 보며, '-시-'의 의미는 상위자라고 인식된 주체와 직·간접적으로 관련된 모든 동작이나 상태를 기술할 때 그 서술어와 '-시-'가 결합하여 높임의 의도를 표현한다고 정의 내리고자 한다.

한편 과도한 '-시-' 사용 용례 중에서도 용인이 불가능한 예들은 '-시-'가 상위자로 인식된 주체와 직·간접적으로 관련되어 있지 않은 대상을 높이기 위해 사용되었는데, 이 때 사용된 '-시-'는 상대높임법으로 해석될 수밖에 없었다. 본고에서는 이에 대해 고대, 중세, 근대 국어 시기를 거쳐 현대 국어로 넘어오는 흐름을 볼 때 앞으로 상대높임법의 중요성이 더 커질 수 있는 가능성을 언급하였지만 아직 단언할 수는 없다.

▌참고문헌▌

강명윤. 1988. Topics in Korean Syntax: Phrase Structure, Variable Binding and Movement. Ph.D. dissertation, MIT.

강창석. 1987. "국어 경어법의 본질적 의미." 「울산어문논집」(울산대 국어 국문학과) 3.

고창수. 1992. "국어의 통사적 어형성." 「국어학」(국어학회) 22.

김재민. 1998. "경어법 사용의 세대간 차이에 관한 사회언어학적 연구." 「언어학」(대한언어학회) 6-2.

김재민. 2004. "압존법을 통하여 본 경어법의 변화 연구." 「언어학」(대한 언어학회) 12-1.

김정호. 1994. "국어 높임법에 대한 체계적인 사회언어학적 접근." 「겨레 어문학」(겨레어문학회) 33.

김형규. 1962. "경양사 문제의 재론." 「한글」(한글학회) 129.

김희숙. 2004. "경어법과 사회집단의 이해: 사피어-워프 가설의 새로운 적용." 「언어학」(한국언어학회) 40.

김희숙. 2006. "21세기와 한국의 사회언어학." 「한국어학」(한국어학회) 31.

박양규. 1975. "존칭체언의 통사론적 특징." 「진단학보」(진단학회) 40.

박영순. 1976. "국어격어법의 사회언어학적 연구." 「국어국문학」(국어국문 학회) 72·73.

서정수. 1972. "현대국어의 대우법 연구." 「어학연구」(서울대학교 어학연 구소) 8-2.

서정수. 1977. "주체 대우법의 문제점." 「배달말」(배달말연구회) 2.

서정수. 1984. 「존대법 연구」 서울: 한신문화사.

성기철. 1984. "현대 국어 주체 대우 연구: 주체 존대를 중심으로." 「한글」 (한글학회) 184.

성기철. 1985. "국어의 주제 문제." 「한글」(한글학회) 188.

안명철. 2003. "주어존대법과 구동사 구분." 「우리말글」(우리말글학회) 29.

옥태권. 1991. "15세기 주체높인 {샤}에 대하여." 「우리말연구」(우리말학회) 1.

유동석. 1993. "국어 매개 변인 문법." 서울대 박사학위논문.

유혜원. 1997. "'-시-'에 대한 형태 통사적 고찰." 고려대 석사학위논문.

윤종열. 1990. Korean Syntax and Generalized X-bar Theory. Ph.D. dissertation, University of Texas at Austin.

윤정미. 1991. Korean Syntax of Chains. Ph.D. dissertation, University of Cornell.

이경우. 2001. "현대국어 경어법의 사회언어학적 연구(2)." 「국어교육」(한국어교육학회) 106.

이경우. 2003. "국어 경어법 변화에 대한 연구(1)." 「국어교육」(한국어교육학회) 110.

이경우. 2004. "현대국어 경어법의 사회언어학적 연구(3)." 「국어교육」(한국어교육학회) 113.

이숭녕. 1964. "경어법 연구." 「진단학보」(진단학회) 25 · 26 · 27.

이익섭. 1974. "국어 경어법의 체계화 문제." 「국어학」(국어학회) 2.

임동훈. 1996. "현대 국어 경어법 어미 '-시-'에 대한 연구." 서울대 박사학위논문.

임동훈. 2000. 「한국어 어미 '-시-'의 문법」 서울: 태학사.

임동훈. 2005. "현대국어 경어법의 체계." 「국어학」(국어학회) 47.

임홍빈. 1985. "{-시-}와 경험주 상정의 시점(視點)." 「국어학」(국어학회) 14.

임홍빈. 1998. 「국어 문법의 심층 1: 문장 범주와 굴절」 서울: 태학사.

임홍빈. 1990. "어휘적 대우와 대우법 체계의 문제." 「강신항 교수 회갑 기념 국어학 논문집」.

최재웅. 2004. "한국어 어미 {-시-}와 무정성." 「한국어 의미학」(한국의미학회) 15.

최현숙. 1988. Restructuring Parameters and Complex Predicates: A Transformational Approach. Ph.D. dissertation, MIT.

한학성. 1993. "한국어의 AgrP와 NegP." 「언어」 (한국언어학회) 18-2.

허 웅. 1961. "서기 15세기 국어의 존대법과 그 변천." 「한글」(한글학회) 128.

허 웅. 1962. "존대법의 문제를 다시 논함." 「한글」(한글학회) 130.

허 웅. 1997. "의미와 통사범주를 바꾸지 않는 접미사류에 대하여." 「국어학」(국어학회) 29.

국어 문법의 탐구 2

03 해요체의 발달 연구

∷ 권 용 문

1. 머리말

1.1. 연구 목적

본고의 목적은 청자 높임 등분의 하나인 해요체의 발달을 고찰하는 것이다. 특히 청자 높임 체계와 관련지어 해요체가 성립하게 된 역사적 맥락을 논의하고, 해요체의 발달 과정을 논증하는 데에 초점을 맞춘다.

청자 높임은 화용론적인 요소와 형태·통사론적인 요소가 복합적으로 작용한다. 다시 말해서 해요체의 실현에는 화자, 청자의 담화 요소가 관여하여 화자가 청자를 존대하므로 화용론적인 측면이 부각된다. 그리고 문장의 주체[1], 객체[2] 및 청자 높임 형태소와 관련짓

---

1) 문장의 주체와 관련되는 경우는 다음과 같다.

    ㄱ. 제가 미희한테 착하다고 했어요.
    ㄴ. 당신이 미희한테 착하다고 했다면서요.

  (ㄱ)에서는 화자와 문장의 주체가 일치하고, (ㄴ)에서는 청자와 문장의 주체가

는다면, 형태·통사론적인 측면도 고려되는데, 현대 국어에서 '-요'
의 통합으로 해요체가 실현된다고 보는 것이 일반적이다.[3] 그렇지
만 통시적으로 보아 해요체가 성립되던 시기에 과연 온전한 '-요' 형
태로서 통합할 수 있었는지는 더 심도있게 논의되어야 할 것이다.

한편 해요체는 격식적이라기보다 비격식적인 높임이고,[4] 청자에
대한 공손을 표현하며,[5] 친근감을 부여한다[6]는 점에서 [비격식성,

일치한다.
2) 문장의 객체와 관련되는 경우는 다음과 같다.

　ㄱ. 미희가 저한테 물었어요.
　ㄴ. 미희가 당신한테 물었잖아요.

(ㄱ)에서는 화자와 문장의 객체가 일치하고, (ㄴ)에서는 청자와 문장의 객체
가 일치한다.
3) '-요'는 문미에서 해체 어미와 통합한다. 그러나 두루높임의 해요체로 볼 수
없는 경우도 있는데, 이는 선어말어미 '-시-'가 통합할 때이다. 김희상(1911,
1927)에서는 공동토(共動吐) 즉, 청유법의 아주높임 등분에 '-시지오(-시지요)'
를 설정했다. 그리고 고영근(1974)에서도 김희상(1927)을 수용하여 청유법의
아주높임 등분에 '-시지요'를 설정했다.
　한편 서정수(1984)는 청유법의 아주높임 등분에 '-(으)십시다, -시지요'를 설
정했고, 더 나아가 명령법의 아주높임 등분에 '-(으)십시오, -(으)옵)소서'를 기
본적으로 설정하고, '-시지요'도 포함될 수 있음을 논의했다. '-시지요'가 명령
법의 아주높임 등분으로 처리된 이유는 명령형에서 행위자가 2인칭 주어에 해
당하므로 행위자가 높임의 대상자일 때는 주체 높임 형태소 '-시-'가 통합하여
아주높임 등분을 드러내기 때문이라고 했다.
　본고는 '-시- + (-었-) +(-느-, -겠-) + 해체 어미 + -요'의 통합을 보일 경우에
는 청유법과 명령법에만 제한되지 않고, 모든 문체법에서 아주높임 등분이 될
수 있다고 보는데, 그 이유는 문장의 주체와 청자가 일치할 때, '-시-'가 통합하
면, 주체를 높이는 동시에 청자도 높이는 효과를 주기 때문이다. 따라서 본고
는 '-시-'가 통합하여 청자가 더 높여지는 경우는 두루높임의 해요체가 아닌
것으로 보겠다.
4) 황적륜(1975)에서는 해요체가 'korean speech levels(국어 화계)'에서 'pan mal(반
말)'과 함께 'informal'에 속한다고 했고, Lukoff(1977)에서는 해요체가 'formal
style'에 대립되는 'ordinary style'에 속한다고 했다.
5) Martin(1964)에서는 해요체가 'polite'의 화계(speech level)에 속한다고 했고, 김
영기(1996)에서는 해요체가 '존청자(H-Respect)'의 기본 자질과 '공손(polite)'의

공손성, 친밀성]의 의미 특질을 지닌다고 볼 수 있는데, 이러한 해요체의 의미 특질과 밀접한 관련을 맺고 있는 해요체의 기능 역시 통시적인 관점에서 세밀하게 논의되어야 할 것이다.

이에 본고는 구체적으로 청자 높임 체계의 변화 속에서 해요체 등분의 성립 원인과 성립 요건을 고찰하고, 해요체의 발달 과정을 형태 발달과 기능 발달로 구분하여 고찰하기로 하겠다.

1.2. 시대 구분

시대 구분에 있어서, 근대 국어는 100년 단위로 세분화한다면, 17세기, 18세기, 19세기로 구분되지만, 홍종선(1998)에서 논의되었듯이, 문법 변화의 양상을 고려할 때, 그 300년은 다시 전기와 후기로 구분될 수 있는데, 형태와 통사 면에서 새로운 체계가 자리를 잡아가기 시작한 것은 18세기 말엽이므로 임진왜란(1592년) 직후 17세기 초반부터 18세기 후반까지는 전기 근대 국어가 되고, 18세기 말엽부터 19세기 말엽까지는 후기 근대 국어가 된다. 그런 점에서 본고는 근대 국어를 세기별로 고찰하되, 전체적으로는 전·후기로 구분될 수 있다는 관점을 유지하도록 하겠다.

현대 국어는 현대 국어의 시대 구분에 대한 포괄적인 접근인 홍종선(2000)을 수용하여 1894년부터 1910년 이전까지를 제1기로, 1910년부터 1945년 이전까지를 제2기로, 1945년부터 현재까지를 제3기로 정하기로 하겠는데, 제1기는 현대 국어의 모습을 형성해 간 시기

유도 자질을 지닌다고 했다.

6) 이익섭(1974)에서는 해요체에 [-하대(평대)], [+존대], [+친밀(-격식)]의 자질을 부여했다.

이고, 제2기는 문자 언어 생활에서 한문구나 한문어체 표현이 거의
사라지고, 문어와 구어 사이에 표현상 차이가 매우 줄었으며, 한글
사용이 급격히 증가한 시기이다. 그리고 제3기는 국어가 크게 발전
하고, 안정화되는 시기이다.

  이러한 문법사적 시대 구분은 다음과 같이 나타낼 수 있는데, 이
를 토대로 논의를 진행해 가기로 하겠다.

  (1) 문법사적 시대 구분

  근대 국어 전기 : 17세기 초반-18세기 후반
            후기 : 18세기 말엽-19세기 말엽
  현대 국어 제1기 : 1894년-1909년
            제2기 : 1910년-1944년
            제3기 : 1945년-현재

1.3. 선행 연구

  해요체에 대한 연구는 청자 높임법 전반을 고찰한 논의들에서 해
요체가 부분적으로 다루어진 것이 대부분이었고, 개별 등분인 해요
체를 중심으로 한 논의들은 상대적으로 적었다. 특히 해요체에 대한
통시적 연구는 거의 찾아 보기 힘들다. 본절에서는 연구 목적을 고
려하여 기존의 연구 업적을 해요체 등분과 관련된 논의, 해요체의
형태와 관련된 논의, 해요체의 기능과 관련된 논의로 구분하여 고찰
하기로 하겠다.[7]

  해요체 등분과 관련된 논의로는 먼저 공시적인 관점에서의 논의

---

  7) 해요체에 대한 공시적인 연구와 통시적인 연구를 모두 고찰하기로 하겠다.

가 전통 문법에서부터 시작되었는데, 해요체를 독립된 등분으로 설정하지는 않았으나, 후대에 해요체에 대한 인식을 넓혀 준 계기가 되었다는 점에서 의의를 지닌다. 김규식(1908)[8]에서는 '-지오'를 평대(平待) 등분[9]에, '-시지오, -니지오'를 존대(尊待) 등분에 속하는 것으로 보았다. 김희상(1911)[10]은 공동토(共動吐)와 의문토(疑問吐)에서 각각 '-시지오, -까요'가 상대(上待) 등분에 속한다고 했고, 김희상(1927)[11]도 공동토에서 '-시지오'를 하옵시오체에 속하는 것으로 보았다. 최현배(1937)[12]에서는 '-어요, -지요'를 예사높임 하오체의 일부로 처리했고, 홍기문(1947)[13]에서는 존대의 변체(變體)로 '-요'가 쓰인다고 했다.

그런데 신창순(1963)에서는 '어요체(해요체)'를 'ㅂ니다체(하십시오체), 오체(하오체)'와 구별되는 독립된 등분으로 설정할 필요성을 논의했고, Martin(1964)에서는 화계(speech level)상 '-e yo(-어요), -ci yo(-지요)'가 'out-group'의 'polite'에 속한다고 보았지만, 성기철(1970)에 이르러서야 본격적으로 두루낮춤의 반말에 대립되는 두루높임의

---

8) 이 논의에서는 청자 높임 체계를 '존대(尊待)-평대(平待)-차대(差待)-하대(下待)'의 4등분체계로 보았다.
9) '-지오'와 함께 'ㅎ오'의 '-오'도 평대 등분에 속하는 것으로 보았다. 즉, 해요체와 하오체를 하나의 등분으로 처리한 것이다.
10) 이 논의에서는 청자 높임 체계를 '상대(上待)-중대(中待)-반대(半待)-반반대(半半待)-하대(下待)'의 5등분 체계로 보았다.
11) 이 논의에서는 김희상(1911)을 이어 받아 청자 높임 체계를 '하옵시오-하오-반말-하게-하야라'의 5등분 체계로 보았다.
12) 이 논의에서는 기본적으로 '합쇼(아주높힘, 極尊稱)-하오(예사높힘, 普通尊稱)-하게(예사낮훔, 普通卑稱)-해라(아주낮훔, 極卑稱)'를 마침법의 등분으로 두었고, 등외(等外)로는 반말(半語)을 설정했는데, 이는 5등분 청자 높임 체계인 것이다.
13) 이 논의에서는 청자 높임 체계를 '존대-하오-하게-해라-반말'의 5등분 체계로 보았다.

해요체가 청자 높임 등분의 하나로 설정되었다. 그 후에 이맹성
(1973), 고영근(1974), 이익섭(1974), 황적륜(1975), 박영순(1976), 이
익섭·임홍빈(1983), 서정수(1984), 김혜숙(1987), 김영기(1996), 윤천
탁(2004), 최석재(2008) 등에서도 해요체를 현대 국어 청자 높임 체
계에 포함하여 다뤘다.

개화기 국어 공시태를 중심으로 해요체 등분을 고찰한 논의로는
민현식(1984, 1999), 이경우(1998) 등이 있었다. 민현식(1984, 1999)에
서는 서법 종결어미를 기준으로 개화기의 청자 높임법 사용 양상을
고찰했는데, 두루낮춤의 해체와 함께 두루높임의 해요체가 사용되
기는 했으나, 그 쓰임이 해체보다도 적었고, 주로 평서법과 의문법
에서 나타났다고 했다. 이경우(1998)에서는 1890년대부터 1920년대
까지를 '최근세국어'라고 하고, 신소설을 중심으로 사회적인 요인과
관련지어 경어법을 고찰했는데, 사회신분에서 낮은 계층이 높은 계
층에게 합쇼체나 해요체만을 사용하였지 하오체는 사용하지 않았고,
성별에서 여성이 압도적으로 해요체를 많이 사용했으며, 연령에서
미성년, 성년은 각각 성년, 장년에게 주로 하오체를 사용했고, 합쇼
체나 해요체도 더러 사용했다고 했다.

통시적인 관점에서 청자 높임 체계의 변화를 다루면서 해요체 등
분을 고찰한 논의로는 이기갑(1978), 이승희(2004/2007) 등이 있었다.
이기갑(1978)에서는 18세기의 4등급 체계인 'ᄒᆞ쇼셔체, ᄒᆞ오체, ᄒᆞ게
체, ᄒᆞ라체'에서 19세기에 이르면, 'ᄒᆡ체'와 더불어 'ᄒᆡ요체'가 더해
져서 아주높임의 'ᄒᆞ쇼셔체, ᄒᆡ요체', 예사높임의 'ᄒᆞ오체', 예사낮춤
의 'ᄒᆞ게체, ᄒᆡ체', 아주낮춤의 'ᄒᆞ라체'의 체계를 이루게 되었다고
했다. 이승희(2004/2007)에서는 18세기의 'ᄒᆞᄂᆞ이다체, ᄒᆞ오체, ᄒᆞᄂᆡ

체, 흔다체'의 4등분 체계에서 19세기에는 '히체, 히요체'가 등장하여 높임 등급의 'ᄒᄂ이다체', 반말 높임 등급의 '히요체', 중간 등급(1)의 'ᄒ오체', 중간 등급(2)의 'ᄒᄂ체', 반말 등급의 '히체', 안높임 등급의 '흔다체'가 형성되었다고 했다.

다음으로 해요체의 형태와 관련된 논의로는 먼저 공시적인 관점에서 접근한 김종택(1981), 김일병(1984), 민현식(1984), 최전승(1990), 김웅배(1991), 이기갑(1997) 등이 있었는데, 모두 해요체의 형태 형성을 다뤘다. 김종택(1981), 김일병(1984), 민현식(1984), 김웅배(1991)에서는 계사나 서술격조사와 관련지어 '이오'가 축약되어 '-요'가 형성된 것으로 보았다. 반면에 최전승(1990), 이기갑(1997)에서는 계사와 관련짓지 않았는데, 최전승(1990)에서는 하오체의 '-오'가 i계 모음에 의해서 순행동화되어 '-요'가 형성되었다고 보았고, 이기갑(1997)에서는 '-요'가 하오체의 씨끝에서 나왔다고만 했다.

통시적 관점에서 해요체의 형태를 다룬 논의로는 김정시(1993)[14], 고광모(2000), 김의수(2000), 이희두(2000) 등이 있었다. 그 가운데 김정시(1993), 고광모(2000), 이희두(2000)에서만 해요체의 형태 형성을 다뤘는데, 김정시(1993), 이희두(2000)에서는 어미 '-오'의 /i/ 모음 순행동화설을 논의했고, 고광모(2000)에서는 지정사의 '하오체' 활용형 '-이오'의 문법화설을 논의했다. 김의수(2000)에서는 현대 국어를 양분하고, 각 시기별로 출현한 해요체 형태를 고찰했다.

아울러 해요체의 기능과 관련된 논의로는 먼저 공시적인 관점에서 해요체의 기능을 고찰한 홍기문(1927), 강복수·유창균(1968), 이

---

14) 이 논의는 통시태와 공시태를 모두 다뤘는데, 해요체의 형태는 통시태를 중심으로, 해요체의 기능은 공시태를 중심으로 논의했다.

상복(1976), 김일병(1984), 이정민·박성현(1991), 김정시(1993), 윤석민(1994), 이윤하(1999), 남수경(2001), 이영제(2004) 등이 있었다. 전통 문법에서 홍기문(1927)은 '-요'를 '존대의 종결사'로 보았는데, 이는 '-요'가 존대의 기능과 종결의 기능을 동시에 수행한다고 본 것이다. 이영제(2004)에서도 문미의 '-요'가 [+honorific] 자질을 지니고, 종결어미로 쓰인다고 했다. 반면에 강복수·유창균(1968), 이상복(1976), 김일병(1984), 김정시(1993), 이윤하(1999)에서는 해요체의 기능을 청자 존대로만 보았다.

한편 본격적으로 화용론적 접근을 보여 해요체의 다양한 기능을 고찰하려고 한 논의로서 이정민·박성현(1991)에서는 문미의 '-요', 문중의 '-요'가 모두 공손을 드러내는 기능을 하지만, 문중의 '-요'는 디딤말(hedge)의 기능도 가져서 그 요소가 상대방의 주의를 끈다고 했다. 윤석민(1994)에서는 '-요'가 화자가 청자에 대하여 심리적인 거리감을 해소하고 대우해 주는 청자 대우의 기능인 담화 기능Ⅰ과 말이 길어져서 숨을 고르거나 그 앞에 오는 요소에 초점을 주기 위한 기능인 담화 기능Ⅱ를 수행한다고 했다. 남수경(2001)에서는 '-요'가 청자 존대의 기능 이외에 담화의 중간에서 호흡을 조절하고 생각을 정리하는 기능, 청자의 주의를 끌며 반응을 유도하는 기능, 강조의 기능을 수행한다고 했다.

통시적인 관점에서 해요체의 기능을 고찰한 논의로는 김정대(1983)이 있었는데, {요}의 화용상 쓰임이 통사화한 것이 {요}의 통사상 쓰임이라고 보았다. 여기에서 화용상의 쓰임은 문중에서 {요}가 쓰여 청자에 대한 존대 의사를 미리 표시해 준다는 것이고, 통사상의 쓰임은 문말에서 {요}가 쓰여 청자 존대를 나타낸다는 것이다.

그러나 이 논의는 통시적인 근거를 제시하지 않았다.

　이상의 선행 연구 분석을 통해서 몇 가지 해결해야 할 점이 포착되었다. 첫째, 해요체 등분과 관련된 논의에서 왜 해요체 등분이 성립하게 되었는지가 논의되지 않았는데, 그에 대한 해명이 요구된다. 둘째, 해요체의 형태와 관련된 논의에서 계사와 관련지어 해요체의 형태 발달을 논의하는 것이 과연 타당한 접근인지는 재고의 여지가 있고, 계사와 관련짓지 않더라도 해요체의 형태 형성에 반영된 음운 현상이 무엇인지도 명확히 해명되어야 한다. 셋째, 해요체의 기능과 관련된 논의에서 문미와 문중에서 실현되는 '-요'는 국어사적으로 어느 것이 더 먼저 출현했는지를 고찰하고, 그 기능 발달이 논증되어야 한다. 그 과정에서 문미의 '-요'가 종결의 기능을 수행하는지의 여부도 더 면밀하게 논의되어야 한다.

2. 해요체 등분의 성립

2.1. 성립 원인

　본절에서는 해요체의 최초 출현을 고찰하고 나서 청자 높임 체계의 변화 속에서 해요체가 성립하게 된 원인을 해명하기로 하겠다.

　김정시(1993)에서는 {요} 형태가 17세기부터 나타났다고 했다. 다음의 예를 보자.

　(1) ㄱ. 富貴도 슌 밧기요 공명도 쁜 밧기라<모하당 출회가>

ㄴ. 언제면 청춘으로 벗즐 ᄉ마 됴히 도라가리요<서경별곡>

이 논의는 (1)을 근거로 해요체의 최초 출현을 17세기로 본 것이다. 그러나 (1ㄱ)에서의 '-요'는 15세기에도 사용되던 [나열]의 접속어미 '-고'에서 변화한 '-오'가 계사 뒤에서 '-요'로 실현된 것이기 때문에 청자 높임의 기능을 수행하는 '-요'라고 할 수 없다. 그리고 (1ㄴ)에서는 15세기에도 쓰이던 ᄒᆞ라체 의문형어미 '-리오'가 '-리요'로 달리 실현된 것이므로 청자 높임 해요체 형태 '-요'로 볼 수 없다.

이희두(2000)에서는 존칭 형태 '-요'가 18세기에 나타났다고 하면서 다음과 같은 예를 제시했다.

(2) ㄱ. 어듸 만히 요ᄒᆞ리요<1721 오륜전비언해 2:11a>
    ㄴ. 우리 두 사름이 엇디 견듸리오<1721 오륜전비언해 1:53a>

(2ㄱ)에서는 해요체가 실현된 것처럼 보인다. 그러나 이 역시 (2ㄴ) 과 비교해 볼 때, 의문형어미 '-리오'가 '-리요'로 달리 쓰인 것임을 알 수 있다. 즉, (2ㄱ)은 해요체가 아니라 ᄒᆞ라체의 실현이다.

이기갑(1978), 이승희(2004/2007)에서는 해요체가 19세기에 나타났다고 보았는데, 특히 이승희(2004/2007)은 「남원고사(1864년경)」에서 해요체가 최초로 등장한다고 했다. 그러나 본고가 고찰한 바에 의하면, 그 문헌보다 더 이른 시기인 1840년경에 판각된 「춘향전(경판 35장본)」[15]에서 해요체가 발견된다는 점에서 「남원고사」는 해요체가 출현한 최초의 문헌이 아니다.[16]

---

15) 김동욱(1977)에서는 이 문헌의 판각 연대를 1840년경으로 추정했다.
16) 두 문헌은 깊이 관련되어 있는데, 그 이유는 두 문헌이 전해지지 않는 원본

(3) ㄱ. 춘향이 그계야 익고 그러ᄒ면 우에 울기는 더욱 조치오<1840
　　　 년경 춘향전 16b>
　　ㄴ. 나는 내 셰간 다 가지고 삿갓가마 틋고 도련님 싸라가지오
　　　 <1840년경 춘향전 16b>
　　ㄷ. 그 씩 씌여진 노구 츠즈라 갓다가 공교히 쏙 맛ᄂ지오<1840
　　　 년경 춘향전 31b>

그리고 해요체는 다음과 같이 「춘향전」 등의 판소리계 소설과 불
가분의 관계에 있는 19세기의 판소리 사설집17)에서도 나타났다.

(4) ㄱ. 모도 쌈쪽 놀닉지요<19세기 퇴별가 290>
　　ㄴ. 나고 함끠 갈 스름은 그림ᄌ쑌이지오<19세기 변강쇠가 534>

또한 해요체는 (5)처럼 판소리계 소설 이외의 다른 고전소설류에
서도 발견되는데, 그 문헌들도 19세기에 지어진 것으로 추정된다.

(5) ㄱ. 상등 선배는 사람을 붓긋흐로 죽이지오<19세기 소강절 9>
　　ㄴ. 제 방으로 돌여 보내지오<19세기 신숙주부인전 5>

본고는 해요체가 19세기에 구어성(口語性)을 여실히 반영하는 「춘
향전」과 같은 판소리계 소설이나 판소리 사설집에서 처음으로 나타
나기 시작한 것으로 보겠고, 다른 고전소설류에서는 일부 구어적인
표현 때문에 해요체가 나타났던 것으로 판단하겠다.

이제 해요체가 어떠한 이유에서 성립하게 된 것인지를 고찰해 보
자. 이는 청자 높임 체계의 변화와 관련지어 접근해 볼 수 있다. 우

―――――――――――
「춘향전」의 이본들이기 때문이다.
17) 이는 신재효의 작품들이다.

선 해요체가 나타나기 이전인 18세기 청자 높임의 예를 보자.

(6) ㄱ. 至樂은 讀書 궃트니 업고 至要는 敎子 궃트니 업스니라 先生
　　이 니르럿느이다<1721 오륜전비언해 1:17a>
ㄴ. 문스들과 명무 군관 죽을 죄 잇사오니 스획하여 쳐치ᄒ오
　　<1764 일동장유가 4:14b>
ㄷ. 다흠 업슨 승쾌락을 퇴쳔 업시 길게 밧닉<1796 존설인과곡
　　18b>
ㄹ. 네 이제는 ᄆ음을 노흐라<1777 명의록언해 하:45a>

(6ㄱ)에서는 ᄒ쇼셔체가, (6ㄴ)에서는 ᄒ오체가, (6ㄷ)에서는 ᄒ게체
가, (6ㄹ)에서는 ᄒ라체가 쓰였다. 이를 토대로 18세기 청자 높임 체
계18)는 다음과 같이 상정된다.

[표 1] 18세기 청자 높임 체계

등분	형식
아주높임	ᄒ쇼셔체
예사높임	ᄒ오체
예사낮춤	ᄒ게체
아주낮춤	ᄒ라체

18) 이기갑(1978), 이승희(2004/2007)에서도 논의되었는데, 모두 4등분 체계로 보았
다. 그러나 두 논의는 다소 견해 차이를 보인다. 이기갑(1978)에서는 17세기의
'ᄒ쇼셔체, ᄒ소체, ᄒ라체'가 변화한 'ᄒ쇼셔체, ᄒ오체, ᄒ게체, ᄒ라체'의 4
등분 체계라고 보았고, 이승희(2004/2007)에서는 17세기의 'ᄒ나이다체, ᄒ옵닉
체, ᄒ닉체, ᄒ다체'가 변화한 'ᄒ느이다체, ᄒ오체, ᄒ닉체, ᄒ다체'의 4등분
체계로 보았다. 17세기로부터 18세기에까지 이르는 청자 높임 체계의 변화는
본고의 논의와 직접적으로 관련되지 않으므로 깊이 다루지 않기로 하고, (6)처
럼 18세기의 공시태에만 집중하여 청자 높임 체계를 설정하기로 한다.

[표 1]을 분석해 보면, 체계 내적 관련성이 포착된다. 다시 말해서 18세기 청자 높임 체계는 ᄒᆞ쇼셔체(아주높임) 대 ᄒᆞ라체(아주낮춤), ᄒᆞ오체(예사높임) 대 ᄒᆞ게체(예사낮춤)의 등분 대립이 평행하여 안정적인 체계였다.

19세기에 이르면, 다음과 같이 '-어, -지' 등의 ᄒᆞ체 어미가 본격적으로 나타나기 시작한다.

(7) ㄱ. 옥츄경을 닑고 공부ᄒᆞ면 귀신을 부린다 ᄒᆞ니 닑어 보쟈 ᄒᆞ셔 밤이면 닑고 공부를 ᄒᆞ시더니 과연 심야의 정신이 어둑ᄒᆞ오셔 뇌셩보화텬존이 뵌다 ᄒᆞ시고 무셔워 무셔워 ᄒᆞ시며 <1795-1805 한듕만록 2:142>
ㄴ. 알고 무ᄅᆞ시니 다 ᄒᆞ지<1795-1805 한듕만록 3:196>
ㄷ. 졍 은근이 쒸려ᄒᆞ면 네 집 방안ᄒᆡ 횃듸목의나 믹고 쒸지 <1864년경 남원고사 21a>
ㄹ. 마츰 회양이 업고 공교이 졈심 썻니 요고나 홀가 ᄒᆞ고 안잣지<1864년경 남원고사 29a>
ㅁ. 우리 아기는 그리야도 춤아 박듸를 못ᄒᆞ여 잘 듸졉ᄒᆞ엿지 <1864년경 남원고사 35b>

(7ㄱ, ㄴ)의 「한듕만록」은 18세기 말엽과 19세기 초반에 걸쳐 있는 후기 근대 국어의 문헌이다. 이 문헌은 총 6권으로 되어 있는데, 그 가운데 권1과 권4는 1795년에 지어졌고, 권2, 권3, 권5, 권6은 1801년에서 1805년까지의 기간 동안에 지어졌다. 하지만 권1, 권4에서는 ᄒᆞ체 어미가 발견되지 않기 때문에 ᄒᆞ체는 19세기 초반에 성립된 것으로 볼 수 있다. 다음의 예를 보자.

(8) ㄱ. 어ᄉᆡ 듸답ᄒᆞ듸 너가 무슨 돈이 잇셔 남을 슐 먹일가 영감 슐

이니 출출ᄒᆞᆫᄃᆡ 한 잔이나 먹으란 말이지<1864년경 남원고사 4:30a>

ㄴ. 밥을 지으ᄃᆡ 즐도 되도 아니ᄒᆞ고 고슬고슬ᄒᆞᆫ 즁에도 속의 ᄊᆡ 가 업셔 축축ᄒᆞ여도 겻물 도지 아니ᄒᆞ여야 가위 잘 지은 밥 이지 이 밥은 곳 모릭밥이로고나 이 상 믈니여라 식불감ᄒᆞ 니 침불안이 쉬오리라<1864년경 남원고사 1:33a>

ᄒᆡ체가 성립되어 (8)처럼 ᄒᆞᆼ게체, ᄒᆞ라체와 두루 어울려 쓰이게 되었다. 구체적으로 (8ㄱ)에서는 ᄒᆡ체가 ᄒᆞᆼ게체와 함께 쓰이고 있고, (8ㄴ)에서는 ᄒᆡ체가 ᄒᆞ라체와 함께 쓰이고 있다. 그런 점에서 19세기 초반에는 다음과 같은 청자 높임 체계가 일시적으로 형성되었을 것이다.

[표 2] 19세기 초반의 청자 높임 체계

격식		비격식	
등분	형식	등분	형식
아주높임	ᄒᆞᆸ쇼셔체		
예사높임	ᄒᆞ오체		
예사낮춤	ᄒᆞᆼ게체	두루낮춤	ᄒᆡ체
아주낮춤	ᄒᆞ라체		

ᄒᆡ체가 낮춤의 두 등분인 ᄒᆞᆼ게체, ᄒᆞ라체와 두루 어울려 쓰이면서 19세기 언중들의 인식 속에는 높임의 두 등분인 ᄒᆞᆸ쇼셔체, ᄒᆞ오체를 두루 담당할 높임 등분 마련의 필요성이 싹텄을 것이다. 즉, [표 2] 에서 볼 수 있듯이, 청자 높임 체계에서 두루낮춤의 ᄒᆡ체는 성립되어 있는 반면, 그에 대립되는 두루높임은 성립되어 있지 않았기 때

문에 체계 내적 불안정성이 드러나게 된 것이다. 그래서 그 불안정성을 타파하고, 청자 높임의 체계 내적 안정성 추구를 위해서 두루높임의 히요체가 성립된 것으로 판단된다. 다음은 히요체가 ㅎ쇼셔체, ㅎ오체와 두루 어울려 쓰이는 예이다.

(9) ㄱ. 니낭쳥 딕답ㅎ딕 글셰 그러ㅎ외다 亽쪼계셔 딕동 츌방 갓실제 관비 흔 년 다리고 ㅈ고 그년의 빈혀가지 씩앗고 돈 흔 푼 아니 쥬엇지오 쏘 운산현감 갓실 졔 슈급이 흔 년셕 다리고 셕달이나 슈쳥 드리고 쇠쳔 흔 푼 아니 쥬고 도로혀 져의 은가락지 취식ㅎ여 쥬마ㅎ고 셔울 보닉엿지오<1864년경 남원고사 3:29b>

ㄴ. 형님네들과 아ㅈ머니 틱평ㅎ시고 집안에도 연고 업시 지닉오 어린 아희들도 잘 ㅈ라고 뎨시 네도 안강ㅎ오 죵시네도 잘 단니오 구실이나 다스치 아니ㅎ오 이번 신연 뫼시라 셔울은 평안이 단녀와셔 노독이나 아니낫소 그젼 우리게셔 가져간 강아지 요스이ᄂ 미오 컷지오<1864년경 남원고사 3:15a>

(9ㄱ)에서는 히요체가 ㅎ쇼셔체와 함께 쓰이고 있고, (9ㄴ)에서는 히요체가 ㅎ오체와 함께 쓰이고 있다. 따라서 19세기 중반부터는 다음과 같은 청자 높임 체계를 이루었다고 할 수 있다.

[표 3] 19세기 중반부터의 청자 높임 체계

격식		비격식	
등분	형식	등분	형식
아주높임	ㅎ쇼셔체	두루높임	히요체
예사높임	ㅎ오체		

예사낮춤	ᄒᆞ게체	두루낮춤	ᄒᆡ체
아주낮춤	ᄒᆞ라체		

19세기 청자 높임 체계에 대해서 이기갑(1978), 이승희(2004/2007)은 모두 일원적인 체계로 보았다. 그러나 본고에서 논증했듯이, ᄒᆡ체와 ᄒᆡ요체가 다른 높임 등분과 두루 어울려 쓰이는 점으로 볼 때, [표 3]의 이원적인 체계가 더 타당하다고 본다.

아울러 국어 높임법사를 분석해 볼 때, 성기철(1970)에 이르러서야 비로소 두루높임의 해요체가 현대 국어 청자 높임 등분의 하나로 정착할 수 있었지만, 두루높임 해요체의 초기 형태와 그 쓰임은 이미 후기 근대 국어 특히 19세기부터 나타났다.

2.2. 성립 요건

본절에서는 ᄒᆡ요체의 성립에 어떠한 점이 요구되었는지를 고찰하기로 하겠는데, 구체적으로 ᄒᆡ체, ᄒᆞ오체와 관련지어 해명해 보려고 한다.

19세기에 청자 높임법 체계상 두루낮춤의 ᄒᆡ체에 대립되는 두루높임의 새로운 등분을 갖춰 체계 내적 안정성을 추구하려고 했다면, 그 당시 언중들은 청자 높임 체계 내에서 그 실마리를 찾으려고 했을 것이다. 즉, 청자 높임 체계 안에서의 상호작용이 있었던 것으로 보아야 한다. [표 2]처럼 19세기 초반의 청자 높임 체계에서 격식체인 'ᄒᆞ쇼셔체, ᄒᆞ오체, ᄒᆞ게체, ᄒᆞ라체'와 비격식체인 ᄒᆡ체 가운데 높임을 담당했던 등분은 ᄒᆞ쇼셔체와 ᄒᆞ오체였는데, ᄒᆞ쇼셔체에서는

객체 높임 형태소에서 청자 높임 형태소로 기능 변화한 {-습-}과 청
자 높임 형태소로서의 기능이 약화되어 {-ᄂ-}나 {-더-} 또는 {-사
-}[19)]에 융합되어 버린 {-이-}의 구조와 종결어미 '-다, -까'가 거의
하나의 단위처럼 굳어져서 의무적인 통합구조체를 이루어 가는 현
상[20)]을 보였으므로 그 통합구조체에서의 종결어미 '-다, -까' 대신에
ᄒᆡ체 어미를 통합하기는 어려웠을 것이다. 그래서 ᄒᆞ오체의 '-오'를
ᄒᆡ체 어미에 통합하여 두루높임의 ᄒᆡ요체를 이루어낸 것으로 판단
된다. 다음의 예를 보자.

> (10) ㄱ. 나는 내 셰간 다 가지고 삿갓가마 투고 도련님 ᄯᆞ라가지오
>   <1840년경 춘향전 16b>
>   ㄴ. 춘향이오 죽어오 엇지ᄒᆞ여 죽어오<1864년경 남원고사 3:20a
>   >
>   ㄷ. 나두 다 알어요<19세기 소강절 31>
>   ㄹ. 무사할는지도 알 수 업지요<19세기 신계후전 30>

---

19) 청유형에서 나타나던 선어말어미였는데, 15세기에서의 예는 다음과 같다.
    ㄱ. 그제 淨居天이 虛空애 와 太子ᄭᅴ 솔ᄫᆞᄃᆡ 가사이다<1447 석보상절 3:26b>
    ㄴ. 子息의 일훔을 아비 이시며 어미 이샤 一定ᄒᆞ사이다<1459 월인석보 8:83a>
    ㄷ. 淨土애 흔ᄃᆡ 가 나사이다 <1459 월인석보 8:100b>
20) 이러한 현상의 예는 19세기는 물론, 그 이전과 이후(1984년부터)에도 발견된다.

    ㄱ. 남무아미타불 어셔어셔 가옵ᄉᆡ다 <1796 인과곡 18b>
    ㄴ. 빅셩이 일변으로 ᄉᆞ도의 위엄을 두리오며 일변으로 ᄉᆞ도의 은덕을 감격ᄒᆞ
        여 ᄒᆞ옵ᄂᆡ다 <19세기 삼설기 17:10b>
    ㄷ. 쥬왈 신믜 년젼의 한님학ᄉᆞ 셔련흥과 졍혼ᄒᆞ옵기ᄂᆞᆫ 이샹ᄒᆞ온 일노 말믜야
        마ᄉᆞᆸᄂᆡ다 <19세기 쌍쥬긔연 33:13b>
    ㄹ. 팔노 그 놈을 근더려ᄉᆞᆸᄂᆡ다 <1864년경 남원고사 3:20b>
    ㅁ. 편지와 셔과를 가지고 드러왓ᄉᆞᆸ다 <19세기 당틱종전 17a>
    ㅂ. 그 곡졀을 알 길이 업ᄉᆞ옵듸다 <19세기 괴산 졍진ᄉᆞ전 102>
    ㅅ. 아니 ᄀᆞ겟ᄉᆞᆸᄂᆡ가 <1897 국문정리 10a>
    ㅇ. 요ᄉᆞ이ᄂᆞᆫ 엇지 그리 ᄒᆞᆫ 번도 맛ᄂᆞ뵐 수 업슴닛가 <1912 츄월색 3>

해요체 출현의 최초 문헌인 「춘향전」에서는 (10ㄱ)처럼 해체 어미 '-
지'와 '-오'가 통합했다. 「남원고사」에서는 (10ㄴ)처럼 해체 어미 '-
어'와 '-오'가 통합했다. 반면에 (10ㄷ, ㄹ)에서는 해체 어미 '-어, -
지'와 '-요'가 통합했다. 그렇더라도 시간적인 선후 관계를 중심으로
(10ㄱ, ㄴ) 등의 다른 문헌들과 비교해 봤을 때, (10ㄷ, ㄹ)의 '-요'는
본래의 형태인 '-오'가 특정한 음운 현상에 의해서 형태 변화한 것으
로 예측된다.21)

이승희(2004/2007)에서는 「남원고사」에 나오는 용례들이 '-어오, -
지오'로 표기되어 있지만, 다른 이본들에서 '-어요, -지요'로 표기되
어 있다는 점과 현대 국어 해요체와의 연속성을 고려하여 「남원고사」
의 '-어오, -지오'를 해요체로 처리한다고 했다. '-어오, -지오'가 현
대 국어 해요체 '-어요, -지요'와 연결된다는 점은 부정할 수 없다.
그러나 해요체의 발달 과정에 대해서 구체적으로 접근하지 않아서
'-어오, -지오'가 왜 나타난 것이고, '-어오, -어요', '-지오, -지요'의
관계 즉, 형태 변화는 어떠한 이유에서 일어난 것인지도 논의되지
않았다.

한편 주목되는 점은 히체 어미와 통합하는 '-오'의 문법 범주가
무엇인가 하는 것이다. 본래 예사높임의 ᄒ오체 어미 '-오'로 기능하
던 것이 해체 어미에 통합하려면, 어미가 아닐 수 있다. 다시 말해서
히체 어미 자체가 두루낮춤의 기능하면서 문장 종결의 기능까지 지
니고 있는데도 거기에 다시 종결어미가 통합한다고 할 수는 없는 것
이다. 따라서 히체 어미에 통합하던 '-오'는 어미가 아니라 어미에서
기능 변화한 보조사로 볼 수 있다.

---

21) '-요' 형태 변화의 구체적인 측면은 3장에서 논의된다.

3. 해요체의 형태 발달

3.1. 히아투스 해소 현상에 의한 형태 형성

2.2절에서 논의했듯이, 히체와 하오체의 상호작용으로 인해 해요
체가 성립될 수 있었다. 본절에서는 해요체의 일반적인 형태로 볼
수 있는 '-어오, -지오'를 중심으로[22] '-어오>-어요', '-지오>-지요/죠'
의 형태 변화의 원인을 논증하되, 음운론적 과정을 상정하여 구체적
으로 접근하기로 하겠다. 먼저 기존의 연구를 더 세밀하게 분석해
보자.

김종택(1981)에서 '-요'는 기원적으로 하오체의 일종인 '이오'가
축약되어 형성된 것으로 보았다. 이는 계사와 어미 '-오'의 준말로
본 것이다. 다음의 예를 들고 있다.

(1) ㄱ. {그렇지}...............이오 → 그렇지요
    ㄴ. {그렇구나}...........이오 → 그렇군요
    ㄷ. {먹어}.................이오 → 먹어요

자료는 현대 국어의 공시태 자료를 제시했고, (1)은 종결어미에 계
사의 '하오체' 활용형 '이오'가 '요'로 축약된 후에 '해체'에 통합했
다는 것을 나타낸 것이다. 그러나 통시태나 공시태에서 '-지, -구나,
-어' 등의 종결어미에 계사가 후접되는 형태는 어디에서도 찾아 볼
수 없으므로 타당하지 않다고 본다. 게다가 2장에서 논의했듯이, 해

---

22) 청자 높임에 대한 대부분의 논의들은 해요체의 경우에 '-어요, -지요'를 대표적
으로 다루고 있다.

요체의 초기 형태가 '-어오, -지오'였음을 고려할 때, '-요'의 형성 과정을 계사와 관련지어야 할 필연적인 이유는 없다. 그런 점에서 이 논의를 수용한 김일병(1984), 민현식(1984)와 서술격조사의 활용형 '-이오'의 축약형이 대우법소화한 것으로 본 김웅배(1991)도 마찬가지로 재고되어야 한다.

고광모(2000)에서는 '이오' 축약설과 어느 정도 맥락을 같이 하지만, 더 나아가서 지정사 문법화설을 논의했다. 즉, 지정사의 '하오체' 활용형 '-이오'가 문법화하여 '-요'가 형성되었다고 보았다. 다음의 예를 들고 있다.

        (2) ㄱ. 무얼 그리 맛있게 먹나?
            ㄴ. {밤, 밤이오, 밤입니다}.
        (3) ㄱ. 그 사람을 어디서 만났습니까?
            ㄴ. {학교서, 학교서요, 학교섭니다}.

이 논의에서는 반말체와 하오체의 대립으로부터 '-요'가 형성되었다고 보았는데, (2ㄴ)의 대답에서는 '반말체'인 '밤'과 '하오체'인 '밤이오'가 대립을 보이지만, (3ㄴ)은 그러한 대립이 없고, '학교서요'처럼 '-요'가 나타난 것은 지정사 활용형 '-이오'가 '반말체'에 덧붙는 상대 높임의 단일 형태소로 재해석되었기 때문이라고 했다. 그러나 다른 청자 높임 등분을 전혀 고려하지 않은 채, '해체'와 '하오체'의 대립을 가정한 점과 그로부터 '-요'가 형성되었다는 점은 논리적이라고 볼 수 없을 뿐더러 앞서도 논의했듯이, 히요체의 초기 형태가 '-어오, -지오'였으므로 '-어오, -지오'에서 다른 요인에 의해 이미 형성된 '-요'가 '해체'인 '학교서'와 통합한 것일 가능성이 얼마든지 있

는 바, 계사와 관련지어 문법화로 설명하려는 논의는 근본적으로 접
근 자체가 타당하지 않다고 본다.

반면에 '-요'의 형성 과정을 계사와 관련짓지 않은 논의로, 최전승
(1990)에서는 19세기 후기 전라 방언의 판소리 사설을 분석하면서
하오체의 '-오'가 선행 음절의 /i/계 모음에 의해서 동화를 입어 '-요'
형태가 형성되었을 가능성을 제시했다. 이희두(2000)에서도 존칭 형
태의 변천 과정을 논의하면서 '-요'는 어미 '-오'가 '이' 모음 순행동
화하여 형성되었다고 했다. 그러나 두 논의 모두 그에 대한 구체적
인 설명은 없다. 게다가 그 음운 현상은 움라우트(umlaut, 'ㅣ' 모음
역행동화)만큼 일반적이라고 할 수 없고, 본질적으로는 다른 음운론
적 요인이 작용했을 것으로 보인다.

김정시(1993)에서는 {-고}에서 묵음화 현상('ㄱ'탈락)으로 형성된 {-
오}가 y순행동화하여 '-요'가 나오게 된 것이라고 했다. 그러나 '-요'
형성 과정에서의 y순행동화 역시 재고의 여지가 있을 뿐만 아니라 그
보다 더 근본적으로 [나열]의 접속어미를 청자 높임의 기능을 수행하
는 '-요'로 그르게 분석했다는 점에서 이 논의는 타당하지 않다.

이기갑(1997)에서는 해요체의 형태가 중부 방언과 서북 방언은 '-
요', 중부 방언 가운데에서도 충청 지역어는 '-유', 서남 방언은 '-라
우', 동남 방언은 '-예', 제주 방언은 '-예/양'으로 나타난다고 했으며,
이들 형태들은 모두 하오체의 씨끝 '-오'에서 기원했다고 보았지만,
하오체의 '-오'가 어떠한 변화를 입어 '-요'로 확립되었는지에 대해
서는 논의되지 않았다.

이제 본고는 '이오' 축약설이나 지정사 문법화설을 인정하지 않는
입장에서 '-어오>-어요', '-지오>-지요/죠'의 형태 변화의 원인 파악

에 집중하기로 하겠다. 이 형태 변화 과정에는 'ㅣ' 모음 순행동화 현상이 아니라 다른 특정한 음운론적 요인이 작용한 것으로 보인다. 이는 히아투스(hiatus) 해소 현상23)이 '-요' 형성 과정에 반영된 것으로서, 형태소 경계 사이에서 비성절음([-syllabic])이 중간에 개재하지 않고, 두 개의 성절음([+syllabic])이 연이어 놓이게 되면, 모음 충돌 현상이 발생하므로 그것을 방지하기 위해서 활음(glide) /j/가 첨가되거나 /j/ 활음화가 일어난 것이다.24) 다음과 같은 음운론적 과정을 상정해 볼 수 있다.

(4) ㄱ. /-어 + -오/
        어 j 오   … /j/ 첨가
        ─────────
        어요
        ─────────
        어요

     ㄴ. /-지 + -오/
        지 j 오   … /j/ 첨가
        ─────────
        지요
        ─────────
        지요

     ㄴ'. /-지 + -오/
        ㅈ j 오   … /j/ 활음화
        ─────────
        죠
        ─────────
        죠

---

23) 히아투스(hiatus)는 '모음 충돌'을 나타나며, '히아투스 회피 현상'이라고도 한다. 이 음운 현상은 이숭녕(1947), 허웅(1970), 강창석(1984), 유재원(1985), 김종규(2003) 등에서 논의되었다.
24) 히아투스(hiatus) 해소 현상의 방법으로는 활음 첨가, 모음 탈락, 활음화가 있는데, 본고는 그 중에서 활음 /j/ 첨가나 /j/ 활음화가 해요체 형태 형성에 관여했다고 보는 것이다.

(4ㄱ,ㄴ)에서는 해체 어미 '-어, -지'가 '-오'와 통합할 때, /j/가 첨가
된 것이다. (4ㄴ´)에서는 해체 어미 '-지'와 '-오'가 통합할 때, /j/
활음화가 발생하여 해체 어미 '-지'의 /i/ 모음이 활음 /j/로 바뀌고
나서 '-오'와 통합한 것이다. 여기에서 /j/ 활음화는 '-지오 > -지요'
에서만 적용되는데, 그 이유는 '-어오 > -어요'에서 '-어'와 관련되
는 활음이 존재하지 않아서 그러한 음운론적 동기가 발생할 수 없
었기 때문이다.

　(4)를 음절구조로 더 상세하게 분석해 보면, 다음과 같다.25)

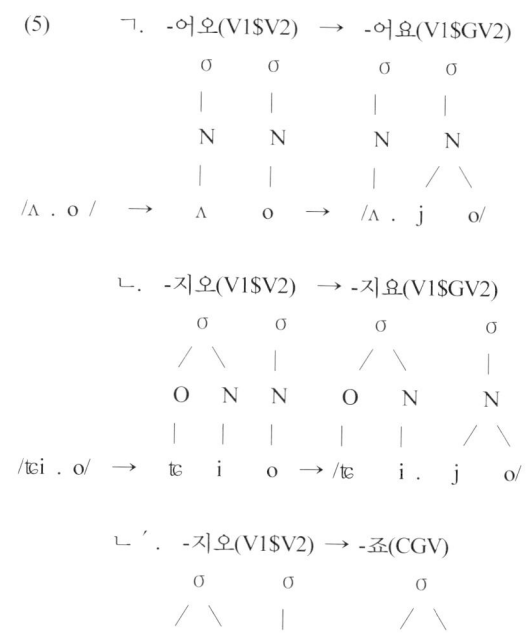

---

25) V는 모음(vowel)을, C는 자음(consonant)을 G는 활음(glide)을, $는 음절 경계
　　(syllable boundary)를, σ는 음절(syllable)을, O는 두음(초성, onset)을, N은 핵
　　(nucleus)을 나타낸다.

```
          O   N    N        O   N
          |   |    |        | / \
/ʨi . o/  →   ʨ   i    o    →  /ʨ  j   o/
```

(5ㄱ,ㄴ)처럼 /j/ 첨가가 일어날 경우에는 활음 /j/가 선행 음절의 핵인 모음 /ʌ/나 /i/에 통합하는 것이 아니라 후행 음절의 핵(nucleus)인 모음 /o/에 통합하여 /jo/가 됨으로써 활음이 모음에 선행하는 상승형 음절구조를 이루게 된다. (5ㄴ´)에서는 /j/ 활음화가 일어나 선행 음절의 핵이었던 모음 /i/가 /j/ 활음으로 바뀌고 나서 후행 음절의 핵이었던 모음 /o/와 통합하게 된다.

그런데 (5)에서 주목되는 점은 음절구조의 조정 과정이 일어났다는 것이다. (5ㄱ,ㄴ)에서는 /j/를 첨가시켜 음절을 유지하려고 한 것이고, (5ㄴ´)에서는 /j/ 활음화를 통해서 선행 음절을 탈락시키면서 축약하려고 한 것이다.

또한 이러한 과정은 다시 음절구조상 조음적 연속성 추구와 관련되는데, 이를 나타내 보이면, 다음과 같다.

```
(6)      ㄱ.  -어오        →      -어요
             [ʌ  .  o]            [ʌ  .  jo]
              ↓     ↓              ↓  ↗ ↓
             (불연속)             (연속)


         ㄴ.  -지오        →      -지요
             [ʨi  .  o]           [ʨi  .  jo]
              ↗ ↓   ↓             ↗ ↓ ↗ ↓
             (불연속)             (연속)
```

ㄴ´. -지오   →   -죠

   [tɕi . o]   [tɕjo]

   ↗ ↓ ↓   ↗ ↓↗ ↓

   (불연속)   (연속)

(6)에서 볼 수 있듯이, 히아투스 해소 현상으로 /j/ 첨가, /j/ 활음화가 일어나 음절들이 조음적으로 단절되지 않고, 연속된 음절구조를 이루게 된다. 즉, 점강음과 점약음을 갖춘 음절구조로 재개편되는 것이다.

이처럼 음절구조의 조정 과정인 히아투스 해소 현상은 해요체의 초기 형태 '-어오, -지오'를 '-어요, -지요/죠'로 변화시키는 데에 직접적인 요인이 된 것이라고 하겠다. 즉, 해요체 형태 '-요'는 히아투스 해소 현상에 의해서 형성된 것이다.

3.2. 형태 변화의 점진성

본고에서 가정하는 '-어오 > -어요', '-지오 > -지요/죠'의 도식은 해요체의 형태 발달을 단적으로 표현하는 데에 효과적이다. 즉, 해요체 형태의 초기 단계와 최종 단계를 분명하게 드러낸다. 하지만 해요체의 형태 발달은 갑작스런 변화로 이루어진 것이 아니라 점진적인 변화로 진행되었다고 보는 바, 그 발달의 중간 과정이 상정될 수 있는데, 다음과 같은 발달 도식으로 나타낼 수 있다.

(7) ㄱ. -어오 > -어오 > -어요
            -어요
    ㄴ. -지오 > -지오 > -지요/죠

                    -지요/죠

(7)처럼 중간 단계는 해요체 형태의 히아투스 해소 현상 비적용형 '-
어오, -지오'와 히아투스 해소 현상 적용형 '-어요, -지요/-죠'가 공존
하는 단계이다.

  이제 현대 국어의 시기별로 과연 그러한 양상이 드러나는지 고찰
해 보기로 하겠다. 다음은 현대 국어 제1기(1984년-1909년)의 자료인
데, (7)에서의 중간 과정인 공존 현상이 발견된다.

  (8) ㄱ. 눈을 싹 감고 고기를 비틀어 느러트렷셔오<1908 쌍옥적 78>
      ㄴ. 손아릭 누의다려 황송이 다 무엇이고 존되가 다 무엇이야오
         <1908 구마검 48>
      ㄷ. 보기는 누가 보아요<1907 빈상설 27>
      ㄹ. 별 소리를 다 ᄒ여요<1908 치악산 上:10>
  (9) ㄱ. 댁 아기 하ᄂ를 위하야 그리하지오<1907 귀의성 上:108>
      ㄴ. 평등이라 ᄒ는 것이 대단히 조흔 일이지오<1908 계명성 27>
      ㄷ. 그러나 진수 ᄋ희 다녀오거든 죵용이 가지요<1908 송뢰금 6>
      ㄹ. 싸둛이 잇지요<1908 철세계 44>

  시간이 흘러 현대 국어 제2기(1910년-1944년)에서도 (10, 11)처럼
공존 현상은 이어진다. 다음의 예를 보자.

  (10) ㄱ. 아조 어엿부게 되얏서오<1912 두견성 下:4>
       ㄴ. 언니나 먹어오<1914 금국화 下:17>
       ㄷ. 여긔는 각금 그 즘싱이 오기는 히도 관계치 안어요<1912 고
          목화 下:84>
       ㄹ. 여긔셔 얼마나 되어요<1914 츄턴명월 66>
       ㅁ. 웨 몇 일 동안 갓다 오시지 않었어오<1930 薔薇 병들다 49>

ㅂ. 生이 잇슬 째까지는 예술이 업서지지 안어요<1922 젊은이
　　의 시절 45 >
ㅅ. 이런 째 밥을 먹어요<1923 春星 21>
ㅇ. 그이는 남의 생각은 죽음도 해주지를 안어요<1924 전차차
　　장의 일기 몇 절 147>
ㅈ. 당초부터 없어요<1936 모밀꽃 필 무렵 300>
ㅊ. 좀 마음을 굳세게 먹어요<1940 뉘치려 할 때 8>
ㅋ. 웨 안평의 일이어요<1941 대수양 214>
ㅌ. 그 때나 지금이나 제 마음은 조금도 변하지 않았어요<1941
　　二心 522 >

(11) ㄱ. 져것은 다름이 아니라 남 모르는 속마음에 깁히 싱각ᄒᄂ
　　　놈이 잇서 져 모양이지오<1914 안의 성 43>
ㄴ. 흔참 듯더니 싱긋 우스며 그래 보지요<1911 월하가인 14>
ㄷ. 새 사람이 되야죠<1919 황혼 9:1>
ㄹ. 님자도 남의 마음을 알지오<1925 물레방아 15>
ㅁ. 사람이 사랑으로 나고 사랑으로 죽고 사랑으로 살기만 하
　　면 그 사람의 生은 참 生이 되겟지요<1922 별을 안거든 우
　　지나 말걸 174>
ㅂ. 달나라에는 살어서는 못 가죠<1926 화염에 싸인 원한
　　1:144>
ㅅ. 여름이라 길두 늘어나 그렇지오<1939 제일과 제일장 141>
ㅇ. 그만 해두려다가 심심하길래 또 말을 시켰지요<1938 치숙
　　275>
ㅈ. 시원스리 말은 안해 주나 봉평이라는 것만은 들었죠<1936
　　모밀꽃 필 무렵 301>
ㅊ. 감당키 힘들겠단 말이지오<1941 대수양 205>
ㅋ. 그런데, 이곳 본토인이 고구려 후인이니만치 고구려풍이 가
　　장 많이 있었지오<1941 대수양 239>
ㅌ. 어머니께서 오셨더라지오<1941 二心 319>
ㅍ. 그 때 황태자님을 가르치신 공이 많으시다구 청사단령과
　　함께 곤전에서 하사가 게신 갓끈이지요<1942 그늘 133>
ㅎ. 모르죠<1941 二心 314>

그런데 제2기에서는 다소 특징적인 모습이 포착된다. '-지오/-지요/-죠'의 공존 현상은 1910년대부터 1944년까지 나타나는 반면, '-어오/-어요'의 공존 현상은 전체적으로 보았을 때, 제2기의 모습이기는 하지만, (10ㅈ-ㅌ)에서 볼 수 있듯이, 1930년대 중반부터 점차 '-어요'로 단일화되면서 공존 현상은 나타나지 않는다.

현대 국어 제2기(1910-1944년)에서 동일 문헌을 분석했을 때에도 다음과 같이 해요체 형태의 히아투스 해소 현상 비적용형과 히아투스 해소 현상 적용형이 공존했음이 입증된다.

(12) ㄱ. 갓다 쥬기만 ᄒ고 나ᄂ 힝ᄒ게 다른 듸로 갓셔슨닛가 먹ᄂ 것을 못 보앗셔오<1913 우중행인 68>
  ㄴ. 그게 무슨 말슴이야오<1913 우중행인 108>
  ㄷ. 웨 일이 업셔오<1913 우중행인 92>
  ㄹ. 그게 웬 말이야요<1913 우중행인 59>
  ㅁ. 아모 짐작도 못ᄒ겟셔요<1913 우중행인 169>
  ㅂ. 예예에 우리마누라가 늬려 왓셔요<1913 우중행인 212>
(13) ㄱ. 웨 몇 일 동안 갓다 오시지 않었어오<1930 薔薇 병들다 49>
  ㄴ. 영화의 한 토막과도 같이 아름답지 않어요<1930 薔薇 병들다 38>
  ㄷ. 방축이라니 그렇게 긴 방축이 어디 있겠어요<1930 薔薇 병들다 46>
  ㄹ. 좀 있으면 솔골로 풋송이 따러 가는 마을 사람들이 뚝 위를 희긋희긋 올나 가기 시작하겠어요<1930 薔薇 병들다 46>
(14) ㄱ. 선생님이 동경제대서 문화 비판 회원으로 활동할실 때만 해도 그러치는 않었지오<1935 金講師와 T教授 228>
  ㄴ. 내가 과자상자 들고 간 것 보았지오<1935 金講師와 T教授 230>
  ㄷ. 바로 이번 첫재 시간이 당신 시간이지요<1935 金講師와 T教授 224>

    ㄹ. 내가 공 치사하는 게 아니라 당신을 교장에게 추천한 것도
       실상은 내가 한 것이지요<1935 金講師와 T敎授 226>
    ㅁ. 아마 처음이죠<1935 金講師와 T敎授 222>
 (15) ㄱ. 어머니께서 오셨더라지오<1941 二心 319>
    ㄴ. 조선서는 좀처럼 보기 드문 <모던>이지요<1941 二心 227>
    ㄷ. 선생님 뵈러 오지요<1941 二心 520>
    ㄹ. 생각해 보지요<1941 二心 534>
    ㅁ. 모르죠<1941 二心 314>

(12, 13)처럼 1910년대 문헌인 「우중행인」과 1920년대 문헌인 「薔薇
병」에서 각각 '-어오/-어요'가 모두 실현되었다. 그리고 (14, 15)처럼
1930년대 문헌인 「金講師와 T敎授」와 1945년 이전 문헌인 「二心」에
서 각각 '-지오/-지요/-죠'가 모두 실현되었다.

  고광모(2000)은 1910년 전후의 신소설에서 '-어오, -지오'로 나타
나는 것을 '-어요, -지요'가 단지 잘못 적힌 것이라고 보았다. 그러나
그 견해는 타당하지 않은데, 본고에서 논증했듯이, 해요체의 형태
발달 과정에서의 공존 현상으로서, 히아투스 해소 현상 적용형 '-어
요, -지요/-죠'가 아직 완전하게 해요체의 형태로 단일화되지 않았음
을 나타내는 것이다.

  현대 국어 제2기에서의 공존 현상이 현대 국어 제3기에서도 이어
지는지를 고찰해 보자. 먼저 1945년부터 1950년까지의 문헌들을 보자.

 (16) ㄱ. 인제 끝이 났어요<1946 解放前後 181>
    ㄴ. 그렇지만 정말 독립이 됐으면야 집안에만 박혀 있겠어요
       <1947 혈거부족 50>
    ㄷ. 못 속에 비최는 저 꽃을 찾아 뛰어 들어가겠어요<1948 문장
       강화 140 >

ㄹ. 다 그렇게 약졸 해놨어요<1948 도야지 39>

ㅁ. 그렇게 하는 편이 되레 문제가 없겠지마는 당자가 그리겠
다는 걸 말릴 일도 못되고 또 사리에 틀릴 것도 없지 않아
요<1949 난 어머니 92>

(17) ㄱ. 그래서 그 무슨 까닭인지를 알아보려고 이웃 사람에게 물어
보았지오<1946 문예독본 10>

ㄴ. 편지를 보내고 회답을 기다릴 만하면 본인이 오지오<1947
백범일지 160>

ㄷ. 우리 농민은 그래두 저 햇빛을 보고 저마다 자유로 살 순
있지요<1946 닭싸움 434>

ㄹ. 테니쓰 승리자 뿐만 아니라 최후의 승리자였지요<1948 牡
丹꽃 필 때 165>

ㅁ. 그 서방이 출정한 것은 작년 가울이니까 물논 일년이 넘었
죠<1948 엉덩이에 남은 발자욱 93>

ㅂ. 그게 좋겠죠<1950 立夏의 節 206>

이 기간 동안에는 (16)처럼 '-어요'만이 나타났다. 이는 본고가 위에
서 논의했듯이, 1930년대부터 이어지는 현상인 것이다. (17)에서는 '-
지오, -지요, -죠'의 공존 현상이 아직도 지속되고 있음을 나타낸다.
그러나 다음과 같이 1950년대부터 차츰 '-지오'는 소멸하게 된다.

(18) ㄱ. 오빠께서는 아예 제가 보내는 게라는 말씀 말나던 것만 해
두 그래서 그런 게지오<1951 華相譜 45>

ㄴ. 우선 축하의 말씀부터 들이는 것이 옳겠지오<1951 華相譜
234>

ㄷ. 내 분명히 말하지요<1954 카인의 후예 109>

ㄹ. 이거 냉이 나물이지요<1955 밀다원시대 111>

ㅁ. 아마 집터가 좋은가 보죠<1955 夫婦 113>

ㅂ. 그런 점도 없지 않아 있죠<1955 地平線 127>

(18ㄱ, ㄴ)처럼 1950년대 초반에는 '-지오'가 나타나지만, 1950년대 중반부터는 '-지오'가 나타나지 않는다. 또한 다음과 같이 동일 문헌의 빈도를 분석했을 때에도 1950년대 중반부터 '-지오'가 소멸되고, '-지요/죠'로 단일화되었다는 점을 확인할 수 있다.

    (19)[26] ㄱ. <1951 華相譜> : -지오(26), -지요(7)/죠(73)
          ㄴ. <1951 거품> : -지오(0), -지요(0)/죠(10)
          ㄷ. <1954 추도> : -지오(0), -지요(0)/죠(3)
          ㄹ. <1954 흑백> : -지오(0), -지요(0)/죠(3)
          ㅁ. <1955 비오리> : -지오(0), -지요(1)/죠(2)

이처럼 현대 국어 제3기에서는 '-지오'까지 소멸하게 됨으로써, '-어요, -지요/-죠'로 단일화된다. 이는 이 시기에 비로소 '-요'가 확립되었음을 나타내는 것이고, 해요체의 형태 발달은 점진적인 변화 과정을 통해서 이루어졌음을 드러내는 것이다.

3.3. 형태의 유추적 평준화

3.2절에서 논증했듯이, '-어오, -지오'의 '-어요, -지요'로의 형태 변화는 히아투스 해소 현상 비적용형(-어오, -지오)과 히아투스 해소 현상 적용형(-어요, -지요)이 공존하는 중간 과정이 상정되기 때문에 점진적인 속도로 진행된 것이라고 하겠다. 그렇다면, 공존 현상이 일어나던 중간 과정을 거쳐서 최종적인 '-요' 형태로 단일화되는 과정에 대해서도 타당하게 설명되어야 할 것이다. 본고는 이를 유추(analogy)

---

26) '-시-'가 통합하여 청자가 높아지는 효과가 나타나는 경우는 제외했다.

기제와 관련지어 해명하려고 한다.

유추27)는 통시적 관점이나 공시적 관점에서 다뤄졌는데, 대표적으로 4항 유추(four part analogy), 유추적 평준화(analogical leveling), 유추적 확대(analogical extension) 등이 유추와 관련된 것들이다. 본고는 주로 통시적 변화와 관련된 유추적 평준화, 유추적 확대 가운데 특히 유추적 평준화의 관점에서 '-요' 형태의 확립 과정을 논증하기로 하겠다.

유추적 평준화는 하나의 의미에 하나의 형식을 연결하려는 목표를 지향하여 어떠한 형태와 관련을 맺고 있는 다른 형태를 제거하는 통시적 과정이다. 이는 달리 표현하면, 패러다임 내에서 하나의 형태로 단일화되는 현상이라고 할 수 있다. 유추적 평준화의 전형적인 예는 Mańczak(1958)에서의 두 번째 경향에서 제시되었다(김유범, 2004).

---

27) 유추에 대한 논의는 고대 로마의 철학자 Varro까지 거슬러 올라가는데, 4항 유추의 개념이 논의되었다고 한다(Jeffers & Lehiste 1979:60). 이후 19세기의 소장문법학파(neogram marian)에서 언어 변화를 설명하는 중요한 기제로 논의되었는데, 이는 역사·비교언어학의 이론적 토대를 마련해 주는 계기가 되었다. 그리고 구조주의자인 Saussure(1916)에서도 유추가 논의되었으나, 유추 변화는 진정한 음운 변화로 볼 수 없다고 했다. 변형 생성 문법에서도 유추가 논의되었다. Kiparsky(1965, 1968)에서는 규칙의 첨가, 규칙의 소실, 규칙의 재배열, 규칙의 단순화처럼 규칙의 변화를 설명하기 위해서 유추를 거론했다.
한편 유추 변화의 원리가 논의되기도 했다. Kuryłowicz(1947)에서는 6가지 법칙(law)을 제시했고, Mańczak(1958)에서는 9가지 경향(tendency)을 제시했다. 그에 대한 구체적인 소개는 김방한(1988), 김유범(2004)를 참조할 수 있다.

(20) [경향 2] 어근의 교체는 도입되기보다 폐지된다.

	라틴어	고대 불어	근대 불어
1인칭(단수)	ámo	aim	aime
2인칭(단수)	ámas	aimes	aimes
3인칭(단수)	ámat	aimet	aime
1인칭(복수)	amámus	amons	aimons
2인칭(복수)	amátis	amez	aimez
3인칭(복수)	ámant	aiment	aiment

먼저 라틴어에서 고대 불어로의 변화를 볼 때, 어두의 강세 모음 /a/
는 /ai/로 변화한 반면, 어두의 비강세 모음 /a/는 변화가 없어서 불규
칙한 패러다임을 산출하게 되었다. 그 후에 고대 불어에서 근대 불
어로의 변화는 어근의 형태가 단일화되어 규칙적인 패러다임을 유
지하게 되었다.

국어의 경우에 김현(2003/2006)은 활용 패러다임에서의 유추적 평
준화를 논의했다. 다음의 예를 보자.

(21) "助" 돕:찌, 돕:는, 도우면, 도와라 /돕:～돔:≈도우～도w/
   ⇒ 도우지, 도우는, 도우면, 도와라 /도우～도w/

(21)은 경기 지역어의 활용형이며, 활용형을 이루고 있는 어간 교체
형태의 비교를 통해서 변화 이전에 실현되던 /돕:, 돔:/이 변화 이후
에는 실현되지 않음을 근거로 하여 이를 평준화라고 보았다.

한편 곡용 패러다임에서의 논의는 곽충구(1994)에서 '빈>빚>빗'의
과정을 논의하면서 교체 계열의 단일화를 거론했다. 다음의 예를 보자.

(22) '빋'의 교체 계열 단일화 과정

1단계 /빋/   2단계 '빋/빚'   3단계   4단계 /빚/   5단계 /빗/
빋-이[비디]   빚-이[비지]   빚-이   빚-이   빗-이
빋-을[비들]   빋-을[비들]   빚-을   빚-을   빗-을
빋-에[비데]   빋-에[비데]   빋-에   빚-에   빗-에

1단계에서의 '빋(債)'이 2단계에서는 구개음화에 의해서 주격조사 앞에서만 '빚'으로 교체된 후에 이 주격 교체형이 계합(계열, paradigm) 체계 내의 다른 교체형들에도 영향을 주어 3단계에서는 대격 교체형, 4단계에서는 처격 교체형까지 '빚'으로 단일화되기에 이르며, 5단계에서는 다시 마찰음화에 의해서 교체 계열상 '빗'으로 단일화되었다.

이제 해요체의 형태 변화에 대해서 고찰해 보자. 해요체가 성립되던 19세기에는 '-어오, -지오'가 해요체의 초기 형태였다. 그 때, 음운론적 원인 즉, 히아투스 해소 현상에 의해서 '-어요, -지요' 형태가 출현하게 된다. 그 후에 현대 국어 제1기에서는 해요체 형태의 공존 현상이 확연하게 나타난다. 즉, 히아투스 해소 현상 비적용형 '-어오, -지오'와 히아투스 해소 현상 적용형 '-어요, -지요/죠'가 해요체 형태로 모두 실현된다. 현대 국어 제2기에 들어서는 공존 현상이 이어지나, '-어오'의 경우에 1930년대 중반부터 히아투스 해소 현상 적용형 '-어요'로 단일화된다. 현대 국어 제3기에서는 1950년대 초반까지도 '-지오, -지요/죠'의 공존 현상이 나타나다가 1950년대 중반부터 히아투스 현상 적용형 '-지요/죠'로 단일화된다. 이를 다음과 같은 도식으로 나타낼 수 있다.

(23) 해요체의 형태 변화 과정

           -어 + -오   -지 + -오

1단계	-어오	-지오	…	히아투스 해소 현상 비적용
2단계	-어요	-지요/죠	…	히아투스 해소 현상 적용
3단계	-어오, -어요	-지오, -지요/죠	…	공존 현상
4단계	-어요	-지오, -지요/죠	…	유추적 평준화(진행)
5단계	-어요	-지요/죠	…	유추적 평준화(완성)

3단계에서 공존하던 '-어오, -어요'는 4단계에 이르러 '-어오'가 제거되어 '-어요'만 실현된다. 이러한 변화가 '-지오, -지요/죠'의 관계에도 영향을 끼쳐 5단계에서 '-지오'가 제거되고, '-지요/죠'만 실현되게 된 것이다. 이러한 유추적 평준화 과정을 통해서 비로소 '-요'가 확립되었다고 할 수 있다.

여기에서 '-지요'와 '-죠'의 관계는, '-죠'가 히아투스 해소 현상 적용형의 화석형이라고 할 수 있는 바, 둘은 수의적인 실현 관계라고 하겠다.

3.4. 해요체의 형태 확대

3.1절부터 3.3절까지는 '-요'가 형성되고, 점진적으로 발달하여 유추적으로 평준화되었다는 것을 논증했다. 본절에서는 해체 어미[28]와

---

28) 해체 어미의 목록은 한길(1986/1991)에서의 반말 종결접미사 목록과 박재연(1998)에서의 반말체 종결어미 목록을 참조할 수 있다.

   ㄱ. 한길(1986/1991)
     '-아, -지, -게, -네, -는가, -나, -는군, -데, -거든, -는데, -다니, -냐니, -자니,

'-요'가 통합한 형태 즉, 해요체의 형태 확대에 대해서 논의하도록 하겠다. 먼저 19세기(1801-1893)에서의 해요체 형태를 고찰해 보자.

(24) ㄱ. 얻다가 언급을 하여 보아요<19세기 배비장전 67>
ㄴ. 사셰가 그러ᄒᆞ면 죠흔 슈가 또 잇지요<19세기 판소리 사설 춘향가142>
ㄷ. 이번 일에 댁에 영감 마님께시는 괜찬케 되시엿는지요<19세기 신숙주부인전 29>
ㄹ. 내 뜻을 좃츠면 네 쥬인에게도 유익할지요<19세기 림화졍연 2:249>
ㅁ. 대체 그 사람의 셩명은 무엇인가요<19세기 소강절 26>
ㅂ. 틱빅산 기슭으로 갈가오<1864년경 남원고사 4:20a>
ㅅ. ᄌᆞ시는 담빅ᄃᆡ 경장을 멋 번이나 맛나니오<1864년경 남원고사 4:22b>
ㅇ. 그 말 ᄒᆞ여 멋 ᄒᆞ게오<19세기 판소리 사설 춘향가 56>
ㅈ. 뉘 기쏠년이 몰나다고요<19세기 남원고사 5:37a>
ㅊ. 무ᄉᆞᆫ 말을 뭇고져 ᄒᆞ나요<19세기 슉향젼 하:5b>
ㅋ. 하늘의 별도 따는데요<19세기 배비장전 65>
ㅌ. 성 학사, 박 학사 여러 양반들이 새로 되신 상감을 죽이랴다가 일이 탄로가 나서 오늘 모두 상감이 친히 문죄를 한 뒤에 목을 베이러 새남터로 잡아간대요<19세기 신숙주부인

-으라니, -는다나, -자나, -으라나, -는다고, -느냐고, -자고, -으라고, -는다니까, -느냐니까, -자니까, -으라니까, -는다면서, -을께, -을까, -을래, -는걸, -을걸

ㄴ. 박재연(1998)

-어, -지, -게, -거든, -ㄴ데, -다니까류(-다니까, -냐니까, -라니까, -자니까) -다고류(-다고, -냐고, -라고, -자고), -다면서류(-다면서, -라면서, -자면서), -다나류(-다나, -냐나, -라나, -자나), -다니류(-다니, -냐니, -라니, -자니), -ㄴ가(-나), -ㄹ까, -ㄴ지, -ㄹ지, -네, -데, -ㄴ걸, -ㄹ걸, -ㄹ래, -ㄹ게, -어야지, -군, -구먼'

그러나 위의 해체 어미 목록 이외에도 '-고, -니까, -대, -든지, -러, -려고, -래, -지만' 등을 더 들 수 있다.

전 29>

(24)처럼 후기 근대 국어 가운데 특히 19세기에는 해요체 형태로 '-어
요, -지요, -ㄴ지요, -ㄹ지요, -ㄴ가요, -ㄹ까요, -네요, -게요, -다고요,
-나요, -ㄴ데요, -대요29)'가 출현했다. 이 기간은 해요체가 성립되어
기반을 다져가는 시기로 볼 수 있다.

현대 국어 제1기(1894-1909)에서의 해요체 형태를 고찰해 보자.

(25) ㄱ. 이런 일 넷 일 삼고 우숨으로 연락홀걸요<1907 빈상설 8>
ㄴ. 타국 사람이 여긔를 올나고요<1908 송뢰금 19>
ㄷ. 젼졍이 만리 굿튼 한봉이 압길을 여러 주어야지요<1908 송
뢰금 60>
ㄹ. 잇고 말고요<1909 대한민보 110>

(25)에서 보듯이 해요체 형태로 '-ㄹ걸요30), -려고요31), -어야지요32),
-고요'가 새롭게 나타났다. 제1기는 해요체 형태가 점차 증가하는
시기로 특징지을 수 있다.

현대 국어 제2기(1910-1944)에서의 해요체 형태를 고찰해 보자.

(26) ㄱ. 신식으로 ᄒᆞ자면 지금 졍ᄒᆞ 규모가 업스닛가요<1914 금강
문 180>
ㄴ. 춥다니요<1911 목단화 148>

---

29) 인용형구성에서 종결어미화한 '-대'가 '-요'와 통합한 것이다.
30) '-ㄹ(관형형어미) # 것(의존명사) + -을(대격조사)'의 구성에서 종결어미화한 '-
ㄹ걸'이 '-요'와 통합한 것이다.
31) [의도]의 접속어미에서 종결어미화한 '-려고'가 '-요'와 통합한 것이다.
32) '-어야 하지'에서 동사 '하-'가 생략되고, 화합한 형태 '-어야지'가 '-요'와 통합
한 것이다.

　　　ㄷ. 다시는 안이 그리고 흐라는 뒤로 다 홀게요<1911 목단화
　　　　　23>
　　　ㄹ. 그 뒥 졂은 량반이 허락을 ᄒ셧다나요<1912 두견성 下:2>
　　　ㅁ. 그 씩에 리방 김희싁이가 쥬션을 히셔 돈을 밧치고 나완는
　　　　　걸요<1913 셰검뎡 117>
(27)　ㄱ. 년로하면 그런 생각도 나는지 몰으지만 넘어 하시는 모양인
　　　　　가 보드군요<1926 화염에 싸인 원한 1:128>
　　　ㄴ. 쇄 멀리서 왓구면요<1925 朝鮮農民 1:51>
　　　ㄷ. 이제부터는 자유스럽게 살려요<1925 어머니 1:157>
　　　ㄹ. 말할 것도 업지만요<1926 화염에 싸인 원한 1:144>
　　　ㅁ. 어대든지요<1926 화염에 싸인 원한 1:145>
　　　ㅂ. 무엇 하려요<1927 靑春 42>
　　　ㅅ. 와서 달래드래요<1929 복사나무 백인집 380>
(28)　ㄱ. 그러나 운장은 그것을 이즐 사람은 아니거든요<1933 曹操
　　　　　186>
　　　ㄴ. 선다님은 활을 못 쏘신다면서요<1939 임거정 4:95>

1910년대에서는 (26)처럼 해요체 형태로 '-니까요, -다니요, -ㄹ게요, -다나요, -ㄴ걸요'가 새롭게 나타났다. 그 후 1920년대에서는 (27)처럼 해요체 형태로 '-군요, -구면요, -ㄹ래요, -지만요, -든지요, -러요[33]), -래요'가 새로이 등장했다. 1930년대에서는 (28)에서 보듯이 해요체 형태로 '-거든요, -다면서요'가 새롭게 출현했다. 그러나 1940년대 초반부터 1944년까지의 기간 동안에 새롭게 나타난 해요체 형태는 없다. 제2기는 해요체 형태가 다양화되는 시기라고 하겠다.

　　현대 국어 제3기(1945-현재)에서는 한길(1986/1991), 박재연(1998)의 해체 어미 목록에는 속하지만, 아직까지 나타나지 않았던 '-다니까, -데'와 '-요'가 통합한 '-다니까요, -데요'가 새롭게 등장하게 된다.

---

33) [목적]의 접속어미에서 종결어미화한 '-러'가 '-요'와 통합한 것이다.

(29) ㄱ. 미희는 영희와 만났다니까요.
　　　ㄴ. 어제는 눈이 많이 오데요.

이 기간은 전체적으로 보아서 현대 국어 제1기, 제2기를 거쳐서 확립된 해요체 형태가 출현 빈도에 있어서 점점 증가하면서 일반화되는 시기로 볼 수 있다.

　김의수(2000)[34]에서는 현대 국어 이전에 '-게요'만이 나타났다고 했으나, 본고에서 고찰했듯이, 실제로는 '-어요, -지요, -ㄴ지요, -ㄹ지요, -ㄴ가요, -ㄹ가요, -네요, -다고요, -나요, -ㄴ데요, -대요'도 19세기에 이미 출현했다. 그리고 그 논의에서 '-군요, -니까요, -거든요, -다면서요'가 1940년대 이후에 출현했다고 했으나, 그것들도 실제로는 그 전 시기인 현대 국어 제2기에 이미 출현했다.

　이제 해요체 형태가 확대된 이유에 대해서 고찰해 보자. 이는 해체 어미의 발달 및 청자 높임 체계의 안정성 지속과 관련지을 수 있다. 해체 어미는 접속어미가 종결어미로 문법화하거나 인용형구성, 관형형구성 등의 통사적인 구성에서 종결어미로 문법화하여 형성된 것이다. 종결어미화된 해체 어미의 유형 빈도가 증가하면서 그에 따라 청자 높임의 맥락에서 해체 어미에 '-요'를 통합함으로써 새로운 해요체 형태가 실현될 가능성이 높아지게 된다. 즉, 해체의 유형 빈도 증가와 해요체의 형태 확대는 어느 정도 정비례적 상관관계가 있다고 하겠다. 이는 더 근본적으로 해체 어미의 발달에 따른 청자 높임 체계의 안정성 지속이라고 해석할 수 있는데, 해체 어미와 '-요'의 통합으로 해체만큼 해요체도 형태가 확대되어 두루낮춤의 해체

---

34) 이 논의에서는 현대 국어를 두 시기로 구분했는데, 전기는 1890년부터 1930년대 말까지이고, 후기는 1940년대 이후부터이다.

와 두루높임의 해요체는 체계적 대립관계를 안정적으로 지속하게
된다.

4. 해요체의 기능 발달

4.1. 해요체의 분포

하나의 문장을 기준으로 했을 때, '-요'가 실현되는 위치는 문미
(Out-sentence)나 문중(In-sentence)이다. 3장에서는 해체 어미에 '-요'
가 통합하는 문미의 '-요'에 대해서 논의했었다. 다음의 예를 보자.

    (1) ㄱ. 피가 묻었어요<1940 뉘치려 할 때 32>
        ㄴ. 충절이 잇지요<1914 츄텬명월 50>

(1)은 형태론적으로 볼 때, 해체 어미 '-어, -지'에 '-요'가 통합하는
것이지만, 통사론적 차원에서는 '피가 묻었어, 충절이 잇지(충절이
있지)'라는 종결된 온전한 문장(major sentence, full sentence)에 '-요'
가 통합하는 것이다. 다음의 예도 '-요'가 문장에 통합하는 것으로
볼 수 있다.

    (2) ㄱ. 영희는 누구와 만났니?
        ㄴ. 미희.
        ㄷ. 미희요.

(2ㄱ)의 질문에 대한 대답으로 (2ㄴ, ㄷ)은 모두 자연스러운 발화이
다. (2ㄴ)은 주어와 서술어가 생략되었고, 서술어에 동반되는 일반
적인 해체 어미가 실현되지 않았더라도 두루낮춤의 기능 및 종결
의 기능이 포착되기 때문에 하나의 문장으로 인정된다. 그런 점에
서 (2ㄷ)은 종결된 소문장(minor sentence) '미희'에 '-요'가 통합한
것이다.

  그런데 '-요'는 문중에서도 실현된다. 이상복(1976)에서는 문중의
'-요'가 통합할 수 있는 요소들을 품사별로 분석한 반면에, 이정민·
박성현(1991)에서는 문중의 '-요' 분포를 문장 성분별로 분석했다.
문중에서 실현되는 '-요'의 복합적인 분포 양상을 파악하기 위해서
는 문장 성분별로 분석하는 것이 더 타당하다고 하겠으나, 이정민·
박성현(1991)에서의 '화제 + 요'의 분석은 문장 성분을 기준으로 한
다면, 부적절한 경우라고 하겠다.35) 다음은 여러 문장 성분과 '-요'
가 통합하는 예이다.36)

    (3) ㄱ. 뎌 리정위 집 아주먼이가요 무슨 골절통이라던지요<1912 두
          견성 44>
        ㄴ. 미희는 밥을요 아주 맛있게 먹었다네요.
        ㄷ. 그것은 미희의 잘못이요 절대로 아니에요.
        ㄹ. 오날 아참 나잘에오 그 집 자근 쌀이 놀나 왓는듸 불안당에
          게 붓들녀 간 그 스룸이 그 아히 형이지오<1912 고목화 上:
          55>
        ㅁ. 그런데요 무슨 일인지오<1912 두견성 下:14>

---

35) 그러한 주제(topic)와 '-요'의 통합은 화용론적 층위에서 논의가 되어야 할 것
   이다. 이에 대해서는 뒤에서 논의된다.
36) 서술어와 '-요'가 통합하는 경우는 문미의 '-요'에 해당하므로 제외하기로 한
   다. 다만 위에서 논의했듯이, 그것은 하나의 문장과 '-요'의 통합으로 재해석될
   수 있다.

ㅂ. 글셰요 엇더케 ᄒᆞ면 조흘ᄂᆞ지오<1913 눈물下,0876>

(3ㄱ)에서는 주어 '아주먼이가(아주머니가)'와 '-요'가 통합한 것이
고, (3ㄴ)에서는 목적어 '밥을'과 '-요'가 통합한 것이며, (3ㄷ)에서는
보어 '잘못이'와 '-요'가 통합한 것이다. 그리고 (3ㄹ)에서는 일반적
인 부사어 '아참 나잘에(아침 나절에)'와 '-요'가 통합한 것이고, (3
ㅁ)에서는 접속 부사어 '그런데'와 '-요'가 통합한 것이다. 게다가 (3
ㅂ)에서는 독립어 '글셰(글쎄)'와 '-요'가 통합한 것이다.

그러나 다음과 같이 '-요'의 통합이 부자연스러운 경우도 있다.

(4) ?그것은 미희의 잘못이요 아니에요.
(5) ㄱ. *우리 서로 두요 마음을 열어요.
ㄴ. *그는 미희의요 사과를 받아들였어요.
ㄷ. *미희는 빨간요 옷을 즐겨 입어요.
(6) *와요, 굉장히 뛰어난 생각이군요!

(4)처럼 보어 '잘못이'와 '-요'가 통합하는 것은 다소 어색하고, (5)
에서와 같이 관형어 '두, 미희의, 빨간'과 '-요'가 통합하지 않으며,
(6)에서 보듯이, 독립어 '와'와 '-요'가 통합하지 않는다.

이정민·박성현(1991)에서는 보어, 관형어, 독립어가 '-요'와 절대
로 통합할 수 없다고 했다. 그러나 (3ㄷ, 4)과 (3ㅂ, 6)에서 볼 수 있
듯이, 보어 및 독립어는 '-요'와의 통합이 수의적이라고 하겠다.

이제 통사론적 층위에서 화용론적 층위로 시선을 돌려 보자. 화용
론적 층위에서 '-요'가 통합할 수 있는 정보구조[37] 성분은 주제, 초

---

37) 권용문(2007)에서는 정보구조(information structure)를 다음과 같이 정의했다.

점, 배경이다.

(7) ㄱ. 어제 미희와 진지하게 이야기를 나눴어요.
ㄴ. 미희는 무엇을 전공한다니?
ㄷ. 미희는요 문법론을 전공한대요.
(8) ㄱ. 동물 중에서 사자가 제일 날렵하던데요.
ㄴ. 사자보다는 호랑이가요 더 날렵해요.
(9) ㄱ. 미희와 영희는 전철을 타고 갔지만, 우리는 버스를 타고 갑시
다. 버스 괜찮으시겠어요?
ㄴ. 저는 버스요 가끔씩 붐벼서 타고 싶지 않아요.

(7ㄷ)에서는 주제 성분인 '미희는'에 '-요'가 통합했고, (8ㄴ)에서는
초점 성분인 '호랑이가'에 '-요'가 통합했으며, (9ㄴ)에서는 배경 성
분인 '버스'에 '-요'가 통합했다.

4.2. 해요체의 기능 확대

4.1절에서는 '-요'가 문미와 문중 모두에서 실현될 수 있음을 논의
했다. 본절에서는 둘 가운데 어느 쪽이 더 본질적인지를 해명하고,
해요체의 기능 확대의 측면을 논증하기로 하겠다.
　김정대(1983)에서는 Givón(1979)의 통사화 이론을 바탕으로 문중

정보구조란 정보포장에 의해서 문장이 주제, 초점, 배경의 성분으로 결속된 화
용론적 구조이다.

또한 여기에서의 정보포장(information packaging)은 다음과 같이 정의했다.

정보포장이란 의사소통 과정에서 그 효율성을 높이기 위해서 화자가 청자의
활성화 상태를 고려하여 명제(proposition)를 문법적 기제로써 문장 형식에 반
영하는 인지 언어학적 과정이다.

의 '-요'가 통사화하여 문말의 '-요'가 나타나게 된 것이라고 했다. 그리고 다음과 같은 기본 가정을 제시했다.

> (10) ⅰ. 원칙적으로 청자 존대 형태소는 문말에 어미로 나타나는
> 바, {ㅂ니다} 가 그것이다.
> ⅱ. 사회가 복잡해지면서 긴 발화는, 문말어미 {ㅂ니다}만으로
> 청자에게 불쾌감을 줄 것이라는 화자의 심적 부담감 때문
> 에, 문중에서도 청자를 존대하는 문법요소를 요구하게 되
> 었으니 그것이 바로 {요}다.
> ⅲ. 따라서 문중에서와 문말에서의 청자 존대는 '-{요}-{ㅂ니
> 다}'와 같은 모습이 초기 형태일 것이다.
> ⅳ. {요}의 세력이 점차 확대되어 '-{요}-{요}'의 모습이 보편적
> 으로 쓰이게 되었다.
> ⅴ. 완전 통사화한 형태가 -{요}이다.

그러나 '-ㅂ니다' 이외에 예사높임 등분의 '-오'도 청자 높임의 문말어미로 실현될 수 있으므로 첫 번째, 세번째 가정은 타당하지 않다. 게다가 해요체의 형태 발달 과정을 전혀 고려하지 않은 채 즉, 통시적인 근거를 제시하지 않고서 문중의 '-요'가 더 본질적이라고 한 것은 지나친 일반화라고 하겠다.

그렇다면, 통시적인 관점에서 문미의 '-요'와 문중의 '-요' 가운데 어느 것이 더 먼저 출현했는지를 고찰해 보자. 이는 2장, 3장의 논의를 통해서 어느 정도 간접적으로 드러난 것인데, 다음과 같이 해요체가 성립된 19세기에서는 문미의 '-요'만이 발견된다.

> (11) ㄱ. 츈향이 그졔야 이고 그러흐면 우에 울기는 더욱 조치오
> <1840년경 춘향전 16b>

ㄴ. 나는 내 세간 다 가지고 삿갓가마 트고 도련님 짜라가지오
<1840년경 춘향전 16b>

ㄷ. 그 썩 씌여진 노구 츠즈라 갓다가 공교히 쪽 맛느지오<1840
년경 춘향전 31b>

ㄹ. 츈향이오 죽어오 엇지ᄒ여 죽어오<1864년경 남원고사
3:20a>

(11ㄱ-ㄷ)은 해요체의 최초의 예인데, 판소리계 소설 「춘향전」에서 '-지오(지요)'가 발견된다. (11ㄹ)처럼 '-어오(어요)'는 「남원고사」에서 비로소 나타났다.

문중의 '-요'는 후기 근대 국어를 지나 현대 국어 제1기에 이르러서야 최초로 나타나게 된다.

(12) 에그요 쉰네가 혼이 쩌셔 힝낭으로 왓다가 그 년의 키와 어지간
ᄒ야 ᄒ도 궁금히셔 다시 등불을 가지고 가 보고 오는 길이야
요<1907 빈상설 21>

(12)는 독립어 '에그'에 '-요'가 통합한 것으로서, 신소설 「빈상설(1907)」에서 발견된다.

한편 남수경(2001)은 개화기 신소설 「원앙도(1908)」에서 문중의 '-요'가 처음으로 나타난다고 하면서 그것이 유일한 예라고 보았다.

(13) (말불이-아버지) 이 사름은 량민인듸 돈을 가지고 고기를 향하
야 이리로 오는듸요
(아버지-말불이) 그리 이리로 오는듸
(말불이-아버지) 도적놈 셋시 칼로 찔너죽이고 돈을 쎗아셧습
니다

이 논의에서는 '-ㄴ듸요'가 연결어미 '-ㄴ데'에 '-요'가 통합한 것이
고, (13)이 김정대(1983)에서의 '-요 … -ㅂ니다' 구조를 보이는 것이
라고 했다. 그러나 (13)는 문중의 '-요'에 해당하는 예가 아니고, '-요
… -ㅂ니다' 구조도 아니다. (13)은 두 사람 간에 대화가 진행되는 것
이고, 화자인 말불이의 발화가 온전한 문장의 자격을 갖는다는 점에
서 '-ㄴ데'는 연결어미가 아니라 이미 종결어미화한 해체 어미로 볼
수 있고, 그것에 '-요'가 통합한 것이다.

  이제 해요체의 기능에 대해서 고찰하기로 하겠다. 문중의 '-요'보
다 문미의 '-요'가 더 먼저 출현했다는 점에서 문미의 '-요'에 대한
기능부터 논의하는 것이 올바른 순서일 것이다. 4.1절에서 논증했듯
이, 문미의 '-요'는 문장에 통합한다고 했다. 하나의 종결된 문장에 '-
요'가 통합하기 때문에 '-요'는 문장 종결의 기능을 수행하지 않는다.

    (14) ㄱ. 나는 실어요<19세기 춘향전(철종 때) 上:32a>
         ㄴ. 정승을 못하오면 장승이라도 되지요<19세기 춘향전(철종
             때) 上:18b>

(14)를 볼 때, 해체 어미 '-어, -지'가 문장 종결의 기능을 수행한다는
점에서 문미의 '-요'는 어미가 아니다. 따라서 문미의 '-요'는 보조사
이고, 화용론적 차원에서 청자 높임의 기능을 수행한다.[38] 구체적으
로 (14ㄱ)은 춘향의 발화인데, 화자인 춘향은 청자인 이 도령을 존대
하기 위해서 '-요'를 실현한 것이다. (14ㄴ)은 이 도령의 발화인데,
화자인 이 도령은 청자인 변 사또를 높이기 위해서 '-요'를 통합한

---

38) 이 청자 높임의 기능과 직접적으로 관련되는 의미 특질은 [공손성(politeness)]
    이다.

것이다.

또한 문미의 '-요'는 다른 화용론적 기능도 수행하는데, 다음과 같이 '-요'가 소문장과 통합할 때, 정보구조의 차원에서 초점을 표시하는 기능을 수행한다.

> (15) ㄱ. 너는 누구와 친하니?
>   ㄴ. 저는 미희와 친해요.
>   ㄷ. 미희요.
> (16) ㄱ. 미희는 빨리 달렸니? 천천히 달렸니?
>   ㄴ. 미희는 천천히 달렸어요.
>   ㄷ. 천천히요.

(15, 16)에서 (15ㄱ, 16ㄱ)의 질문에 (15ㄷ, 16ㄷ)처럼 소문장으로 된 명료한 대답의 발화가 이어졌을 때, (15ㄷ, 16ㄷ)의 화자는 비초점 성분인 주제 성분과 배경 성분을 모두 생략하고, '미희, 천천히'에 '-요'를 통합함으로써 '미희, 천천히'가 초점 성분이 되게 했다.

다음으로 문중에서 실현되는 '-요'의 기능은 해요체의 기능 발달 측면에서 문미에서 실현되는 '-요'의 기능과 밀접하게 관련되어 있는데, 문중의 '-요'는 문미의 '-요'가 수행하는 화용론적 기능인 청자 높임의 기능과 초점 표시의 기능을 이어 받는다. 먼저 문중에서 실현되는 '-요'의 청자 높임 기능부터 고찰해 보자.

> (17) ㄱ. 저는 미희와 어제 두 시간 동안요 매우 진지하게 인생이 무
>   엇인지를 고민했어요.
>   ㄴ. 미희는 자신의 마음을 솔직하게 표현했는데요, 인상적인 것
>   은 인생의 목표가 뚜렷하다는 거예요.

(17ㄱ)은 단문의 발화지만, 그 길이가 긴 경우로 문중에 '-요'가 통합한 것이고, (17ㄴ)은 복합문의 발화인데, 선행절이 끝날 때, 연결어미 '-ㄴ데'에 '-요'가 통합한 것이다. 이처럼 긴 발화의 경우에 화자는 문미의 '-요'만으로는 청자 높임의 기능이 충분히 수행된다고 여기지 않게 된다. 그래서 화자는 문미에서 실현되는 '-요'의 청자 높임 기능의 부담량을 덜어 준다는 측면에서 문중에서도 '-요'를 실현한 것으로 볼 수 있다.

문중에서 실현되는 '-요'의 초점 표시 기능에 대해서 고찰해 보자. 이정민·박성현(1991)에서는 상대방의 주의를 끄는 기능, 남수경(2001)에서는 청자의 주의를 끄는 기능, 강조의 기능을 제안했지만, 본고는 정보구조의 차원에서 초점을 표시하는 기능으로 보려고 한다.

    (18) ㄱ. 미희는 고양이를 키운다더라.
         ㄴ. 고양이가 아니라 강아지를요 오랫동안 키워 왔대요.
    (19) ㄱ. 친구들 중에서 누가 제일 인기 많니?
         ㄴ. 미희가요 제일 인기 많아요.

(18)에서 (18ㄱ)의 발화가 있은 후, 그 발화에 동의하지 않는 (18ㄴ)의 발화가 이어진다고 할 때, 화자는 (18ㄴ)에서와 같이 '강아지를'에 '-요'를 통합하여 초점 성분임을 표시하고 있다.

(19)에서 (19ㄱ)의 물음에 대한 답변으로 (19ㄴ)의 발화가 이어졌는데, 화자는 (19ㄴ)처럼 '미희가'에 '-요'를 통합하여 초점 성분임을 표시하고 있다.

그런데 문중에서 실현되는 '-요'의 기능은 거기에서 그치지 않고 더 확대되어 다른 화용론적 기능도 수행한다. 윤석민(1994)는 '-요'

의 담화기능Ⅱ를 휴지기능이라고 했는데, 구체적으로 비의도적인 경우에는 말이 길어져서 숨을 고르거나 의도적인 경우에는 그 앞에 오는 요소에 초점을 주기 위한 기능이라고 했다. 그러나 다르게 보이는 두 기능을 하나로 통합하여 휴지(休止, pause/break) 기능이라고 할 수는 없을 듯하다. 그 중에서 말이 길어져서 숨을 고른다는 것이 음운론적 차원의 요소인 휴지와 관련되는 것으로 '-요'도 그러한 기능을 수행한다고 볼 수도 있겠지만, 문중의 '-요'가 수행하는 기능에 대한 올바른 화용론적 해석이라고 보기는 어렵다. 남수경(2001)도 문중에서 실현되는 '-요'의 기능 가운데 호흡을 조절하는 기능이 있다고 보았는데, 그 역시 타당하지 않다.

본고는 문중에서 실현되는 '-요'가 정보구조의 차원에서 화자의 인지적 흐름을 조절하는 화용론적인 기능을 더불어 수행하는 것으로 보려고 한다. 다음의 예를 보자.

(20) ㄱ. 그래서요 [미희는]ᴛ [높임법을]ꜰ [연구한대요]ᴮ.
     ㄴ. 그래서 ∣ 미희는 높임법을 연구한대요.
     ㄷ. 그래서 ∥ 미희는 높임법을 연구한대요.
     ㄹ. 그래서 (어) 미희는 높임법을 연구한대요.
(21) ㄱ. 미희는 어때요?
     ㄴ. 미희는요 [착하고, 예뻐요]ꜰ.
     ㄷ. 미희는 ∣ 착하고, 예뻐요.
     ㄹ. 미희는 ∥ 착하고, 예뻐요.
     ㅁ. 미희는 (음) 착하고, 예뻐요.
(22) ㄱ. 오늘은 비가 많이 오네요. 내일도 비 많이 올까요?
     ㄴ. 내일은 비요 [아침에 조금 오다가 그친대요]ꜰ.
     ㄷ. 내일은 비 ∣ 아침에 조금 오다가 그친대요.
     ㄹ. 내일은 비 ∥ 아침에 조금 오다가 그친대요.

　　ㅁ. 내일은 비 (저) 아침에 조금 오다가 그친대요.

(20)에서는 (20ㄱ)처럼 접속 부사어에 '-요'를 통합할 수도 있고, 휴지에 해당하는 (20ㄴ)의 강세구 경계나 (20ㄷ)의 억양구 경계를 형성할 수도 있으며,[39] 간투사(間投詞, interjection) '어'를 실현할 수도 있다.[40] 이렇게 화자가 접속 부사어의 후접하는 위치에 휴지나 간투사를 실현하지 않고, 굳이 '-요'를 통합하는 이유는 화자가 '-요'를 실현함으로써 다음에 이어질 새로운 정보구조 '미희는 높임법을 연구한대요(주제-초점-배경)'를 숙고하려고 하기 때문이다.

　　(21)에서는 (21ㄱ)의 질문에 (21ㄴ, ㄷ, ㄹ, ㅁ)의 대답이 발화로서 모두 적합한데, 정보구조의 주제 성분에 (21ㄴ)과 같이 '-요'를 통합하거나 (21ㄷ, ㄹ)처럼 각각 강세구 경계, 억양구 경계를 형성하여 휴지를 둘 수 있으며, (21ㅁ)에서와 같이 간투사 '음'을 실현할 수 있다. 이 경우에 화자는 '-요'를 통합함으로써 정보구조 내에서 주제 성분 '미희는' 다음에 이어질 초점 성분 '착하고, 예뻐요'를 인지적으로 계획하는 것으로 판단된다.

　　(22)에서는 (22ㄱ)의 발화가 진행되고, (22ㄴ, ㄷ, ㄹ, ㅁ)처럼 앞으로 일어날 일에 대해서 들었던 내용을 전달하는 발화가 후속된다고 할 때, (22ㄴ)에서와 같이 '-요'를 실현해도 되고, (22ㄷ)의 강세구 경계, (22ㄹ)의 억양구 경계로서 휴지를 부과하거나 (22ㅁ)처럼 간투사 '저'를 실현할 수도 있지만, 화자는 특정하게 '-요'를 실현함으로 인해 정보구조 내에서 배경 성분 '비' 다음에 이어질 초점 성분 '아침

---

39) 신지영·차재은(2003)에서 강세구와 억양구가 논의되었다.
40) 신지연(1988), 오승신(1995)에서 간투사가 논의되었다.

에 조금 오다가 그친대요'를 숙고하게 된다.

5. 마무리

　본고는 청자 높임 체계의 개별 등분인 해요체를 연구의 대상으로 삼아 해요체가 성립되어 그 형태와 기능이 발달해 가는 과정에 대해서 논증하려고 했다.

　2장에서는 해요체 등분의 성립을 논의했는데, 성립 원인은 청자 높임 체계와 관련지어 체계의 변화와 체계 내적 관련성을 분석하면서 그 이유를 해명하려고 했고, 성립 요건은 청자 높임 체계 내에서 상호작용이 있었음을 피력했다.

　(1) 해요체는 구어성이 짙은 「춘향전(1840년경)」과 같은 판소리계 고전소설, 판소리 사설집에서 처음으로 나타났으며, 다른 고전소설류에서는 일부 구어적인 표현 때문에 나타났다. 그리고 18세기의 청자 높임 체계는 체계 내적으로 등분 대립이 평행하여 안정적이었다. 그러나 19세기 초반에 해체가 성립되어 ᄒᆞ게체, ᄒᆞ라체와 두루 어울려 쓰이게 되면서 청자 높임 체계는 불안정해졌다. 그래서 청자 높임의 체계 내적 안정성을 추구하기 위해서 19세기 중반에 해요체가 성립된 것이고, 해요체는 ᄒᆞ쇼셔체, ᄒᆞ오체와 두루 어울려 쓰이게 되었다.

　(2) 해요체의 성립에는 해체와 하오체의 상호작용이 요구되었는데, 해요체의 초기 형태가 '-어오, -지오'였다는 점이 이를 입증해 준다. 그리고 다른 문헌들에서 '-어요, -지요'가 나타났지만, '-요'는 '-오'가 형태 변화한 것이다. 특히 해체 어미에 통합하던 '-오'는

하오체 종결어미에서 기능 변화한 보조사였다.

　　3장에서는 해요체의 형태 발달을 논증했는데, 형태 형성은 음운론적인 차원에서 그 원인을 해명하려고 했고, 형태 변화는 문헌 자료를 분석하면서 그 진행 속도가 어떠한지를 통시적으로 고찰했으며, 형태 확립은 언어의 역사성을 설명하는 내적인 기제와 관련지어 보았다. 게다가 형태 확대는 문법사의 시기별로 해요체 형태를 고찰했고, 형태 확대의 이유를 해체 어미와 청자 높임 체계에서 찾으려고 했다.

　　(3) 해요체의 일반적인 형태 '-어오, -지오'가 '-어요, -지요/죠'로 변화한 데에는 음절구조의 조정 과정이면서 음절구조상 조음적 연속성 추구와 관련되는 히아투스(hiatus) 해소 현상이 적용된 바, '-요'는 이 음운 현상에 의해서 형성된 것이다.

　　(4) 해요체의 형태 변화에서 변화의 초기 단계부터 최종 단계까지 이르는 과정 가운데 중간 단계가 포착되었는데, 이는 히아투스 해소 현상의 비적용형 '-어오, -지오'와 히아투스 해소 현상의 적용형 '-어요, -지요/죠'가 공존하는 단계이다. 따라서 해요체의 형태 변화는 갑작스럽게 이루어진 것이 아니라 중간 단계를 거쳐서 점진적으로 이루어진 것이다.

　　(5) '-요' 형태가 확립된 데에는 유추 기제가 작용했는데, 현대 국어 제2기에서는 1930년대 중반부터 '-어오'가 제거되어 '-어요'로 단일화되었고, 현대 국어 제3기에서는 '-지오'마저 제거되어 '-지요/죠'로 단일화되었는 바, 이는 유추적 평준화가 작용한 것이다.

　　(6) 해요체 형태로 19세기(1801-1893)에서는 '-어요, -지요, -ㄴ지요, -ㄹ지요, -ㄴ가요, -ㄹ까요, -네요, -게요, -다고요, -나요, -ㄴ데요, -

대요'가 출현하는데, 이 기간은 해요체가 성립되어 기반을 다져
가는 시기이다. 현대 국어 제1기에서는 '-ㄴ걸요, -려고요, -어야
지요, -고요'가 새롭게 나타났는데, 이 기간은 해요체 형태가 점
차 증가하는 시기이다. 현대 국어 제2기에서는 '-니까요, -다니요,
-ㄹ게요, -다나요, -ㄴ걸요, -군요, -구먼요, -ㄹ래요, -지만요, -든
지요, -러요, -래요, -거든요, -다면서요'가 새롭게 출현했는데, 이
기간은 해요체 형태가 다양화되는 시기이다. 현대 국어 제3기에
서는 '-다니까요, -데요'가 새롭게 등장했는데, 이 기간은 전체적
으로 보아서 제1기와 제2기를 거쳐서 확립된 해요체 형태가 출
현 빈도에 있어서 점점 증가하면서 일반화되는 시기이다. 그리고
해요체 형태가 확대된 이유는 해체 어미의 발달과 청자 높임 체
계의 안정성 지속에서 찾을 수 있는데, 종결어미화된 해체 어미
의 유형 빈도가 증가하면서 그에 따라 청자 높임 체계상 두루낮
춤과 두루높임의 대립관계를 안정적으로 지속하려고 했기 때문
에 해요체 형태가 확대된 것이다.

4장에서는 해요체의 기능 발달을 논의했는데, 해요체의 분포는
형태론적인 층위, 통사론적인 층위, 화용론적인 층위에서 고찰했고,
해요체의 기능 확대는 문중의 '-요'가 문미의 '-요'의 기능을 이어 받
고서 화용론적인 기능을 더 확대해 갔다는 점을 피력했다.

(7) 해요체가 실현되는 위치는 문미나 문중인데, 문미의 '-요'는 형태
론적으로 해체 어미에 통합하는 것이지만, 통사론적인 차원에서
는 하나의 완결된 문장에 통합하는 것이다. 특히 소문장도 하나
의 문장이기 때문에 문미의 '-요'는 그것과 통합한다. 문중의 '-
요'는 문장 성분 가운데 주어, 목적어, 보어, 부사어, 독립어와 통
합할 수 있는데, 보어 및 독립어와의 통합은 수의적이다. 그리고
화용론적인 차원에서 문중의 '-요'는 정보구조 성분인 주제, 초
점, 배경과는 모두 통합할 수 있다.

(8) 문중의 '-요'보다 문미의 '-요'가 더 먼저 출현했다. 그리고 해요
    체의 기능 발달 측면에서 문중의 '-요'는 문미의 '-요'가 수행하
    는 화용론적 기능인 청자 높임의 기능, 초점 표시의 기능을 이어
    받지만, 화용론적 기능을 더 확대하여 정보구조의 차원에서 화자
    의 인지적 흐름을 조절하는 기능도 수행한다.

  본고는 통시적인 관점에서 해요체 발달의 원인 규명에 집중했는
데, 이론적면서도 구체성을 띠는 접근을 시도했다. 본고의 내용면과 접
근 방법론이 청자 높임법 연구에서 어느 정도 보탬이 되었으면 한다.
  아울러 청자 높임 체계의 다른 등분인 '하십시오체/합쇼체', '하오
체', '하게체', '해라체/하라체', '해체'에 대해서도 통시적인 관점에
서 심도있게 연구되기를 바라면서 논의를 마무리하겠다.

┃ 참고문헌 ┃

강복수 · 유창균. 1968. 「문법」 서울: 형설출판사.

강창석. 1984. "국어의 음절구조와 음운현상." 「국어학」(국어학회) 13.

고광모. 2000. "상대 높임의 조사 '-요'와 '-(이)ㅂ쇼'의 기원과 형성 과정." 「국어학」(국어학회) 36.

고영근. 1974. "현대국어의 존비법에 대한 연구." 「어학연구」(서울대 어학연구소) 10.

곽충구. 1994. "계합 내에서의 단일화에 의한 어간 재구조화." 「국어학연구」(남천 박갑수선생 화갑기념논문집). 서울: 태학사.

권용문. 2007. "국어의 초점 연구: 초점 실현 원리를 중심으로." 고려대 석사학위논문.

김규식. 1908. 「대한문법」. 「역대한국문법대계 1-14」 서울: 탑출판사.

김동욱. 1977. "경판삼십오장본(구주대학본) 「춘향전」해제." 「한국학보」 3. 서울: 일지사.

김방한. 1988. "유추적 변화의 조건." 「한글」(한글학회) 200.

김영기. 1996. "한국어 경어법에 있어서의 자기 높임과 경어체계의 변동." 「이기문교수 정년퇴임기념논총」 서울: 신구문화사.

김웅배. 1991. 「전라남도방언연구」 서울: 학고방.

김유범. 2004. "언어 변화 이론과 국어 문법사 연구." 「국어학」(국어학회) 43.

김의수. 2000. "현대 국어 대우법의 형성과 변천." 「현대 국어의 형성과 변천 2」 서울: 박이정.

김일병. 1984. "존대형태 '-요'에 대하여." 「국어교육」(한국국어교육연구회) 49.

김정대. 1983. "{요} 청자 존대법에 대하여." 「가라문화」(경남대 가라문화연구소) 2.

김정시. 1993. "보조사(존경) {요}에 대하여." 「한민족어문학」(한민족어문학회) 24.

김종규. 2003. "히아투스와 음절." 「한국문화」(서울대 규장각 한국학연구원) 31.

김종택. 1981. "국어 대우법 체계를 재론함: 청자대우를 중심으로."「한글」
    (한글학회) 172.

김 현. 2003/2006.「활용의 형태음운론적 변화」국어학총서 54. 파주: 태학사.

김혜숙. 1987. "현대 국어의 청자 대우법 체계."「목멱어문」(동국대 국어
    교육과) 2.

김희상. 1911.「조선어전」.「역대한국문법대계 1-19」서울: 탑출판사.

김희상. 1927.「울이글틀」.「역대한국문법대계 1-21」서울: 탑출판사.

남수경. 2001. "'-요'의 분포와 기능에 대한 연구." 서울대 석사학위논문.

민현식. 1984. "개화기 국어의 경어법에 대하여."「관악어문연구」(서울대
    국어국문학과) 9.

민현식. 1999. "개화기 국어 문법."「국어의 시대별 변천 연구 4」국립국어
    연구원.

박병채. 1989.「국어발달사」서울: 세영사.

박영순. 1976. "국어경어법의 사회언어학적 연구."「국어국문학」(국어국문
    학회) 72 · 73.

박재연. 1998. "현대국어 반말체 종결어미 연구." 서울대 석사학위논문.

서정수. 1984.「존대법의 연구: 현행 대우법의 체계와 문제점」서울: 한신
    문화사.

성기철. 1970. "국어 존대법 연구."「논문집」(충북대) 4.

신지연. 1988. "국어 간투사(interjection)의 위상연구." 서울대 석사학위논문.

신지영·차재은. 2003.「우리말 소리의 체계」서울: 한국문화사.

신창순. 1963. "상대존대어고."「문경」(중앙대 문리과대학연합학회) 15.

오승신. 1995. "국어의 간투사 연구." 이화여대 박사학위논문.

유재원. 1985. "현대국어의 모음충돌의 회피 현상에 대하여."「한글」(한글
    학회) 189.

윤석민. 1994. "'-요'의 담화기능."「텍스트언어학」(한국텍스트언어학회) 2.

윤천탁. 2004. "학교 문법의 상대 높임법 기술 내용 재고."「청람어문교육」
    (청람어문교육학회) 29.

이경우. 1998.「최근세국어 경어법 연구」서울: 태학사.

이기갑. 1978. "우리말 상대높임 등급체계의 변천 연구." 서울대 석사학위논문.

이기갑. 1997. "한국어 방언들 사이의 상대높임법 비교 연구."「언어학」(한국언어학회) 21.

이기문. 1972. 「국어사개설」 서울: 탑출판사.

이맹성. 1973. "Variation of Speech Levels and Interpersonal Social Relationship in Korean."「한산 이종수박사 송수논총」 서울: 삼화출판사.

이상복. 1976. "{-요}에 대한 연구."「연세어문학」(연세대 국어국문학과) 7 · 8.

이숭녕. 1947. "조선어의 히아투스(Hiatus)와 자음발달에 대하여."「진단학보」(진단학회) 15.

이승희. 2004/2007.「국어 청자높임법의 역사적 변화」국어학총서 59. 파주: 태학사.

이영제. 2004. "특수조사 '들, 요, 좀'의 통사론적 연구." 고려대 석사학위논문.

이윤하. 1999. "문말 첨사의 통사 · 의미적 특징에 대하여."「국어학」(국어학회) 34.

이익섭. 1974. "국어 경어법의 체계화 문제."「국어학」(국어학회) 2.

이익섭 · 임홍빈. 1983.「국어문법론」 서울: 학연사.

이정민 · 박성현. 1991. "'-요' 쓰임의 구조와 기능: 문중 '-요'의 큰-성분 가르기 및 디딤말 기능을 중심으로."「언어」(한국언어학회) 16.

이현희. 1982. "국어 종결어미의 발달에 대한 관견."「국어학」(국어학회) 11.

이희두. 2000.「국어존칭형태의 변화과정 연구」 서울: 보고사.

최석재. 2008. "국어 대우법의 정보화 연구." 고려대 박사학위논문.

최전승. 1990. "판소리 사설에 반영된 19세기 후기 전라 방언의 특질."「한글」(한글학회) 210.

최현배. 1937.「우리말본」 경성: 연희전문학교 출판부.

한 길. 1986/1991.「국어 종결어미 연구」 춘천: 강원대 출판부.

허 웅. 1970.「국어 음운학」 서울: 정음사.

홍기문. 1927.「조선문전요령」.「역대한국문법대계 1-38」 서울: 탑출판사.

홍기문. 1947.「조선문법연구」.「역대한국문법대계 1-39」 서울: 탑출판사.

홍종선. 1998. "근대국어의 형태와 통사."「근대국어 문법의 이해」 서울:

박이정.

홍종선. 2000. "현대 국어의 시대 구분과 시기별 특징." 「현대 국어의 형성과 변천 2」 서울: 박이정.

황적륜. 1975. "Role of Sociolinguistics in Foreign Language Education with Reference to Korean and English Terms of Address and Levels of Deference." University of Texas doctoral dissertation.

Givón, T. 1979. *On Understanding Grammar*. New York: Academic Press.

Heine, B., U. Claudi & F. Hünnemeyer. 1991. *Grammaticalization: A Conceptual Framework*. Chicago: University of Chicago Press.

Hopper, P. J. & E. C. Traugott. 1993. *Grammaticalization*. New York: Cambridge University Press.

Jeffers, R. J. & I. Lehiste. 1979. *Principles and Methods for Historical Linguistics*. Cambridge: The MIT Press.

Kiparsky, P. 1965. "Phonological change". MIT doctoral dissertation.

Kiparsky, P. 1968. "Linguistics universals and linguistics change". *Universals in Linguistics Theory*. New York: Holt, Rinehart and Winston.

Kuryłowicz, J. 1947. "La nature des procès dits "analogiques". *Readings in linguistics II*. Chicago: University of Chicago Press.

Lukoff. 1977. "Ceremonial and Expressive Uses of the Styles of Address in Korean". *Paper in korean Linguistics*. Columbia: Hornbeam Press.

Mańczak, W. 1958. "Tendances générales des changements analogiques". *Lingua7*. Amsterdam: North-Holland.

Martin, S. E. 1964. "Speech Levels in Japan and Korea". *Language in Culture and Society: a reader in linguistics and anthropology*. New York: Harper & Row.

Saussure, F. de. 1916. *Cours de Linguistique Générale*. Paris: Payot.

04 높임법의 뒤섞임 현상 연구
- TV 드라마 대본을 중심으로 -

:: 문 혜 심

1. 머리말

우리의 언어 생활에서 동일한 화자와 청자 사이에서 한국어가 실현되는 양상을 살펴보면 높임법의 한 등급만이 사용되기도 하지만 상이한 높임의 등급들이 뒤섞여 나타나기도 한다. 이러한 현상은 1회의 순서 교대(turn-taking) 내에서 또는 순서 교대를 넘어서 일어난다. 본고는 순서 교대 전까지는 '좁은 범위'로, 순서 교대를 넘어서 발생하는 뒤섞임 현상은 '넓은 범위'로 하여 살피고자 한다. 이러한 현상은 문어보다는 구어에서, 공식적 상황보다는 비공식적 상황에서 발견될 가능성이 높다. 이는 높임법 실현에서 연령이 기본 요인이 되기는 하나, 이에 못지않게 가족 관계, 사회적 관계, 친소 관계 따위와 담화 상황에 따라 거의 직관적, 즉각적으로 나타나기 때문이다. 본고는 이러한 높임법의 실현 양상인 '뒤섞임 현상'에 주목하였는데, 이는 한국어 실현 양상의 일면을 살필 수 있다는 점에서 의미가 있다.

　본고는 텔레비전 드라마 대본을 통해 뒤섞임 현상을 살펴보고자
한다. 뒤섞임 현상은 주로 구어에서 나타나는 현상인데, 한국어 모
국어 화자의 실생활 발화를 전사한다면 보다 살아있는 자료를 검토
할 수 있겠으나, 소요되는 시간과 비용 등을 고려하면 현실적으로
쉽지 않은 작업이다. 우리의 언어 사용 양상이 반영된 드라마 대본
은 이를 대신할 수 있는 자료이며, 본고에서 주목한 뒤섞임 현상을
살필 수 있는 구어 자료라고 할 수 있다.

　높임법의 실현 양상으로서 뒤섞임 현상을 살피기 위해 높임법 체
계의 설정 방법과 등급의 위치, 범주에 대한 검토가 필요하다. 또한
'비격식체'에 대한 논의는 반말과 반말체[1), 두루 높임과 두루 낮
춤[2), 안높임[3) 등으로 논의가 이루어지기도 하므로, 이러한 용어로
써 다루어진 논의는 본고의 검토 대상이 된다.

　또한 높임법은 기본적으로 문장종결법으로 실현되는데, 이는 화

---

1) '반말'은 최현배(1961)를 비롯하여 이희승(1968) 등에서는 '해라'와 '하게', '하
　게'와 '하오'의 중간에 있는 말, '해라도 아니요, 하게도 아니요, 말을 그저 어
　물어물하여 끝을 아물리지 않는 말' 등으로 정의한 반면, 성기철(1970a)은 이
　러한 기존의 견해에 이의를 제기하면서 끝을 분명히 맺는 종결형으로, '요'에
　선행하는 형태가 반말이라고 인식하였다. 한편, '반말체'라는 용어는 이익섭
　(1974), 차현실(1991) 등에서 사용된 것으로, 높임법 내의 한 등급으로 편입시
　키기 위한 편의를 위해 도입되었다는 견해가 지배적이다.
　'반말'과 '반말체'라는 용어에 대하여 이익섭·이상억·채완(1997)은 '반말'은
　'해체'와 '해라체'를 포괄하는 개념, '반말체'는 '해체'만을 지칭한다고 언급한
　반면, 「고등 학교 문법(2002)」에서는 '해체'만을 '반말'로 보고 있으며, 이관규
　(2002)에서는 '반말'은 '해체', '반말체'는 '해체'와 '해요체'를 포괄하는 개념으
　로 사용하였다.
2) '두루낮춤'과 관련한 논의한 연구로는 성기철(1970a), 장석진(1972), 이맹성
　(1973) 등이 있다. 성기철(1970a)은 '반말'에 대한 종래의 견해를 비판하면서
　낮춤에 일반적으로 적용되는 두루낮춤으로 설정하였다.
3) 한길(1987)에서는 '높임'은 '안높임'을 전제로 하여 성립되는 것이며, 따라서
　'안높임'은 낮춤을 포괄하는 개념이라고 언급하면서 합쇼체와 하오체, 해요체
　와 같이 높임을 나타내는 등급을 제외한 모두를 여기에 포함시켰다.

자와 청자의 관계, 담화 상황 등과 같은 조건에 의해 결정된다. 특히 화자와 청자의 관계에서 연령, 지위 등의 상하 관계, 친소 관계, 화자가 의도한 청자의 범위 등에 따라 높임법은 다양한 양상을 보인다. 또한 호칭어와 대명사 등도 높임법 실현과 밀접한 연관이 있다. 예를 들면, '자네'라는 호칭에는 합쇼체나 해요체보다 하게체가 잘 어울릴 것이고, '너'라는 호칭에는 해라체나 해체가 적절한 반면 합쇼체, 해요체가 쓰이게 되면 높임이 아닌 비아냥거리는 의미로 전달될 수 있다. 이와 같은 실현 조건은 뒤섞임 현상이 실현되는 데에도 그대로 적용된다.

　본고는 이러한 연구 목적을 위해 2장에서는 높임법 체계에 대한 선행 연구를 검토할 것이다. 2.1.에서는 높임법 체계의 설정 방법, 2.2.에서는 비격식체의 하위 체계와 범위에 대하여 살피고, 2.3.에서는 뒤섞임 현상에 대한 선행 연구들을 검토할 것이다. 또한 3장에서는 텔레비전 드라마 대본을 중심으로 높임법의 뒤섞임 양상을 검토하고, 이것이 실현되는 조건과 특징에 대해 논의할 것이다. 4장에서는 앞서 살핀 논의를 정리하고, 앞으로의 방향성을 제시하며 논의를 마무리하겠다.

2. 높임법 체계

2.1. 격식체와 비격식체

　본고는 김희상(1911), 최현배(1961), 고영근(1974), 성기철(1985) 등에서 높임법 체계의 설정 방법과 위치를 검토하고자 한다. 이들은 명명 방식에4) 따른 차이가 있고, 이희승(1968), 김민수(1971) 등과 같이 합쇼체 위에 하소서체, 극칭 등을 두어 설정 등급의 수에서 차이가 있으나 격식체의 경우 높낮이에 따른 등급 설정에서는 대체로 「고등 학교 문법(2002)」와 유사하다. 따라서 본고는 해요체, 해체의 설정 유무와 그 위치에 주목하여 높임법 체계의 설정 방법과 위치에 대하여 살펴보고자 한다.

　기존 문법서들에서는 반말과 반말체, 두루 높임과 두루 낮춤, 안높임 등으로써 비격식체에 대하여 논의하였다. 비격식체 위치 설정에 대한 검토는 격식체와 구별하여 해요체, 해체의 설정이 필요하며, 따라서 이원적 체계로써의 높임법 설정 방법이 타당하다는 것을 밝히는 데 그 목적이 있다. 이러한 설정 방법은 높임법의 뒤섞임 현상의 실현 양상을 설명하는 데 용이하고, 역으로 뒤섞임 현상은 높임법 체계의 이원적 설정을 설명하는 데 설득력이 있다.

　앞서 언급한 바, 본고는 높임법 체계 내에 해요체, 해체 설정 유무에 주목하고, 이를 격식체와 구별하였느냐 하는 점에서 일원적 체계와 이원적 체계로 구분하였다. 일원적 체계는 해요체와 해체의 높임 등급이 격식체와 더불어 결정되고, 이원적 체계로 설정하는 경우는 격식체 외에 별도로 구성되어 높임의 등급에서 격식체와 단선적으로 비교되지 않음을 뜻한다. 일원적 체계도 설정 방법에 따라 3 가지로 나눌 수 있는데, 해체를 체계 내에 설정하지 않고 '등외'로써

---

　4) 윤천탁(2004) 등에서는 높임법 체계를 기술하는 명명 방식에 대하여 논의한 바 있다. '합쇼체, 했습니다, 합니다, 아주 높임, 상대' 등과 같이 다양한 논의들이 있는데, 이는 본고의 관심사가 아니므로 논외로 하고, 「고등 학교 문법(2002)」에 따라 논의를 전개하겠다.

처리한 것을 비롯하여 '해체'만을 체계 내에 포함한 것, '해체'와 '해
요체'를 모두 체계 내에 포함한 것으로 나눌 수 있다.

2.1.1. 일원적 체계

해체를 등외로써 처리한 논의에는 최현배(1961), 성기철(1970a),
이길록(1981) 등이 있다. 최현배(1961), 이길록(1981)은 해요체는 하
오체에 포함시키고, 해체는 등외로 설정한데 비해, 성기철(1970a)는
해요체, 해체를 모두 등외로 설정하였다. 해체에 대해 최현배(1961)
는 예사높임, 예사낮춤, 아주낮춤에 걸친 것으로 보고, 성기철(1970a)
는 낮춤으로 파악한 반면, 이길록(1981)은 해체를 비존대의 개념으
로 해석하여 평교간에 쓰인다는 점에서 하대법의 개념만으로 파악
하지 않았다. 즉, 해체를 하오체와 하게체 사이에 두었는데, 이는 존
비의 사용이 모호할 경우에 친근감을 나타내는 해체의 사용이 가능
하다는 것이다.

본고는 '등외'라는 용어와 그에 따른 설정 방법의 한계를 지적하
고자 한다. 등외라는 용어는 어떤 기준에 미달되거나 무엇인가 결여
되어 등급 내에 들어가지 못할 때 사용되는 표현으로 해석될 수 있
다는 데 문제가 있다. 해요체와 해체의 쓰임을 살피면 이들이 높임
법 체계 내에서 일정 기준에 미치지 못하여 모자라거나 어떤 것이
결여된 것으로 볼 수 없다는 것이다. 서정수(1980), 한길(2002) 등에
서 해요체와 해체의 쓰임이 확대되고 있음을 밝힌 바와 같이 이것은
현재 이들의 사용 빈도로써 증명이 된다. 그러나 등외 설정은 해체,
해요체에 대한 격식체와의 구별을 인정하는 것으로 해석할 수 있으
며, 높임법 체계가 이원적으로 설정되는 데 대한 단초를 제공하였다

는 점에서 의의가 있다. 해요체, 해체의 등외 설정은 일원적 체계에
서 일정한 위치를 정하기 어려운 이들의 성격을 고려한 것으로 이해
할 수 있으며, 이는 뒤섞임 현상의 실현에도 밀접한 관련이 있다고
생각된다.

 또한 하오체와 해요체는 그 쓰임에 있어 차이가 있다는 점에서
해요체를 하오체에 포함시키거나 동일 등급으로 보는 것은 논의가
필요하다고 생각한다. 높임의 기능을 가지는 점에서 일치한다 하더
라도 쓰이는 대상에서 나타나는 차이를 무시할 수 없다는 것이다.
하오체와 해요체를 동일한 위치로 보는 논의에 대해 이규창(1992)는
합쇼체와 해요체의 뒤섞임 현상을 고려하면 하오체와 해요체를 동
일등급으로 볼 수 없다고 지적한 바 있다. 즉, '죽다, 먹다, 자다' 등
에서 해요체 실현이 제한되는 것은 어휘적 특수성 때문이지 하오체
와 해요체를 동일등급으로 볼 수 있는 근거는 아니라는 것이다.

 높임법 체계 내에 해체만이 포함되고, 해요체는 포함되지 않은 경
우는 김희상(1911), 장석진(1972), 김민수(1971) 등에서 살피겠다. 이
들의 논의는 높임법 체계의 등급으로서 해체가 자리매김이 되었다
는 데에서 등외로 설정한 최현배(1961), 성기철(1970a) 등과 차이가
있다. 또한 이는 높임법 체계 내에서 해체와 해라체를 명확히 구별
함을 의미하는 것으로 해석할 수 있다.

 해체에 대한 이들의 논의를 보면, 김희상(1911)은 '반대(半待)'라
하여 해체를 하오체와 하게체 사이에, 장석진(1972), 김민수(1971)는
하게체와 해라체 사이에 두었다. 해체를 높임법 체계 내에 포함시킨
이들의 논의는 높임의 정도에서 해체가 해라체 위에 있는 것으로 해
석하게 한다. 또한 이들은 해요체에 대해 명시적으로 언급하지 않았

다는 공통점을 보인다. 이는 해요체에 대한 인식이 없었다기보다는 하
오체에 포함시킨 앞서 최현배(1961)의 논의와 같은 맥락에서 해석할
수 있다.

　'해체', '해요체'를 모두 포함하여 일원적 체계로 논의한 연구에는
박창해(1964), 김석득(1968), 이맹성(1973), 이익섭(1974) 등이 있다.

　박창해(1964)는 해요체는 정식 용어의 반말, 해체는 평교 용어의
반말로 설정하여 높낮이로 파악하지 않았다는 점에서 앞서의 논의
와 차이가 있다. 해요체를 하오체와 같이 정식 용어의 반말이라는
동일한 위치에 설정할 수 있느냐 하는 점은 앞서의 최현배(1961)에
서와 같은 논의가 필요하다. 또한 평교 용어에 '해라체'를 설정하고,
평교 용어의 반말로 평교 용어 아래에 설정한 '해체'의 위치에 대하
여는 논의가 필요한 점이다.

　김석득(1968)은 해체를 하오체와 하게체 사이에 두었는데, 이는
앞서 언급한 김희상(1911)에서와 동일하다. 또한 해요체는 예사높임
안에 포함시켰으나, '-시-'가 통합된 경우 아주높임에 포함시켰다.
이는 높임의 선어말어미 '-시-'가 통합된 형태와 해요체가 높임의 정
도에서 차이가 있음을 반영한 것이다. 그러나 '-시-' 통합으로 인한
미세한 차이는 아주높임과 예사높임 사이에만 있는 것은 아니라는
점에서 일관성이 없다고 볼 수 있다.

　이맹성(1973)은 두루높임 '-어요'는 아주높임, 예사높임 사이에,
두루낮춤 '-어'는 예사낮춤, 아주낮춤 사이에 설정하였는데, 이는 이
익섭(1974)의 논의와 동일하다. 이익섭(1974)은 [친밀]과 [격식] 자질
로 설명하였는데, [+친밀]은 모두 [-격식]으로 설명할 수 있으므로,
설정된 자질이 잉여적이라는 점에서 논의가 필요하다. 이익섭(1974)

에서 주목할 것은 '해라체'는 [-격식]으로 설정하고, '해체'는 [+격식]으로 설명한 것인데, 이러한 언급은 이익섭(1974)에서만 발견된다. '해체'와 '해라체'에 대한 논의에서 이들의 격식성에 대한 문제는 논의가 여지가 많다.

2.1.2. 이원적 체계

격식체와 비격식체를 구별하여 이원적 체계로 논의한 고영근(1974), 황적륜(1976), 서정수(1984), 성기철(1985), 김혜숙(1991)과 조준학(1976), 이상복(1984), 한길(1991), 이윤하(2001) 등은 다소 차이가 있다. 고영근(1974) 등에서의 논의는 격식체 4등급, 비격식체 2등급으로 나타나고, 조준학(1976), 이윤하(2001) 등은 격식체 3등급과 비격식체 3등급으로, 이상복은 격식체 1등급과 비격식체 5등급, 한길(1991)은 격식체 5등급, 비격식체 2등급으로 다양한 견해를 보인다.

고영근(1974), 황적륜(1976), 서정수(1984), 성기철(1985), 김혜숙(1991)의 논의는 높임법 체계에서 격식체와 비격식체를 명시적으로 구별하였다는 데 의의가 있다. 한길(1991)은 이들의 논의에 격식체로서 '하라체'를 높임과 낮춤 사이에 '같음'으로 설정한 점이 다르다. '하라체'는 '다음 빈칸에 알맞은 말을 쓰라'와 같이 높낮이가 중화된 표현이라는 것이다. 또한 그는 해체를 낮춤이 아닌 '안높임'으로 밝히고, 높임이 아니면 모두 '안높임'에 해당될 수 있다고 하였다.

조준학(1976), 이윤하(2001)는 합쇼체와 해요체, 하게체와 하오체, 해라체와 해체를 각각 동일한 위치로 파악하였는데 이는 뒤섞임 현상에 대해 설명할 수 있게 한다. 이상복(1984)은 합쇼체와 해요체를 동일한 위치로 파악한 점에서 앞서의 논의와 동일하다. 그러나 '하

오체', '하게체', '해라체'가 격식적으로 사용되는 것에 대한 부정은
우리의 언어 현실을 지나치게 간소화하려는 시도로 해석될 수 있게
한다는 데 문제가 있다.

　다음의 [표 1]에서 해요체, 해체의 높임법 체계 내 설정 유무와 설
정 위치, 설정 방법에 대한 앞서 논의들을 연도순으로 정리하였다.
이는 비격식체 처리에 대한 문법서의 경향성을 파악할 수 있다는 데
의의가 있다.

[표 1] 높임법 체계에서 비격식체의 설정 유무와 위치, 방법

문법서	'해체'의 등외 설정	'해체'의 체계 내 설정	'해체'와 '해요체'의 체계 내 설정	
			일원적	이원적
김희상(1911)		○		
최현배(1961)	○			
박창해(1964)			○	
김석득(1968)			○	
성기철(1970a)	○			
김민수(1971)		○		
장석진(1972)		○		
이맹성(1973)			○	
이익섭(1974)			○	
고영근(1974)				○
조준학(1976)				○
황적륜(1976)				○
이길록(1981)	○			

이상복(1984)				○
서정수(1984)				○
성기철(1985)				○
한길(1987, 1991)				○
김혜숙(1991)				○
이윤하(2001)				○
합계	3	3	4	10

[표 1]을 보면, 비격식체의 설정에 대한 1970년대 초기까지의 경향은 해체가 등외로 설정되어 있거나 '해체'만이 설정되어 있는 경우, '해체'와 '해요체'가 모두 설정되어 있는 경우 등으로 매우 다양한 견해가 있음을 알 수 있다. 그러나 1970년대 중반을 넘어서면서 문법서의 경향은 이원적 체계 설정의 경향을 보인다. 이는 해요체, 해체의 높임의 정도와 쓰임에 대해 인식하게 되면서 이원적 체계로 방향을 제시하는 것으로 생각된다.

2.1.에서 살핀 논의는 대체로 둘로 나누어진다. 첫째, 등외든 체계 내 설정이든 일원적 체계로 설정하는 것이고, 둘째는 해요체, 해체를 격식체와 구별하여 이원적으로 설정하는 것이다. 격식체와 비격식체는 높임의 정도와 쓰임을 고려하면 일원적 체계로 설정하기에는 무리가 있다. 남기심·고영근(1993), 서정수(1984), 「고등 학교 문법(2002)」 등에서 격식체와 비격식체의 쓰임과 성격, 빈도에 대한 분명한 차이를 확인할 수 있다. 그러나 격식체의 일부가 한정된 계층에서만5) 사용된다 하더라도 사용되고 있는 현실을 고려하면 비격

---

5) 성기철(1985)에 따르면, 하오체와 하게체는 연령이 높은 계층에서 주로 사용되는데, 그 빈도수는 낮다.

식체 중심의 일원적 체계로 통합하려는 양인석(1980)의 논의를 따르
는 데에는 무리가 있다.

　일원적 체계로 설정한다면 높임의 등급에 따른 위치 설정이 필요
한데, 문제는 서정수(1984)에서 논의된 바, 등급 간 높낮이 구별이
쉽지 않다는 데 있다. 서정수(1984), 김혜숙(1991)은 합쇼체와 해요
체의 사용 빈도에 대한 연구 결과에서 합쇼체와 해요체는 높낮이의
구별이 사라지고 있음을 밝힌 바 있다. 이들의 견해를 보면 합쇼체
와 해요체는 높낮이의 구별이라기보다는 친밀도의 구별로 보는 것
이 타당하다. 또한 김혜숙(1991)은 하게체는 제한적으로 쓰이고, 해
체의 사용 빈도는 높아지는 것에 주목하고, 해체, 해라체 사이에도
사실상 높낮이의 차이 없이 쓰이는 것으로 보았다. 서정수(1984)도
해라체, 해체에 대해 격식적, 비격식적인 차이가 있을 뿐 높낮이에
는 차이가 없음을 밝히고 있다. 이들의 논의는 하게체, 해라체, 해체
의 높임의 위치 설정을 결정하기가 쉽지 않음을 보여주는 것이라고
할 수 있다. 여기에 이원적 체계로써의 높임법 체계 설정의 타당성
이 있고, 비격식체의 사용 양상을 고려하면 격식체와 구별해야 할
필요성이 있다.

　그러나 이원적 체계로 설정하더라도 해결해야 할 과제들이 있다.
앞서 살핀 문법서들을 보면, 높임과 낮춤 또는 존대와 비존대 등과
같이 동일한 하나의 등급에 대해서 다양한 견해가 발견된다. 예를
들면, '해요체'와 '해체'에 대해 성기철(1970a)은 두루높임과 두루낮
춤으로, 서정수(1984)는 존대와 비존대로, 한길(1987)은 높임과 안높
임으로 설정하였다. 문법서에 학자들의 견해 차이가 반영된 것이라
여기지만 이에 대한 논의가 필요하다.

또한 높임이나 존대 자질이 절대적 의미 자질을 갖는 것으로 볼 수 없다는 유송영(1997)의 논의도 주목할 필요가 있다. 즉, 높임이나 존대의 의미 자질은 모든 상황에서 높임, 존대 의미를 나타내야 하는데 사용 양상을 살피면 항상 그렇지는 않다는 것이다. 예를 들면, 실수로 접시를 깨뜨린 아이에게 '잘 하셨습니다'라는 부모의 말에 아이는 높임으로 받아들이지 않고, 오히려 화가 난 부모 앞에서 당황해할 것이다. 실제로 합쇼체가 쓰인 담화를 보면, 형태상으로는 존대이지만 높임이 아닌 꾸중이나 비난, 무시, 경멸, 빈정거림, 야유 등으로 해석되는 경우가 많다. 이것은 기존의 높임법 체계에서 사용한 '높임, 낮춤, 존대, 비존대' 등에 대하여 논의가 필요하다는 증거가 될 것이다.

2.2. 높임법의 하위 체계와 실현 방법

2.2.1. 격식체의 하위 체계와 실현 방법

2.2.1.에서는 격식체의 하위 체계와 실현하는 어미에 대해 살펴보고자 한다. 앞서 언급한 바대로 격식체는 명칭에는 다소 차이가 있지만 대체로 '합쇼체, 하오체, 하게체, 해라체'의 하위 체계를 갖는다. 격식체 실현 어미에 대해 구체적으로 언급한 경우를 살펴보면, 차이가 있음이 확인된다. 이를 정리하면 아래와 같다.

[표 2] 격식체 실현 어미

문법서	합쇼체	하오체	하게체	해라체
김희상(1911)	보압시오	보오	보게	보아라

최현배(1961)	봅니다, 보십시오	보오, 보아요	보네, 보게	본다, 보아라
김석득(1968)	-ㅂ니다, -ㅂ니까, -세요, -ㅂ시다, -시는군요	-오, -죠, -는군요	-네, -나, -게, -세, -는군	-ㄴ다, -냐, -라, -자, -는구나
성기철(1970a)	하십시오	하오	하게	해라
김민수(1971)6)	보고합니다	부탁하오	-세, -ㄴ가	-냐, -구나
이길록(1981)	-ㅂ니다, -세요, -ㅂ니까 -시오, -ㅂ시다, -ㅂ니다그려	-오, -어요, -지요, -구려	-네, -는가, -게, -세, -네그려	-ㄴ다, -느냐, -어라, -자, -구나
장석진(1972)	합시오	하오	하게	해라
이맹성(1973)	-업니다	-으오	-네	-(는)다
고영근(1974)	-ㅂ니다, -ㅂ시오, -ㅂ나이다	-(으)오, -소, -우	-네, -게	-다
이상복(1984)	-(으)ㅂ니다, -(으)ㅂ디다, -(으)ㅂ니까, -(으)ㅂ디까, -(으)ㅂ시다, -(으)십시오	-오, -소, -(는)구료, -구료		
서정수(1984)	-(으)ㅂ니다, -습니다, -(이)올시다, -(으)옵니다, -(으옵)나이다, -(으)ㅂ니까, -습니까, -(으)옵니까, -(으옵)나이까, -(으)십시오, -(으)십시다, -(으)시지요, -(으옵)소서	-(으)오, -소, -(으)우, -구료, -(으)ㅂ디 까, -습디까, -(으)ㅂ시 다	-네, -게, -게나, -세, -데, -는가, -(으)ㄴ가, -던가	-ㄴ/는다, -구나, -(으)마, -더라, -니, -(느)냐, -(으)냐, -더냐, -어/아라, -(으)라, -(으)려무나, -(으)렴, -자, -자꾸나

성기철(1985)	-ㅂ니다, -ㅂ시오	-오	-네, -게	-는다, -어라
김혜숙(1991)	합니까, 합니다그려, 합시다	하오	하게, 하는가, 하네그려, 하세	해라, 하느냐, 하는구나, 하자

서정수(1984), 성기철(1970a, 1985) 등은 '-(으)ㅂ시다'는 하오체
로, 여기에 높임 선어말어미 '-(으)시-'가 통합되면 합쇼체로 보았
다. 그러나 본고는 이상복(1984), 이익섭(1994) 등의 논의에 따라 '-
(으)시-' 통합형은 그렇지 않은 경우보다 높임의 정도가 다소 상승
하기는 하지만 쓰임의 대상이 크게 달라지지 않는다는 점에서 해당
영역을 넘어설 정도는 아니라고 본다. 이는 높임법의 거의 모든 체
계와 결합이 가능하다는 점에서 합쇼체와 하오체만의 문제는 아니
며, 이에 따른 높임법 체계의 조정은 혼란을 일으킬 수 있다는 점에
서 타당하지 않다.

2.2.2. 비격식체의 하위 체계와 실현 방법

2.2.2.에서는 비격식체의 하위 체계로 해요체와 해체를 설정하고,
실현하는 방법에 대해 살펴보겠다. 서정수(1984)는 비격식체의 하위
체계가 2 가지로 나뉘는 것에 대해 상하관계보다는 횡적인 친밀관
계를 나타내는 비격식체의 특성 때문이라고 해석하였는데, 횡적으
로 친밀관계가 종적인 관계에 따른 상하 격차를 무디게 하는 것이
다. 비격식체는 임홍빈(1984)에서 밝힌 바에 따르면 억양의 도움이

---

6) 김민수(1971)는 앞서 언급한 바, 합쇼체 위에 '극칭'을 두었다. 이에 대해 이익
  섭(1974), 남기심·고영근(1993) 등은 문체적인 차이나 사회적 방언으로 처리
  하고, 별도의 등급을 설정하지 않았다. 본고는 그의 논의를 따른다.

필요한데, 억양이나 맥락에 따라 여러 문장 유형으로 해석이 가능하며, 일반적인 종결 어미보다 풍부한 양태 의미를 갖는다.

해요체의 높임의 정도는 합쇼체와 하오체 사이에 있거나 합쇼체, 하오체와 동일한 높임으로 파악하는 양상을 보인다. 이를 정리하면 아래의 표와 같다.

[표 3] 높임법 내에서 해요체의 위치

합쇼체	해요체	합쇼체 하오체	해요체	하오체	해요체
조준학(1976) 황적륜(1976) 이상복(1984) 이윤하(2001)		서정수(1984) 이맹성(1973) 이익섭(1974)		최현배(1961) 박창해(1964) 김석득(1968) 이길록(1981)	

해체의 높임법 내 위치는 하오체와 하게체, 하게체와 해라체 사이에 있거나 해라체와 동일한 높임의 정도로 분석한 경우로 구분되며, 아래와 같이 정리된다.

[표 4] 높임법 내에서 해체의 위치

하오체 하게체	해체	하오체 하게체 해라체	해체	하게체 해라체	해체	해라체	해체
김희상(1911) 김석득(1968) 이길록(1981)		최현배(1961)		장석진(1972) 김민수(1971) 이맹성(1973) 이익섭(1974)		조준학(1976) 이윤하(2001)	

해요체는 고영근(1974)에 따르면, 종래에는 '하오체'의 한 가지로 서 중부 지방에서 주로 쓰였으나 이제는 남녀 구별 없이, 다른 지방에까지도 확산되어 두루 쓰인다. 비격식체 하위 체계의 범위를 설정함에 있어 해요체는 보조사 '요'가 통합된 것으로 보고, 해체는 일반적 종결 어미 외의 요소에 의해 종결된 구어체 문장으로 '요' 통합 가능성이 있는 것으로 설정한다면 해체의 개념과 범위에 대한 설정은 비격식체의 하위 체계와 범주를 살펴보는 데 있어 필수적 과제라고 할 수 있다.7)

그러나 '요'는 해체에만 통합되는 것이 아니라 합쇼체에도 통합이 가능하다. 그러나 합쇼체에 '요'가 통합되면, 아래의 예(1)과 같이 방언이나 비굴한 표현으로 느껴지는데 이는 높임의 형태가 중복 표현되었기 때문이다. 이에 대해 이익섭(1974) 등은 표준 국어가 아닌 사회 방언으로 보고, 높임의 형식이 아니라고 밝힌 바 있다.8) 해체에 '요'가 통합되면 높임의 정도에서 차이가 있지만 합쇼체에는 '요'가 통합되더라도 높임의 정도가 달라지지 않으므로 해체와 '요' 통합이 가능한 해요체, 합쇼체는 그 쓰임과 성격이 다르다고 할 수 있다. 또한 하오체나 하게체, 해라체에는 '요' 통합이 불가능하므로 '요'를

---

7) 박재연(1998)에 의하면, '요' 통합 여부는 해체를 식별하는 핵심적 기준이 된다. 고영근(1974), 성기철(1985), 한길(1987) 등은 '요' 통합이 해체의 본질로 기술되는 것에는 반대하지만 해체의 본질적인 면의 일부를 드러내며, 해체 식별 수단이 되는 것은 사실이라고 밝힌 바 있다. 이는 합쇼체, 하오체, 하게체, 해라체의 명령형에는 통합이 불가능하다는 것을 설명할 수 있다. 높임이든 낮춤이든 청자 대우 자질이 이미 부여된 곳에 '요'가 부가된다면 이는 과잉의 의미가 생산되거나 의미 충돌이 일어날 것이기 때문이다.

8) 예(1)에서 '요' 통합으로 인한 높임의 차이를 찾기 어렵다. 박재연(1998)은 이와 관련하여 '한다요'가 용인 불가능한 것에 비해 '합니다요'가 용인될 수 있는 것은, '한다요'에서 야기되는 의미의 충돌보다는 '합니다요'에서의 의미의 과잉 생산이 쉽게 용인될 수 있기 때문이라고 밝혔다.

통합하여 높임의 정도가 달라지면 해체에 해당된다고 할 수 있다.

    (1) 소인이 죽을 죄를 지었습니다요.　(박재연 1998:17)

  해체에 대한 검토에 있어 대체로 두 가지로 나누어 살필 수 있다. 하나는 해체가 높임법에서 차지하는 위치에 관한 것이고, 다른 하나는 해체의 형태적 완전성 여부에 관한 것이다. 해체의 위치는 앞서 2.1.에서 논의가 되었고, 해체의 형태적 완전성에 대해 정렬모(1946), 고영근(1974), 서정수(1984) 등은 형태적으로 완전한 것으로, 김종택(1981) 등은 완전하지 않은 것으로 인식하였다. 정렬모(1946)는 '두루빛'이라 하여 해체가 그 자체로 문장을 종결할 수 있는 완전한 형식이라고 인식한 반면, 김종택(1981)은 형태적으로 불완전하지만 그 쓰임은 넓은 것으로 보았다. 불완전한 형식이 폭넓게 쓰이는 것은 해체가 그 자체로 문장 종결 기능을 갖는 것으로 볼 수 있다는 점에서 불완전한 형태로 인식한 그의 논의는 한계를 드러내는 것이고, 이는 등외로써 처리한 앞서 논의와도 구별된다. 해체의 실현 방법에 대해 구체적으로 언급한 연구들을 중심으로 정리하면 다음과 같다.

[표 5] '해체' 실현 형태

문법서	'해체' 실현 형태
최현배(1961)	-아, -어, -지, -(으)ㅁ, -는구면
김석득(1968)	-아(어), -지, -(으)ㅁ, -는구만
성기철(1970a)	-어, -지, -걸, -네, -고 말고
고영근(1974)	-아, -지, -ㄹ께, -다(라)구, -ㄹ까, -다(라)니, -라구, -자구, -나, -게, -군, -구면, -네, -ㄴ걸, -ㄴ데, -거든

이길록(1981)	-어, -지, -는구먼
이상복(1984)	-아(어), -지, -데, -(으)ㄹ 걸, -(는)군, -나, -는(ㄴ)가, -(으)ㄹ까 등
서정수(1984)	-어, -지, -이야, -나, -군, ∅
성기철(1985)	-아, -지, -걸, -거든, -께, -게, -데, -고 말고, -나, -ㄹ까, -는가, -면서, -구먼(군), -네, -ㄴ지
한길(1987)	단순형태	-아, -지, -게, -네, -는가, -나, -군, -데, -거든, -는데
	복합형태	-다니, -냐니, -자니, 라니, -다나, -자나, -라나, -다고, -냐고, -자고, -라고, -다니까, -냐니까, -자니까, -라니까, -다면서, -ㄹ께, -ㄹ까, -ㄹ래, -는걸, -을걸
김혜숙(1991)	해, 하는구먼
박재연(1998)	-아, -지, -게, -거든, -ㄴ데, -다니까, -냐니까, -라니까, -자니까, -다고, -냐고, -라고, -자고, -다면서, -라면서, -자면서, -다나, -냐나, -라나, -자나, -다니, -냐니, -라니, -자니, -ㄴ가(-나), -ㄹ까, -ㄴ지, -ㄹ지, -네, -데, -ㄴ걸, -ㄹ걸, -ㄹ래, -ㄹ게, -어야지, -군, -구먼

위의 [표 5]를 보면 해체 실현 형태에 대한 기술은 '-어'와 '-지'에 집중되어 있고, 하게체로 분류되던 '-게, -네, -나, -는가' 등이 '해체' 실현 어미에 점차 포함되어 그 실현 형태가 확대되는 양상을 보인다. 성기철(1985), 한길(1987), 박재연(1998) 등은 '-게, -네, -나, -는가' 등에 대해 하게체와 해체를 구분하였는데, 이를 정리하면, 혼잣말로 쓰이거나 청자가 있더라도 청자를 적극적으로 의식하지 않고 직접 청자를 향하지 않은 경우에는 해체가 실현된 것으로 보아야 한다.

즉, 하게체로 쓰인 경우에는 '자네, 여보게(나)' 등의 호칭과 공기 관계가 있고, '요' 통합이 불가능하다는 점에서 해체와 구별하였다. 다음의 예(2)는 '여보게'와 어울려 하게체로 쓰인 것을 보이나 예(3)은 혼잣말로 쓰여 해체로 분석된다.

(2) 여보게, 세상이 참 한심스럽게 돌아가네. (이윤하 2001:101)
(3) 세상이 참 한심스럽게 돌아가네. 쯧쯧- (이윤하 2001:101)

해체 실현 형태를 보면, [표 5]에서 밝힌 바, 예(4-5)와 같이 '-어'와 '-지'를 중심으로 한 논의가 많다. 고영근(1974), 한길(1982) 등도 여기에 속한다.

(4) 나도 이 땅에서 일할 권리가 있어(요).
(5) 나도 이 땅에서 일할 권리가 있지(요).

문장의 일부가 생략되어 해체가 실현된 경우는 예(6-10)과 같다.

(6) 가: 그거 왜 그래(요)?
    나: (더러워서) 갖다 버리게(요).
(7) 철수가 학교에 가느냐고 (물었어요)?
(8) 바람이 그치거든 (집에 가거라).
(9) 비가 많이 오는데 (넌 어디 가느냐?).
(10) 비가 너무 많이 오니까 (집에 가지 못한다).

예(11-13)은 도치를 통해 해체가 실현된 형태이다. 이러한 현상은 주로 구어에서 보이며, 발화 내용을 미리 준비하는 연설 등의 경우에는 거의 나타나지 않는다.

    (11) 가: 배가 고파서 내가 먼저 먹어야겠어요. 언니들한테는 미안하
           지만.
       나: 이리 좀 가까이 와라. 얼굴 좀 자세히 보게.(유현경 2003:127)
    (12) 부모상을 당하였다는 기별이 왔나? 편지를 보기 전에 울기부터
        하게? (고영근 1976:24)
    (13) 내가 개돼지란 말이야? 여기 앉아서 밥만 처먹게.(한길 1987:47)

    예(14-17)은 사실상 종결어미가 생략된 형태인데, 구어체에서는 흔히 있는 일이다. 본고는 서정수(1984:77)의 논의에 따라 이러한 형태를 해체에 포함한다. 예(17)은 텔레비전 광고로, 해체의 실현에서 특히 억양이 주목되는 예인데, 이는 비격식체의 특징이기도 하다.

    (14) 가: 그거 누가 그랬나?
       나: 내가.
       가: 철수 집에 있을까?
       나: 왜?
       가: 직원을 모두 휴직시킨데요.
       나: 월급은 줘서? (성기철 1970a:128)
    (15) 이것은 배, 저것은 사과.
       그 사람 말고 이 사람. (서정수 1984:77)
    (16) 가: 나 어제 방송국에 갔다.
       나: 정말? 누구 봤는데? 누구?
    (17) 가: 프라임론.
       나: 프라임론?
       다: 프라임론!

    예(18) 외에 '집에서 전화 왔음, 간식은 손을 꼭 씻고 먹기' 등과

같이 '-(으)ㅁ'이나 '-기' 등과 같은 명사형 어미로 끝난 것도 흔히 볼 수 있는 경우이다.9) 또한 예(19)는 신문 기사의 표제나 부제에 등장하는 것이며, 예(20)은 선어말어미 '-리-'에 의해 문장이 종결된 것으로 볼 수 있다. 그러나 예(18-20)은 문어체의 성격이 강하다는 점에서 '구어'를 대상으로 하는 본고의 논의에서는 제외된다.

(18) 내일 아침 7시까지 집합할 것
(19) 한국 경제 파탄으로 치달아
(20) 내일이면 늦으리. (박재연 1998:19-20)

예(21)은 종결된 문장이 아닌 중단된 문장으로 보아야 한다는 점에서 앞서 살핀 문장들과는 구별된다. 높임법 체계 내에서 그 위치를 검토할 수 없으므로 본고의 논의에서 제외된다.

(21) 가: 자네 도대체 어떻게 된 건가?
     나: 저어, 제가 그만 실수를…. (박재연 1998:19)

앞서 해체 실현 형태를 살펴본 바, 해체는 어미에 의해서만 실현되는 것이 아니라 단어나 구로도 실현할 수 있다. 본고에서 살핀 드라마 대본에 나타난 예(22)의 예들은 이같은 사실을 뒷받침한다.

(22) 미진: 그럼 나중에 커서 결혼을 누구랑 할 건가요?
     진수: 엄마! 엄마를 좋아하긴 하는데요. 결혼은 윤아랑 할 거예요.
                                              (<며>52/78)10)

---

9) 장경현(1995)은 명사형으로 실현된 반말 형태에 대하여 논의하였다.
10) '<며>52/78'은 '며느리 전성시대 52회 씬78', '<미>121/20'은 '미우나 고우나

미애: 외국여자예요! 외국여자!

동지: 뭐? 외국여자? (<미>121/20)

경찰: 이거 증거물들은 다 누구 거예요? 가져가세요. 얼른얼른.

　　　싸게싸게. (<며>46/20)

2.3. 뒤섞임 현상에 대한 선행 연구

뒤섞임 현상은 동일한 화자와 청자 사이의 담화에서 여러 등급들
이 뒤섞여 나타나는 경우를 말한다. 이는 '등분간의 호응, 화계간의
호응, 뒤섞기 현상, 말단계 변동 현상' 등으로써 성기철(1970a · b,
1985), 서정수(1984), 한길(1987), 이정복(1996, 2001), 유송영(1997)
등에서 다루어졌다. 2.3.에서는 이들의 논의를 중심으로 격식체 내에
서의 뒤섞임, 격식체와 비격식체의 뒤섞임, 비격식체 내에서의 뒤섞
임으로 나누어 살펴보겠다.

2.3.1. 격식체 내에서의 뒤섞임

격식체 내에서의 뒤섞임 현상은 성기철(1970a · b, 1985), 유송영
(1997) 등에서 살필 수 있는데, 사용이 드물다는 점에서 이에 대한
검토는 다소 한계가 있다. 성기철(1970b)은 합쇼체와 하오체의 뒤섞
임을 일반적인 현상으로 본 반면, 뒤섞임 실현을 '힘과 유대'의 관계
로 파악한 유송영(1997)은 합쇼체와 하오체의 뒤섞임 실현을 농담조
의 말투로 설명하였는데, 이는 높임법 체계에 따른 엄격한 적용은
아니라는 것으로 해석될 수 있다.

121회 씬20'을 뜻한다.

(23) 여러분! 아깝게도 이미 때는 늦었습니다. 이 늦은 때에 무엇을
    어떻게 하겠소. (성기철 1970b:53)
    내가 요즘 팬 써비스 차원에서 터프한 모습을 보여드리고 있습
    니다. 그런데 그래픽은 누가 베꼈수? (유송영 1997:62)

　성기철(1970a・b, 1985)은 합쇼체와 하오체의 뒤섞임 외의 격식체
내에서의 뒤섞임은 제한된 환경에서만 가능하고 원칙적으로 불가능
한 것으로 판단하여 합쇼체와 하게체, 합쇼체와 해라체의 예문은 제
시하지 않았다. 하오체와 하게체, 하오체와 해라체의 뒤섞임으로 예
(24-25)를 제시하였으나, 보편적인 현상으로 보지는 않았다. 또한
'당신, 자네' 등과 같은 호칭과 관련하여 각각 하오체, 하게체로 분
석하였는데, 예(24-26)은 각각 하오체와 하게체, 하오체와 해라체, 하
게체와 해라체의 뒤섞임이 실현된 예로 제시된 것이다. 호칭과 관련
하여 높임법을 살핀 성기철(1970b)은 당신은 하오체와 해요체로, 자
네는 하게체와 해체로 보았으나, 실제 분석에서는 이들을 하오체와
하게체만으로 논의하였다. 그리고 이에 대한 근거는 명확히 밝히지
않아 분석 과정에 한계를 보인다.

(24) 자네 먹소. (성기철 1970b:53)
(25) 당신을 찾아간 여자와 둘이서 꾸민 계략 같은 것은 지금과 같은
    당신의 구변으로 은폐되지는 않을 것이다. (성기철 1970b: 53)
(26) 나도 외롭다. 외롭지 않기 위해서 술을 마시는데, 자네는 외롭
    고 나는 고독하구나. (성기철 1970b:53)

2.3.2. 격식체와 비격식체의 뒤섞임

뒤섞임 현상에 대한 논의에서 주로 많이 다룬 분야는 격식체와 비격식체의 뒤섞임 실현과 관련된다. 특히, 합쇼체와 해요체의 뒤섞임 현상은 여러 논의에서 주목한 분야로, 아래의 예(27-29)는 이러한 현상을 보여주는 것이다. 또한 이는 앞서 살펴본 바, 합쇼체와 해요체를 동일한 높임으로 설정한 논의인 이익섭(1974), 조준학(1976), 서정수(1984) 등을 설명할 수 있다. 특히, 서정수(1984)는 합쇼체와 해요체의 뒤섞임 현상은 이들의 높낮이를 구별하기 어렵게 하는 요인으로 작용하는 문제를 지적하였다.

> (27) 어머니, 저 오늘 저녁 숙직이에요. 빨리 저녁 주세요. 좀 늦었습니다. (성기철 1970b:53)
> 아, 내 집에 내 손님을 맞아들이는데 누가 뭐랄 사람이 있습니까? 어려워 말고 내집처럼 편히 쉬세요. (한길 1987:22)
> 자, FM의 오픈캅니다. 가요광장에서 무공해 신선한 바람 좀 쐬시죠. (유송영 1997:43)
> (28) 선생님, 철수는 결석했어요.
> 　　　　　　　결석했습니다. (서정수 1984:73)
> (29) 오늘 아침 보도에 따르면 중동의 화약고가 다시 터졌습니다.
> 지금 세계 각국에서 그 문제를 주시하고 있는 건 당연하죠.
> 　　　　　　　　　　　　　　(서정수 1984:77)

합쇼체와 해체의 뒤섞임 현상은 성기철(1970a · b, 1985)과 유송영(1997)에서 살필 수 있는데, 성기철(1970a · b, 1985)은 이러한 뒤섞임 실현을 보편적인 현상은 아니라고 판단하였다. 한편, 유송영(1997)은 '유대'의 정도를 넓히기 위한 전략적 사용으로 해석하였다. 예(31-32)에서 실현된 해체는 '권유', '혼잣말'로 해석되고, 뒤섞임 실현을 동일한 존대 말씨의 반복 사용으로 인한 딱딱함이나 단조로움을 피하기 위한 방편으로 파악한 서정수(1984)의 논의는 화자의 담화 전략 실현이라는 점에서 같다.

> (30) 스타트라인에 선 모양만 봐도 안답니다. 우물쭈물하는 빛이 있는 건 안돼. (성기철 1970b:54)
> (31) 왜 방안에만 계십니까? 바람 좀 쏘이시지. (서정수 1984:83)
> (32) …이런 거 아니겠습니까? 왜 이렇게 울리고 그래 아침부터.
> (유송영 1997: 71)

하오체와 해요체의 뒤섞임 현상은 아래의 예(33-35)와 같다. 예(33)에서 서정수(1984)는 하오체와 해요체의 성격에 주목하였는데, 이들의 뒤섞임을 비교적 일반적인 현상으로 파악한 근거는 이들의 높임의 정도와 관련이 있는 것으로 해석된다. 성기철(1970b)은 예(35)와 같이 '-(으)ㅂ시다'를 하오체로 분석하였다.

> (33) 지금 어디 있어요?
> 있소? (서정수 1984:74)
> (34) 저 배를 주린 群像을 좀 바라 보시오. 그러고도 술이나 마시고 돌아다니며 놀아요? (성기철 1970b:53)
> 제가 먼저 알아서 꼬리를 내리지요. 내가 이렇게 산다우.
> (유송영 1997:58)
> 사랑이 뭐요? 어디 지도상에 있는 지명이라도 되오? 이정표 같은 건 필요도 없어요. 이젠 우리 어린애들이 아니란 말이오.
> (한길 2002:190)
> (35) 자, 이제 그만하고 일어납시다. 아무래도 비가 쏟아질 것만 같어요. (성기철 1970b:53)

하오체와 해체의 뒤섞임 현상은 성기철(1970b), 서정수(1984), 유
송영(1997)에서 살필 수 있다. 성기철(1970b)은 하오체 이하의 등급
과 해체의 뒤섞임은 자연스러운 현상으로 보았는데, 이는 해체의 성
격과 관련이 있는 논의로 생각된다. 또한 예(37)에서와 같이 유송영
(1997)은 '-(으)ㅂ시다'를 하오체 실현 어미로 설정하였다.

> (36) 나가시오! 나가. 이 병원에 불만이 있으면 나가란 말이오.
> (성기철 1970b:54)
> 젊은이는 참 얌전하오. 그래야 장래성이 있지. (서정수 1984:83)
> 난 싫수. 난 싫어. (유송영 1997:87)
> (37) 올라갑시다. 올라가. 우리 둘이 얘기합시다. (유송영 1997:84)

하게체와 해요체의 뒤섞임 현상은 유송영(1997)에서 살필 수 있
다. 그는 '유대'의 정도를 넓히기 위한 담화 전략에 의한 조절 작용
으로 분석하였다. 예(38)에서 실현된 하게체를 통해 화자는 보다 친
근한 인상을 얻을 수 있게 된다.

> (38) …주병진 쇼에 나오신 분이구나 이러더구먼. 초등학교 동창인
> 줄 알고 어깨를 시게 친 걸 한 번 은어 맞은 적이 있어요. (유
> 송영 1997:64)

하게체와 해체의 뒤섞임 현상에 대한 논의들은 예(39)와 같이 대
체로 높임의 정도가 유사한 등급들 사이에서의 자연스러운 현상으
로 보았다.

> (39) 무엇이 우스운가? 자넨 정말 태평이군 그래. (성기철 1970b:54)

자네 여기 좀 앉아 있게. 나 곧 들어가다 나올 거야. (서정수
1984:83)
됐네. 됐어. 그런데 어떻게 자네 혼잔가? (유송영 1997:87)
그래 아버님은 좀 어떤가? 차도가 있겠지? 모두 정성이 지극하
니 별일은 없을 걸세. (한길 1987:22)

해라체와 해요체의 뒤섞임 현상은 예(40-41)에서와 같이 살필 수
있다. 이것을 성기철(1970b)은 원칙적으로 불가능한 현상으로 본 반
면, 유송영(1997)은 청자와의 '유대' 관계 조절을 위한 화자의 전략
적 사용으로 보았는데, 이 때 실현된 해라체와 해요체에 대한 해석
이 필요할 것이다. 예(40)에서 실현된 해라체로 보아 청자에게 화자
는 평소에는 낮은 등급으로 실현할 것이 예상된다. '설득'을 위해 높
임의 등급이 상승된 것으로 보인다. 반면에 예(41)의 해라체는 혼잣
말로 실현된 것으로 해석된다.

　　(40) 애, 애, 친구가 찾아왔다. 얼른 일어나요. 응? (성기철 1970b:53)
　　(41) 외국에 자주 나가시는 분이시군요? 너무 잘 만났다. (유송영
　　　　1997:53)

해라체와 해체의 뒤섞임 현상은 아래의 예(42)에서 보듯이 높임의
정도가 유사한 등급들 사이에서의 자연스러운 현상이다. 한길(2002)
은 예(43)에서 해라체와 해체를 교체함으로써 이들이 높임의 정도에
서 큰 차이가 없음을 보인다.

　　(42) …어림두 없다. 어림두 없어. (성기철 1970b:54)
　　　　너 이리 좀 오너라. 뭘 하고 있어, 빨리 오라는데. (서정수 1984:
　　　　83)

···할 수가 있니. 잘했어 아주 잘했다. (유송영 1997:101)
(43) 너희들 말이다. 정신 자세가 이게 뭐냐?
너희들 말이야. 정신 자세가 이게 뭐야? (한길 2002:182)

3등급 간의 뒤섞임 현상에 대한 논의는 '합쇼체, 하오체, 해요체'가 뒤섞인 예(44)과 같은 예에 대해 성기철(1970a·b)은 자연스러운 현상으로 본 반면, 예(45)의 '합쇼체, 하오체, 해체'가 뒤섞임은 원칙적으로는 불가능하고, 극히 제한된 환경에서만 가능하다고 보았다. '합쇼체, 해라체, 해요체'가 뒤섞인 예(46)에 대해 유송영(1997)은 '유대' 관계 조절을 위한 전략으로 등급이 낮춰 실현된 것으로 보았다. 그의 논의도 타당한 부분이 있지만 본고는 이것이 '혼잣말'로 실현된 점에 주목하였다. 이에 대한 논의는 3.5.에서 구체적으로 언급될 것이다. '합쇼체, 해요체, 해체'가 뒤섞인 예(47)에 대해 성기철(1970b)은 비교적 무난하게 사용될 수 있는 것으로 보았다.

(44) 손을 몹시 떠시는군요. 나처럼 두 손을 합장하고 무릎 위에 놓으시오. 얼마는 괜찮을 겁니다. (성기철 1970b:55)
(45) 이 놈이 범상한 놈이 아니라 영 가끔가다 내가 꿈틀할 소릴 꽤 한단 말입니다. 옛날만 해도 애들 얘기가 어디 신통한 게 있었소? 헌데 작금에는 그렇지 않데다. 무서운 소리들을 한단 말이오.-요새 애들은 아주 속성식으루 민생을 깨쳐 버린단 말이거든. (성기철 1970b:55)
(46) 아, 그렇습니까? 야 너무 좋겠다. 뭐 하여튼 화제예요. (유송영 1997:54)
(47) 인기상 후보 3명을 소개하겠습니다. 아 죄송해요. 생방송은 이래. (유송영 1997:71)
괜찮습니다. 걸어가지요. 머 조금만 나가면 버스 정류장인걸.
(성기철 1970b:55)

‘하오체, 하게체, 해체’(예48)나 ‘하오체, 해요체, 해체’(예49), ‘하게체, 해라체, 해체’(예50)의 뒤섞임 현상에 대해 성기철(1970a・b)은 사용된 예가 있기는 하나 일반적이지 않은 비정상적인 표현으로 보았다.

> (48) 그럼 대단치는 않다네, 내일 자네하고 골프하러 가겠다고 하더군. 오늘밤만은 용서해 주시오. (성기철 1970b:55)
> (49) 아서요. 아서. 더 마시면 취해요. 취해. 대낮부터 취했다간 뭐 그렇게 울어 보잘 멋도 없다오. (성기철 1970b:55)
> (50) 내게 나쁜 일이어도 우리에겐 무슨 소용이겠나. 그러니까 아마 우린 한 패가 된 걸세. 그 지하실이 있는 곳으로 나를 안내하게. 그리고 우린 감자들을 싸서 내어다가 말들이 먹을 수 있게 퍼뜨려 놓자. 우린 말들을 초원까지 끌고 갈 것이고 자넨 이 일을 결코 부끄럽게 생각지 않을 거야. 자네 또래의 누구나가 이런 일을 할 기회를 갖는 건 아냐. (성기철 1970b:55-56)

‘해라체, 해요체, 해체’가 뒤섞인 예(51)에 대해 성기철(1970b)는 화자는 아버지, 청자는 아들로 밝히고, 이 때 실현된 해요체는 형태상 존대를 취하는 것으로 보았다. 그러나 본고의 검토에서는 아버지가 아들을 타이르기 위한 담화 전략에 따라 높임의 정도를 상향 조정하여 실현한 것으로 보인다.

> (51) 잡념을 버려요. 잡념을 가질수록 자기에 대한 애착은 줄어드는 법이야. 사람이란 어느 때를 막론하고 자기에게 주어진 그것만으로써 만족을 해야 하는 법이야. 자기에 대한 애착을 가져야지. 이것이 인간의 섭리거든. 이 아버지는 지금의 너 그대로도 충분히 만족하고 있다. 어머니의 마음도 매한 가질게다. 알겠지? (성기철 1970b:55)

2.3.3. 비격식체 내에서의 뒤섞임

해체와 해요체의 뒤섞임 현상은 아래의 예(52)과 같다. 성기철(1970b)은 이에 대해 낮춤과 높임의 호응이라는 측면에서 자연스러운 현상으로 보지 않은 반면, 서정수(1984)는 해체의 특성에 기대어 일반적인 현상으로 보았고, 유송영(1997)은 '유대' 관계의 확장이라는 점에서 분석하였다.

> (52) 허지만 가지 마세요. 아무데도 가지 마. (성기철 1970b:53)
>   엄마 어디 가세요? 나 같이 가면 안 돼? (서정수 1984:83)
>   그건 세월이 아니라 날짜 가는 걸 모른다고 그래야 돼. 조혜련
>   씨는 조오련씨하고는 어떤 관계세요? (유송영 1997:69)

앞서 살핀 높임법의 뒤섞임 현상은 아래의 [표 6]으로 정리되는데,[11] 특히 격식체와 비격식체의 뒤섞임 현상에 대해 많은 논의가 이루어졌음을 알 수 있다. 이는 격식체와 비격식체의 성격과 관련이 있는 것으로 해석된다.

[표 6] 뒤섞임 현상의 실현 양상

문법서	뒤섞임 현상의 실현 양상			
	격식체	격식체 +비격식체	비격식체	그 밖의 뒤섞임
성기철 (1970a · b, 1985)	합쇼체 +하오체 하오체 +하게체	합쇼체 +해요체 합쇼체+해체 하오체	해요체+해체	합쇼체+하오체+해요체 합쇼체+하오체+해체 합쇼체+해요체+해체 합쇼체+해요체+해체

---

11) 성기철(1970a · b)와 서정수(1984:73), 유송영(1997) 등의 논의에서 '-(으)ㅂ시다'
   는 하오체에 포함된다. 그러나 본고의 논의에서 '-(으)ㅂ시다'는 『고등 학교 문
   법(2002)』에 따라 합쇼체에 해당한다.

	하오체 +해라체 하게체 +해라체	+해요체 하오체+해체 하게체+해체 해라체 +해요체 해라체+해체		하오체+하게체+해체 하오체+해요체+해체 하게체+해라체+해체 해라체+해요체+해체
황적륜 (1976)		합쇼체 +해요체		
서정수 (1984)		합쇼체 +해요체 합쇼체+해체 하오체 +해요체 하오체+해체 하게체+해체 해라체+해체	해요체+해체	
김혜숙 (1986)		합쇼체 +해요체		
유송영 (1997)	합쇼체 +하오체	합쇼체 +해요체 합쇼체+해체 하오체 +해요체 하오체+해체 하게체 +해요체 하게체+해체 해라체 +해요체 해라체+해체	해요체+해체	합쇼체+해라체+해요체 합쇼체+해요체+해체
한길 (1987, 2002)		합쇼체 +해요체 합쇼체+해체 하오체 +해요체		

		하게체+해체		
		해라체+해체		

　높임법의 뒤섞임 현상은 담화분석적 측면에서 살필 수 있는 연구
인데, '담화'는 의미적·형식적으로 완결성을 갖춘 추상적 발화 단
위로 좁게는 하나의 문장, 넓게는 한 편의 영화나 드라마 전체가 분
석 대상이 될 수 있다. 즉, '좁은 범위'에서의 관점은 동일한 화자와
청자가 주고받는 1회의 순서 교대 내에서 살핀 것을 뜻하고, '넓은
범위'에서의 관점은 1회의 순서 교대를 넘어서서 동일한 화자와 청
자가 담화 전체에서 보이는 뒤섞임 현상을 뜻한다. 넓은 범위의 뒤
섞임 현상은 높임법 실현을 위한 여러 조건 중에서도 담화 상황과
관련이 있다. 아버지와 아들의 담화를 보면, 아들은 아버지에게 합
쇼체나 해요체, 아버지는 아들에게 해라체나 해체로써 말하는 것과
같이 어느 정도 전형적인 높임의 등급을 예상하게 된다. 그러나 담
화 상황이 회의 시간이든가 부자간의 대화라도 업무와 관련한 경우
라면 높임의 등급은 달라질 수 있다. 또한 부부나 연인의 담화도 내
용이나 장면 등에 따라 높임의 등급은 달라질 가능성이 높아진다.
이에 대한 논의는 3.5.6.에서 다루도록 하겠다.

　뒤섞임 현상은 사회언어학에서 주목하는 '코드 스위칭(code-
switching)'[12]의 한 예로, 이에 대한 개념은 Hudson(1980), 이익섭(199
4) 등을 참조할 수 있다. 다음 예(53)에서 아이는 엄마의 기분을 고
려하여 높임의 등급을 '해체'에서 '해요체'와 '합쇼체'로 상향 조정

---

12) 코드 스위칭(code-switching)은 사회언어학에서 나온 제2언어와 관련된 개념으
　로, 등급을 바꾸는 경우도 여기에 포함될 수 있는데, 일종의 대화 전략이라고
　할 수 있다.

하고 있다.

> (53) 아이: 엄마! 나 친구 집에서 놀아도 돼?
> 엄마: 안 돼. 너 이번 중간고사 성적이 그게 뭐니?
> 아이: 알겠어요. 지금 공부하러 들어갑니다!

이러한 검토를 통해 뒤섞임의 실현은 화자와 청자의 관계만이 아닌 담화 상황 등이 고려되어야 함을 알 수 있다. 이렇듯, 높임법의 뒤섞임 현상이 나타나게 된 원인으로는 상하관계 즉, 종적인 관계보다 횡적인 관계의 확대를 언급할 수 있다. 엄격한 신분 계급 사회가 무너지면서 높임법 체계의 질서에 큰 변화가 일어나게 되었다는 견해가 지배적이다. 부모와 자식은 분명히 종적인 관계이지만 요즘 주위에서 자주 듣게 되는 '친구 같은 아빠', '친구처럼 지내는 딸과 엄마' 등에서 알 수 있듯이 대표적인 종적 관계라고 할 수 있는 부모와 자식 관계가 횡적 관계로 인식되고 있는 듯하다. 이러한 사회적 분위기가 높임법의 뒤섞임 현상에 한 몫을 담당하고 있는 것으로 판단된다.

3. 높임법의 뒤섞임 현상

3장에서는 격식체 내에서의 뒤섞임 현상, 격식체와 비격식체의 뒤섞임 현상, 비격식체 내에서의 뒤섞임 현상을 살펴보고, 이들이 실현되는 조건과 특징 등에 대하여 살펴보고자 한다.

이를 위해 본고는 두 편의 드라마 2회분 즉, KBS 「미우나 고우나

(이후, <미>로 표기)」 102회(2008. 1. 24.)와 121회(2008. 2. 20), 「며느리 전성시대(이후, <며>로 표기)」 46회(2007. 12. 30)와 52회(2008. 1. 20)를 동일한 화자와 청자의 대화에서 1회의 순서 교대(turn taking)에서 나타난 뒤섞임 현상을 '좁은 범위', 분석 드라마 대본을 전체적으로 살핀 것을 '넓은 범위'로 하였다. 좁은 범위에서 뒤섞임 현상이 실현된 경우는 1회의 순서 교대를 기준으로 하여 대략 15.9%를 보였는데, 이에 대하여는 3.2.에서 다루어진다. 한편, 넓은 범위의 뒤섞임 현상은 실현 조건과 밀접한 관련이 있으므로, 3.5.6.에서 논의하게 될 것이다.

　뒤섞임 현상이 나타난 분포를 정리하면 아래의 [그림 1]과 같다. 이는 뒤섞임 현상의 분포와 정도를 비교하는 데 도움이 될 것이다.

[그림 1] '좁은 범위'에서 실현된 뒤섞임 현상의 분포

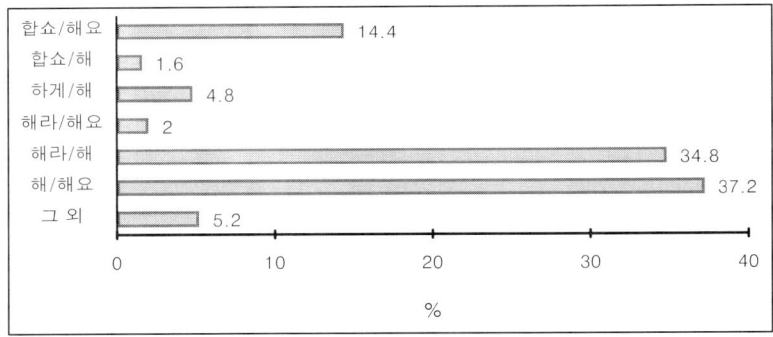

3.1. 격식체 내에서의 뒤섞임

　격식체 내에서의 뒤섞임 현상은 본 연구에서 분석한 드라마 대본에서는 발견하지 못했다. 이와 같은 결과는 분석 자료의 한계가 그

04 높임법의 뒤섞임 현상 연구

원인이 될 수도 있겠지만, 격식체의 성격과 밀접한 관련이 있다고 생각한다. 격식체의 엄격한 구분을 비교적 자유로이 넘나들 수 있는 친밀한 관계에서는 격식체 내에서의 뒤섞임 실현이 가능할 수 있다. 즉, 연인이나 부부 관계에서 합쇼체와 하오체, 하게체, 해라체 등 격식체 내에서의 뒤섞임 현상을 아래의 예(54)와 같이 상정해 볼 수 있겠다. 이는 3.2.에서도 확인할 수 있는 바, 부부나 연인 관계의 경우 '친밀감'이 높다는 점에서 높임의 등급 실현이 비교적 자유롭다. 이러한 점이 쓰임의 대상이 명확한 격식체 내에서의 뒤섞임 현상을 가능하게 할 것이라고 판단된다. 또한 이 경우에서는 호칭과 공기 관계를 이루어 '여보, 자기, 부인' 등과 실현됨으로써 높임법 실현에서 호칭은 필수적이지는 않더라도 밀접한 관련이 있음을 알 수 있다.

(54) 아내: 여보, 오늘 저녁은 어떠하십니까? 맛있다! 맛있다! 어험- 당장 말하시오.
　　　남편: 음- 맛있습니다. 둘이 먹다가 하나가 죽어도 모르겠소.

　　　남편: 부인, 오늘은 무엇을 하시었소? 우리도 품위 좀 지켜봅시다.
　　　아내: 이 양반이 뭐 잘못 먹었나? 그럼, 오늘 식사는 당신이 한 번 해 보오.
　　　남편: 그래, 무엇을 드시고 싶으십니까? 컵라면이라도 괜찮겠소? 우리 그냥 라면 먹자.

　　　연인1: 자기, 우리 오늘 만나자. 오늘 날씨가 너무 좋습니다. 날씨가 우리를 만나라 하오. 우리는 오늘 만나야만 하오.
　　　연인2: 오늘은 안 되고, 내일은 괜찮소이다. 내일 만나자. 자기야, 한 번만 봐 줘라.

3.2. 격식체와 비격식체의 뒤섞임

3.2.에서는 드라마 대본 검토 결과에 따라 좁은 범위에서 나타난 '합쇼체와 해요체,' '합쇼체와 해체,' '하게체와 해체,' '해라체와 해요체,' '해라체와 해체,' '그 밖의 뒤섞임'으로 나누어 격식체와 비격식체의 뒤섞임 현상에 대하여 살펴보겠다. 하오체와 해체, 해요체의 뒤섞임 현상과 하게체와 해요체의 뒤섞임 현상은 [그림 1]에서 보듯이 본고에서 분석한 드라마 대본에서는 발견되지 않았고, '하오체'와 연관된 뒤섞임 현상은 2회 발견되었는데, 이는 3.2.6.에서 살피게 된다. 이러한 결과는 하게체와 하오체의 쓰임이 대폭 축소되었다는 데 그 이유가 있으며, 우리 언어생활에서 이들이 차지하는 비중을 암시하는 것이라고 할 수 있다.

하오체는 과거 신분 사회에서 항렬이나 신분이 비슷하거나 아래이지만 청자의 나이가 화자보다 많을 경우에 대접을 하는 차원에서 주로 사용되었다. 따라서 하오체는 청자가 화자와 동급이거나 아랫사람이라는 것을 암묵적으로 내포하므로 윗사람이나 연장자에게는 사용할 수 없다. 이러한 격식적인 말투는 원만한 횡적 관계를 중시하는 현대 사회에서 분위기를 경직시킬 수 있다는 점에서 회피되는 것으로 생각된다. 하오체의 높임의 정도를 고려하면 친밀함과 높임을 나타내는 해요체가 그 자리를 담당하게 된 것으로 해석할 수 있다. 그러나 우리의 언어 현실을 생각하면 하오체가 전혀 쓰임이 없는 것은 아니며, 사용하는 연령층이나 담화 상황에 한계가 있다는 점을 고려하면 아래의 예와 같이 상정해 볼 수 있겠다.

예(55)는 대화의 내용으로 보아 연령에는 차이가 있지만 하오체는 자연스럽게 쓰이고 있다. 다만 이를 해석하는 데 담화 상황이 고려 될 필요가 있다. 엄격한 신분 사회에서 쓰이던 높임법의 실현은 더 이상 큰 의미를 갖지 않기 때문이다.

> (55) 이웃1: 올해 몇이우? 예순?
>   이웃2: 다섯!
>   이웃1: 그 쪽도 나이 꽤나 잡수었수. 난 내년이면 70 고개 넘는 다우. 손주는 있구?
>   이웃2: 딸네 살면서 손주 봐 주고 있지요.
>   손주 녀석 재워 놓고 잠깐 나왔는데, 그만 들어가 봐야 겠습니다.
>
>   학생1: 숙제했수? 안 했으면 내 거 보고 빨리 해. 3반 애들이 숙 제검사 했대.
>   학생2: 걱정을 붙들어 매시우. 여기 했지요! 그런데 너 아냐? 이 번 시험 수행평가가 40%래.

또한 친구나 아랫사람을 낮추어 대우하는 하게체는 본고의 분석 결과에 따르면 아래의 예(56)과 같이 장인이나 장모가 사위를 대우 하는 데 해체와 뒤섞임을 보였다. 하게체와 해체의 뒤섞임 실현은 친구나 동서(同壻), 직장 상사와 직원 사이에도 가능하고, 또한 하게 체와 해요체의 뒤섞임은 예(57)처럼 실현될 수 있다.

> (56) 미순: 그래. 알았어. 오지 마. 괜찮아. 근데 복남이 잘 지켜보고 있다가 무슨 일 있으면 바로 연락 주게, 알았나? (<며>52/ 32)
> (57) 사장: 김 과장, 자네 내 방으로 좀 오게. 내년 예산 다시 검토해 야겠어.

과장: 네, 알겠습니다.
사장: 그리고 기획실장도 좀 불러주고요.

3.2.1. 합쇼체와 해요체의 뒤섞임

본고의 분석 대상 드라마 대본에 나타난 합쇼체와 해요체의 뒤섞
임 현상은 약 14.4%에 달했다. 합쇼체와 해요체의 뒤섞임 현상은 아
래의 [그림 2]에서 확인할 수 있는 바, 자식이 부모에게, 사돈, 직원
과 손님, 경찰과 시민 등과 같이 친밀도가 낮은 관계 등의 순을 보
이고, 비교적 친밀도가 높은 부부나 연인, 친한 이웃(약 2.8%)은 빈
도가 낮아 대조를 보였다. 이는 합쇼체와 해요체가 높임이 등급이
높다는 점에서 이해할 수 있다.

[그림 2] 합쇼체와 해요체 뒤섞임의 사용 대상별 분포

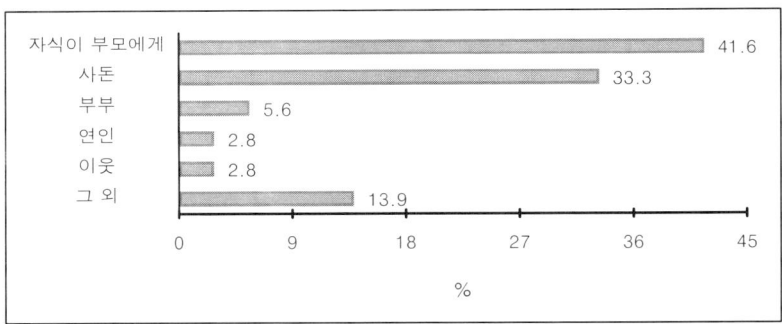

예(58)에서 '선재'와 '수길'은 각각 자신의 아버지와 어머니에게
이야기하고 있는데, 이들의 연령은 20년 정도의 차이가 있지만 자식
이 부모에게 하는 말에서 높임의 차이는 나타나지 않는다. 한편, 예
(59)는 부부간의 대화인데, '인우'는 20대 후반의 남편이고, '미순'은

50대 후반의 기혼 여성으로, 이들은 약 30년의 연령과 성별 차이가
있지만 부부간의 대화에서 보이는 양상에는 큰 차이가 없다. 예(60)
은 식당 주인이나 종업원과 손님, 경찰과 시민 등에서처럼 비교적 친
밀도가 낮은 관계에서 합쇼체와 해요체의 뒤섞임이 실현된 예이다.

(58) 청자-부모
선재: 아버지, 죄송합니다. 제가 다 알아서 할 테니 걱정 마세요. 저
     올라가겠습니다.   (<미>102/15)
수길: 저기 그게 말입니다, 어머님. 저기 그러니까 저희들은요 가족
     들끼리 단합대회를 한번 해 볼까 하고 거길 갔었거든요.

(<며>46/25)

(59) 청자-남편 또는 아내
인우: 그러면 그런지 안 그런지 확인해 보러 갑시다. 따라와요.

(<며>49/9)

미순: 우리 손주 어디 있어요? 어디 우리 손주 좀 봅시다.

(<며>52/49)

(60) 청자-그 외
경찰: 내 경찰관 30년 생활에 이렇게 가족들이 집단으로 다른 사람
     들을 패고, 기물을 부수고 하는 건 처음입니다. 여기 계신 분
     들이 다 패밀리 맞지요?   (<며>46/20)
웨이터: 어서 오십시오. 세 분만 오셨나요?   (<며>46/1)
간호사: 아기 아직 안 보셨죠? 면회 시간입니다.   (<며52/47)
수길(식당 주인): 오늘은 무조건 서비스입니다. 모두 다 서비스예요.

(<며>52/69)

3.2.2. 합쇼체와 해체의 뒤섞임

합쇼체와 해체의 뒤섞임이 실현된 경우는 약 1.6%로, 합쇼체와 해
요체의 뒤섞임보다 낮게 나타났으나 대화에 참여하는 화자와 청자
는 합쇼체와 해요체의 경우와 대체로 유사하다. 합쇼체와 해체는 높

임의 정도에 상당한 차이가 있다. 그럼에도 합쇼체와 해체의 뒤섞임이 실현될 수 있는 것은 종속절의 도치, 발화의 반복, 혼잣말 실현 등의 조건이 성립되기 때문이다.

예(61)은 사위가 장인에게 말하는 것으로 앞서 살핀 바, 후행절과 선행절의 도치 과정으로 인해 해체가 생산되었다. 예(62-63)에서 '민식'과 '인우'는 앞서의 말을 반복하는 과정에서 합쇼체와 해체의 뒤섞임을 실현하였다. 또한 예(64)는 친밀도가 낮은 관계에서 혼잣말로 인한 합쇼체와 해체의 뒤섞임 현상이다. 이들의 담화에서 높임의 정도를 주도하는 것은 높임법 체계에서 하위에 있는 해체가 아니라 합쇼체라는 점이다. 합쇼체가 보이는 분명한 높임의 위치와 해체의 특성이 어우러지고, 도치와 반복, 혼잣말 등의 상황이 복합적으로 작용하여 합쇼체와 해체의 뒤섞임 실현이 가능했던 것으로 보인다.

(61) 청자-장인
선재: 죄송합니다. 본의 아니게 일을 시끄럽게 해서. (<미>102/1)
(62) 청자-사돈
민식: 아우 여기 좀 보십시오. 아주 조각입니다. 조각. (<며>52/49)
(63) 청자-아내
인우: 그래도는 무슨 그래도. 우리 장모님한테 가서 밥 얻어먹고 좀
      놀다 갑시다. (<며>46/7)
(64) 청자-그 외
중년: 아이고, 코뼈야. 아니 춤 한 번 추자고 그런 게 뭐가 잘못입니까?
                                               (<며>46/20)

3.2.3. 하게체와 해체의 뒤섞임

하게체와 해체의 뒤섞임 현상은 약 4.8%를 보여 우리의 언어생활

에서 하오체와 같이 그 빈도가 줄어든 것을 알 수 있다. 이와 관련하여 양인석(1980) 등에서는 높임법 체계에서 이들을 제외하자는 논의도 있으나, 아래의 [그림 3]에서 보듯이 장인이나 장모 등이 사위에게 하는 발화에서 자주 발견되고, 예(65)와 같이 직장 상사나 동료, 동서(同壻)간의 대화에서 쉽게 발견할 수 있다는 점에서 엄연히 사용되는 현실과 사용하는 특정 연령층과 쓰이는 대상을 무시하고, 높임법 체계에서 제외하자는 논의에는 동의하기 어렵다.

(65) 사장: 그 모델 언제부터 출시가 가능한가? 빨리 진행시키게.
　　　　이건 전쟁이야. 전쟁.
　　직원: 그래도 일주일은 걸릴 것 같은데요. 일정 잡히는 대로 바로 보고하겠습니다.

[그림 3] 하게체와 해체 뒤섞임의 사용 대상별 분포

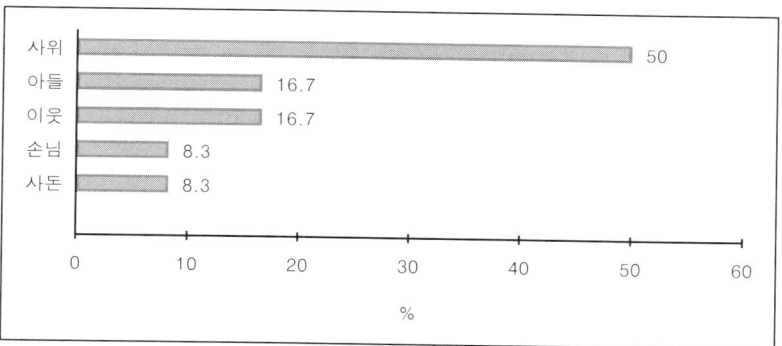

예(66)은 장인, 장모 등이 사위에게 하는 말이고, 예(67)에서 '기태'는 장성하여 결혼한 아들을 꾸중하는 것이며, '만수'는 재혼한 아내의 아들에게 하는 담화라는 점에서 차이가 있다. 예(66-69)에서 보

이는 공통된 특징은 화자의 연령이 높다는 데 있다. 또한 장인장모와 사위, 시부모와 며느리의 담화에서는 차이점이 발견된다. 혼인에 의한 부모자식이라는 점에서는 동일하지만 사위에게는 '하게체와 해체'의 뒤섞임이 나타나는 반면, 며느리에게 하는 대화에서는 '하게체'는 발견되지 않고 '해라체와 해체'의 뒤섞임 현상이 보인다. 이것은 부모와 딸의 대화에서도 같다. 3.5.4에서는 이와 관련하여 논의될 것이다. 한편, 예(70)의 '명희'는 자신의 아들과 이혼한 며느리의 오빠에게 하는 발화로, '무시'와 '경멸'이라는 담화 내용과 밀접한 관련이 있다. 이에 대해서는 3.5.6.1에서 보다 구체적으로 논의될 것이다.

(66) 청자-사위
미순: 그래 알았어. 오지 마. 괜찮아. 근데 복남이 잘 지켜보고 있다
　　　가 무슨 일 있으면 바로 연락 주게, 알았나? (<며>52/32)
만수: 나는 사생활이 지저분한 사람은 믿지를 못해. 명심하게.
　　　　　　　　　　　　　　　　　　　　　　　　　　(<미>102/1)

(67) 청자-아들
기태: 그럼 오해받을 상황을 왜 만들어? 설사 그 애가 사고가 났더
　　　라도 니가 병원에만 데려다 주고만 오면 될 것인데 왜 그 애
　　　때문에 니 장모 제사를 빼먹나? 빼먹기를? 넌 아니라고 그래
　　　도 이게 다 말이야 너 마음 속에서 아직 그 여자를 정리 못하
　　　고 있기 때문에 생긴 일이야! (<미>102/15)
만수: 오늘 백호 선 본다고 신경 많이 썼네. 멋있어서 지나가는 여자
　　　들 다 쳐다보겠어. (<미>121/14)

(68) 청자-이웃
달래: 말하기 복잡하고. 그냥 쏘냐가 사정 좀 봐 주면 좋겠구먼.
　　　　　　　　　　　　　　　　　　　　　　　　　　(<미>121/21)

(69) 청자-식당 주인
손님들: 아이고 축하하네. 축하해. (<며>52/69)

(70) 청자-사돈

명희: 자네 자존심이 보통이 아니야. 훗! 이렇게 보니 매력 있네. 그
     런 소리 안 들어? (<며>46/61)

3.2.4. 해라체와 해요체의 뒤섞임

본고에서 살핀 해라체와 해요체의 뒤섞임 현상은 약 2%를 보였는
데, 실현된 해라체는 모두 혼잣말로 분석되는 특징이 있다. 높임의
정도에서 차이가 큰 해라체와 해요체의 뒤섞임 현상이 가능한 것은
해요체가 높임의 주도적 역할을 담당하기 때문이라 해석되는데, 청
자는 예(71-73)에서와 같이 대체로 해요체 정도의 높임 대상이라는
점에서 이러한 해석이 가능하다. 한편, 예(74)는 엄마가 어린 아들에
게 교육적 차원에서 해요체를 사용했다고 생각된다. 이는 담화 내용
과 관련이 있는 것으로 3.5.6.1.에서 논의될 것이다.

(71) 청자-시어머니
미진: 이게 다 제가 시집 와서 애 낳고, 고생만 해서 그래요.
     아이고 나도 이제 늙었나 보다.(<며>52/71)
(72) 청자-팀장
백호: 앗싸 웃었다. 웃었으니까 팀장님이 커피 사요.(<미>102/30)
(73) 청자-남편
인경: 여보, 당신이 안고 있는 애가 우리 손주죠? 어디 보자.
     아우 이뻐 죽겠다.(<며>52/49)
(74) 청자-아들
미진: 아우 이뻐라. 그럼 오늘 유치원에서는 누구랑 놀았어요?
                                          (<며>52/78)

3.2.5. 해라체와 해체의 뒤섞임

본고의 분석 결과에 의하면 해라체와 해체의 뒤섞임 현상은 약

34.8%의 분포를 보여 격식체와 비격식체의 뒤섞임 현상에서 가장 높은 빈도를 나타냈다. [그림 4]에서 보듯이 부모가 자식에게 한 경우가 가장 많았고, 부부, 혼잣말 등의 순서를 보였다.

[그림 4] 해라체와 해체 뒤섞임의 사용 대상별 분포

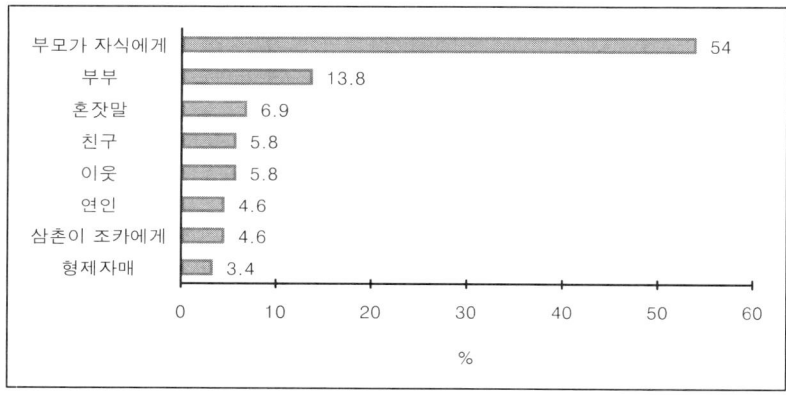

예(75-80)에서 볼 수 있듯이 해라체와 해체의 뒤섞임은 자연스럽게 실현된다. 이들의 위치를 바꾸더라도 높임의 정도는 크게 달라지지 않는다. 이는 해라체와 해체가 높임의 정도에서 큰 차이가 없음을 암시하는 것으로 해석하게 한다. 가장 높은 분포를 보인 부모가 자식에게 하는 경우 예(75)에서 화자는 할머니와 아버지, 어머니 등이고, 청자는 손녀와 딸, 아들, 며느리 등인데 이들 간의 차이를 느낄 수 없다. 따라서 해라체와 해체의 뒤섞임은 부모가 자식에게 사용하는 보편적인 현상이라고 할 수 있다. 예(76)에서 '복수와 미진' 그리고 이들의 부모인 '수길과 미순'의 대화는 부모와 자식이라는 점에서 연령에서는 차이가 있지만 해라체와 해체가 쓰이는 데는 차이가 없다. 예(77-80)은 친밀한 관계에서 보이는 해라체와 해체의 뒤

섞임 현상으로, 연령이나 성별에 따른 구별 없이 해라체와 해체의
뒤섞임이 자연스럽게 나타난다.

(75) 청자-자식
최여사: 우리 수아 착하다. 다시 시집에 들어가기로 했어? 생각 잘
  했어. 아니, 근데 화장이 이게 뭐야. 너무 진해. (<미>102/3)
만수: 오늘은 집에 들어가! 그렇게 알고 아빠 출근하마. (<미>102/19)
수길: 어서 와라. 이리 앉아. 전화 다 했어? (<며>46/8)
명희: 왜 대답이 없어? 행복하냐고 묻잖니? (<며>52/62)
미순: 도로 가자. 빨리 도로 가. 아우 정말. (<며>46/8)

(76) 청자-남편 또는 아내
복수: 수고했어. 우리 조둘리 고생했다. (<며>52/48)
미진: 가서 카드는 자기 카드 긁는다. 팁도 팍팍 주고. 알아?
  (<며>46/30)
수길: 어머니한테 받은 통장도 다 썼냐? 캬바레 가느라고 다 썼지?
  (<며>46/31)
미순: 그래 다 썼다. 어쩔래? (<며>46/31)

(77) 청자-친구
종순: 뭔지 모르지만 오해가 있었나 보다. 내가 우리 아들한테 잘 물
  어 볼게. 그래 수아는 지금 2층에 있어? (<미>102/5)

(78) 청자-이웃
백호: 잘 지내냐? 별일 없어? (<미>102/14)
옹심: 진수 어디 있니? 진수 좀 보자. 나 오늘 걔 못 봤어.
  (<며>52/51)

(79) 청자-연인
선재: 그러게 말이다. 나 갈게. 신경 쓰지 마라. (<미>121/1)
미진: 성격이 맘에 안 들어 결혼을 못해. 그게 이유가 돼! 내 성격 몰
  라서 3년간 만났니? (<며>52/19)

(80) 청자-형제자매
동지: 야, 그러지 말고 얼굴이나 먼저 보자! 인사 먼저 하고. 그리고
  어떻게든 니들 살 돈 구해 보자! (<미>121/6)

달래: 지랄헌다. 아니 근디 니가 맡은 배역은 뭐여, 그럼?

(<미>102/26)

3.2.6. 그 밖의 뒤섞임

3.2.6.에서의 논의는 앞서 살핀 뒤섞임 현상과는 그 양상이 조금 다르다. 1회의 발화에서 높임법의 세 등급이 뒤섞임을 보이는 이러한 현상은 약 5.2%의 분포를 보이는데, '반복, 생략, 언쟁, 혼잣말' 등의 담화 특징이 나타난다.

합쇼체와 해요체, 해체가 뒤섞여 나타난 경우는 사돈 관계(예81)와 자식이 부모에게 발화하는 경우(예82) 등에서 보였는데, 합쇼체나 해요체를 사용해야 할 청자에게 앞서 자신이나 청자의 말을 반복 또는 생략하는 과정에서 이러한 뒤섞임 현상이 발생한 것으로 보인다. 따라서 높임법을 실현하는 데 주도적 역할을 담당하는 것은 '해체'가 아닌 '합쇼체' 또는 '해요체'라는 것이다. 이는 처남과 매제 간에 언쟁을 하는 예(83)에서도 같다.

(81) 청자-사돈
종순: 아니에요. 그러고 보니 약속이 내일이네요. 지금 바로 가겠습니다. 지금 바로. (<미>102/4)
최여사: 아니 세상에 장가 가서 자기 장모 첫제삿날 여자를 만나러 가다니요. 그것도 그렇게 우리 수아를 속 썩였던 여자를요. 지난번에 오르골 사건도 그렇고. 이제는 뭐가 뭔지 정말 모르겠습니다. 내가 정말 우리 수아 시집을 제대로 보낸 건지요. (<미>102/5)
(82) 청자-부모
인우: 아버지 정말 왜 그러세요? 그렇다고 제 방으로 오시면 어떻게 해요. 저 이제 결혼한 지 한 달 되었거든요. 저 아직 신혼입니

다, 아버지. 신혼.

저 신혼이라구요. 아버지 좀 제 사정 좀 봐 주십시오. 네?

(<며>46/38)

(83) 청자-처남과 매제

선재: 지금 무슨 소리 하는 겁니까? 말이면 단 줄 알아요? 양다리라
니? (<미>102/11)

하오체와 해요체, 해체의 뒤섞임 현상에서 예(84)에 나타난 하오체는
높임의 표시이기 보다는 언쟁 상황에서 비아냥거림을 나타낸다.

(84) 청자-처남과 매제

백호: 아니란 말이에요? 내 말이 억울한 모양인데? 그럼, 이런 일 만
들지 말았어야죠. 양다리가 아니라면, 이런 상황이 왜 생기는
지 정말 궁금하네요. 어쨌든 잘해 보쇼. (<미>102/11)

다음은 해라체와 해요체, 해체의 뒤섞임 현상은 화자가 해라체를
사용할 수 있는 대상 즉, 부모가 자식에게 발화하면서 예(85), 이웃
간의 대화에서 나이가 많은 사람의 발화에서 예(86), 대화중에 혼잣
말이 섞이면서 (예87) 나타났다. (예85-88)에서 실현된 '해요체'는 부
모가 자식에게 또는 이웃 간에 동의, 설득하려는 담화 전략에 의해
높임의 등급이 상향 조정되는 과정의 결과라고 할 수 있다. 또한 이
는 해요체의 특성과 밀접한 관련이 있다. 따라서 예(85-88)에서 높임
의 실현을 주도하는 것은 해요체가 아닌 해라체와 해체인 것이다. 예
(89)는 직장 동료 간의 대화에서 혼잣말로 인해 해라체가 뒤섞이며 실
현된 모습을 보인다. 3.5.2.에서 논의되겠지만 직장 동료들 간에 주로
실현되는 높임은 해요체와 해체이다. 혼잣말에 대한 논의는 3.5.6.2.에

서 다루어진다.

(85) 청자-자식
수길: 순진하기는 녀석은. 야, 넌 좀 세상을 알아야 돼. 야 막말로
여기 와 있는 사람들 다 자기 짝들인 줄 아냐? 다 자기 것들
아니야. 그래도 아무 일 없어요. 잘들 놀고 있잖아.
(<며>46/11)

(86) 청자-이웃
옹심: 허탈해서 그래. 번영회 부회장 떨어지고 애가 허탈해서 그런
다니까. 세상에 5표밖에 못 얻을 줄 누가 알았겠니. 그 중에
한 표는 지가 저를 찍었대요, 글쎄. (<며>52/51)

(87) 청자-손녀
인경: 아이고 내가 미치고 폴짝 뛰겠다. 윤인경이 인생이 왜 이렇게
되었니? 자 공 봐라. 할머니가 공 찬다. 자 공 보고 울지 마세
요. 넌 여자애가 무슨 이렇게 축구를 좋아하니? 응? 커서 축구
선수 될래? (<며>52/73)

(88) 청자-자식
인경: 내가 못살겠다. 내가 못살겠어. 며느리 임신했지. 딸 임신했지.
내가 여기 저기 수발 하느라고 힘들어 죽겠어요. 아니 니들은
어떻게 임신도 나란히 하니? 그래. (<며>52/4)

(89) 청자-직장 동료
주경: 어머 그게 좋겠다. 우리 그러지 말고 일박이일 엠티 가면 어때
요? 공기 좋은 데서 아이디어 회의도 하고, 단합대회도 하고.
(<미>102/7)

이와 같이 격식체와 비격식체의 뒤섞임 실현이 가능한 이유는 개별
높임의 등급이 갖는 독특한 성격과 이들이 쓰이는 다양한 환경 즉, 실
현 조건이나 담화 상황 등에 대한 고려 때문인 것으로 판단된다. 특히,
높임의 등급 간 차이가 큰 경우에는 혼잣말로 실현된다는 점인데, 이
때 혼잣말은 화자가 의도한 청자를 충분히 예상할 수 있다는 점이다.

3.3. 비격식체 내에서의 뒤섞임

본고에서 분석한 해체와 해요체의 뒤섞임 현상은 약 37.2%의 분포를 보였다. 비격식체 내에서 뒤섞임 현상이 나타난 예를 보면, 부부, 사돈, 직장 동료, 자식이 부모에게, 연인 등의 순으로 나타난다. 이는 앞서 살핀 뒤섞임 현상과는 달리 친밀도가 높은 관계에서부터 낮은 관계에 이르기까지 두루 사용되는 양상을 보인다는 것이다. 이러한 분석 결과는 비격식체 내에서의 뒤섞임이 뒤섞임 현상에서 가장 높은 빈도를 보인 것과 마찬가지로 비격식체가 갖는 특성과 관련이 있다고 본다. 비격식체 뒤섞임의 사용 대상별 분포를 정리하면 아래와 같다.

[그림 5] 비격식체 뒤섞임의 사용 대상별 분포

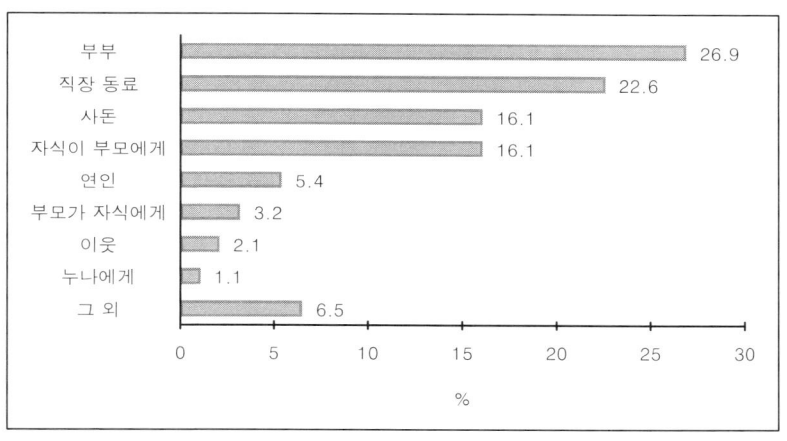

예(90-96)을 보면 해체와 해요체의 뒤섞임은 부부나 연인과 같이 가까운 관계에서부터 사돈이나 모르는 사람에게도 자연스럽게 실현

될 수 있음을 알 수 있다. 특히, 예(93)에 부모가 자식에게 말하는 과
정에서 사용된 해요체에서는 '설득적' 효과를 의도한 화자의 담화
전략을 느낄 수 있다.

> (90) 청자-남편 또는 아내
> 수현: 아뇨. 아니에요. 놔 두세요. 내가 챙길게. (<며>46/47)
> 민식: 글을 쓰는 애라서 그래요. 글 쓰는 게 얼마나 힘든 작업인데
>   그래. (<며>52/4)
> (91) 청자-직장 동료
> 을수: 선생님, 저 먼저 퇴근해요. 오늘 친구들이랑 약속이 있어서.
>   (<미>102/14)
> (92) 청자-사돈
> 최여사: 하여간에 이제 사태를 아셨으니 알아서 하세요. 이게 모두
>   나서방 때문에 생긴 일이니까. (<미>102/5)
> (93) 청자-부모
> 수아: 몰라요. 아무 데나 갈 거야. 아무 데나. (<미>102/3)
> 인우: 이게 어때서요. 재미있기만 하구만. 이거 쓰려면 얼마나 힘든
>   줄 아세요? (<며>52/73)
> (94) 청자-연인
> 달현: 미안해요. 그런 거밖에 쏘냐한테 못 해 줘서. (<미>102/27)
> 지영: 좀 마셔 둬요. 안 마시는 거 보다는 나을 거야. (<미>121/2)
> (95) 청자-자식
> 수길: 넌 임마 내가 볼 때 너무 고지식해. 그렇게 고지식해서는 사업
>   하기 힘들어요. (<며>46/11)
> (96) 청자: 그 외
> 미순: 안 돼요. 안 돼. 우리 애는 안 된다니까. (<며>46/11)
> 준명: 한참 괜찮으시더니. 정육점 아저씨하고 또 술 드신 것 아니에
>   요? (<며>52/60)

3.4. 하향·상향 스위칭

하향 스위칭은 높임의 등급이 높은 것에서 낮은 등급으로, 상향 스위칭은 낮은 등급에서 높은 등급으로 실현되는 경우를 뜻한다. 본고는 높임법의 이원적 체계에 동의하므로, 하향 스위칭의 경우 '합쇼체와 해체', '해요체와 해라체', '해요체와 해체'의 뒤섞임 현상이 연구 대상이 되고, 상향 스위칭의 경우에는 '해체와 합쇼체', '해라체와 해요체', '해체와 해요체'의 뒤섞임 현상이 논의의 중심이 된다. 하향·상향 스위칭의 실현 양상을 보면 아래의 [그림 6]에서와 같이 '상향'보다는 '하향' 스위칭이, 그리고 비격식체 내에서 높은 빈도를 보인다. 이는 비격식체의 성격과 관련이 있는 것으로 해석된다. 또한 비격식체 내에서의 하향·상향 스위칭의 실현 양상은 아래의 예(97-98)과 같이 '해-해요-해-해요' 등과 같이 뒤섞여 매우 역동적인 모습을 보인다. 본고에서는 화자와 청자의 관계, 그리고 사용하는 일반적 높임의 정도를 고려하여 예(97)은 하향 스위칭으로, 예(98)은 상향 스위칭으로 검토한 것이다. 여기에는 높임법 실현의 기능 부담이 고려되었다. 예를 들면, 아버지와 아들 사이의 일반적인 높임 등급은 '해체'가 아닌 합쇼체나 해요체가 무표적이다.

(97) 하향 스위칭
단풍(청자-직장 동료): 다들 왜 그래요? 지나간 일은 지나간 일이고.
　　　　　　　　　 다시 기운 내 보죠! (<미>102/7)
인우(청자-부모): 아 엄마는. 이게 어때서요. 재미있기만 하구만. 이
　　　　　　　거 쓰려면 얼마나 힘든 줄 아세요? (<며>52/73)
(98) 상향 스위칭
미순: 내 말이 그 말이야. 내가 능력이 없으니까 지금 여기서 이러고

사는 거지 능력만 있었으면 내가 이러고 안 살아요. 벌써 뛰쳐
나갔지. (<며>46/44)

[그림 6] 하향·상향 스위칭의 실현 양상

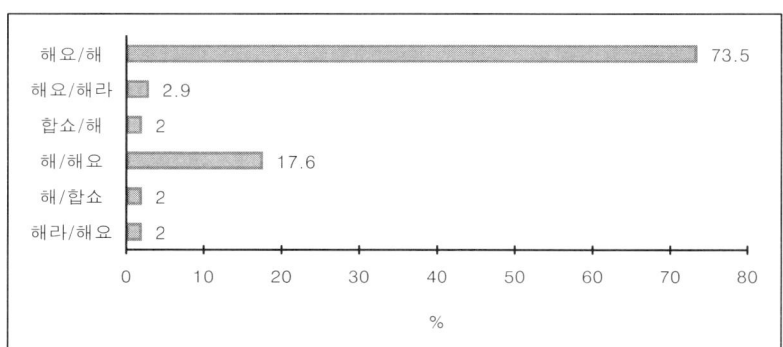

본고의 드라마 대본에 나타난 하향 스위칭은 '합쇼체와 해체', '해
요체와 해라체', '해요체와 해체'에서 발견되었다. 자식이 부모에게,
동생이 누나에게, 직장 동료, 의사와 환자의 대화에서와 같이 높임
법 실현의 주축은 높임의 등급이 높은 쪽이라고 할 수 있다. 일단
높임의 등급으로 실현한 후에 뒤섞임을 통해 등급을 다소 낮추는 것
은 화자의 부담이 덜하기 때문인 것으로 보인다. 이는 예(99-101)에
서 종속절이 후치되거나 혼잣말이 섞여 나타날 때, 또는 선행문의
일부를 반복하면서 실현되는 것에서 알 수 있다. 특히, '해요체와 해
체'의 하향 스위칭은 자식이 부모에게, 부부, 연인을 비롯하여 다양
한 인간관계에서 청자의 높낮이나 친밀도에 대한 구별 없이 사용되
고 있음이 확인된다. 하향 스위칭의 실현 양상을 보면 일단 높임의
등급을 실현하고 나서는 높임을 주도적으로 이끄는 선행 발화에 기
대어 후행 발화는 높임의 정도에서 낮아지더라도 자연스러워 보인

다. 아래의 예(100)은 며느리, 아내가 각각 시어머니와 남편에게 하는 말인데, 혼잣말이 뒤따르면서 하향 스위칭이 실현된다. 이때의 혼잣말은 혼잣말이라기보다 사실상 청자를 향한 것으로 보아야 하며, 이때 실현된 혼잣말은 높임의 정도를 낮춤으로써 화자의 생각이나 감정을 간접적으로 전달하는 효과가 있다.

(99) 해요체와 해체

단풍(청자-부모): 엄마 너무 걱정 마요. 별일이야 있겠어.(<미>102/16)

종순(청자-사돈): 뭐라구요? 아니 이게 다 무슨 말씀인지?(<미>102/4)

단풍(청자-직장 동료): 새언니 탓만 할 게 아니었네요. 아이 정말 오빠는 왜 그러나 몰라.(<미>102/6)

종순(청자-남편): 알았어요. 알았어. 이래서 비슷한 집안끼리 결혼하라고 하는 건가 봐.(<미>121/11)

민식(청자-아내): 아 글을 쓰는 애라서 그래요. 글 쓰는 게 얼마나 힘든 작업인데 그래.(<며>52/4)

달현(청자-연인): 미안해요. 그런 거밖에 쏘냐한테 못 해 줘서.
(<미>102/27)

미순(청자-그 외): 안 돼요. 안 돼. 우리 애는 안 된다니까.
(<며>46/11)

경찰(청자-그 외): 직업이 없잖아요. 맞고만 그러네.(<며>46/20)

(100) 해요체와 해라체

미진(청자-부모): 이게 다 제가 시집 와서 애 낳고, 고생만 해서 그래요. 아이고 나도 이제 늙었나 보다.(<며>52/71)

인경(청자-남편): 여보, 당신이 안고 있는 애가 우리 손주죠? 어디 보자. 아우 이뻐 죽겠다.(<며>52/49)

(101) 합쇼체와 해체

최여사(청자-사돈): 좀 오셔야겠습니다. 드릴 말씀이 있는데.
(<미>102/4)

민식(청자-사돈): 아우 여기 좀 보십시오. 아주 조각입니다. 조각.
(<며>52/49)

선재(청자-부모): 죄송합니다. 본의 아니게 일을 시끄럽게 해서.

(<미>102/1)

상향 스위칭은 위의 [그림 6]에서와 같이 '해체와 해요체', '해체와 합쇼체', '해라체와 해요체'의 순으로 발견되었다. 상향 스위칭이 실현되는 담화에서 화자와 청자의 관계는 높임 등급의 높낮이나 친밀도에서 하향 스위칭과 크게 다르지 않다. 예(102-104)와 같이 반복하여 발화하거나 혼잣말에서 실현됨을 알 수 있다.

(102) 해체와 해요체
    진수(청자-부모): 엄마! 엄마를 좋아하긴 하는데요. 결혼은 윤아랑 할
                거예요.(<며>52/78)
(103) 해체와 합쇼체
    인우(청자-아내): 그래도는 무슨 그래도. 우리 장모님한테 가서 밥
                얻어 먹고 좀 놀다 갑시다.(<며>46/7)
    중년(청자-그 외): 아이고, 코뼈야. 아니 춤 한 번 추자고 그런 게 뭐
                가 잘못입니까?(<며>46/20)
(104) 해라체와 해요체
    미진(청자-자식): 아우 이뻐라. 그럼 오늘 유치원에서는 누구랑 놀았
                어요?(<며>52/78)
    백호(청자-직장 동료): 앗싸 웃었다. 웃었으니까 팀장님이 커피 사요.

(<미>102/30)

3.5. 실현 조건과 특징

3.5.에서는 화자와 청자의 다양한 관계와 담화 상황에 따른 뒤섞임 현상의 실현을 살펴보겠다. 또한 넓은 범위의 뒤섞임 현상은 뒤섞임이 실현되는 상황과 밀접한 관련이 있다. 이에 대해서는 3.5.6.

에서 언급될 것이다.

높임법의 높낮이 수행에서 연령은 거의 모든 경우에 기본 요인으로 작용한다. 그러나 가족 관계에서는 항렬이, 사회적 관계에서는 지위나 계급 등이 연령보다 더 큰 영향력을 발휘하기도 한다. 또한 화자와 청자 외 제3자가 직간접으로 담화 장면에 참여하게 되면 이는 넓은 범위의 뒤섞임 실현에 영향을 미친다. 제3자의 존재 여부는 높임법의 높낮이 실현에 적극적으로 개입하는 요소라고 할 수 있다. 화자와 청자의 친밀도와 담화 상황의 특성 등 뒤섞임이 실현되는 조건들은 어느 한 조건이 아닌 서로 유기적인 관계에 있다는 점에서 본 논의의 의의가 있다.

3.5.1. 가족 관계

가족 관계는 '혈연'과 '혼인'에 의해 이루어진 관계로 나눌 수 있는데, 본고의 분석 자료에 따르면 이러한 관계에 따른 뒤섞임 실현의 차이가 확인된다. 또한 높임의 실현에서 기본 요건인 '연령'은 혼인에 의한 관계에서는 거의 고려되지 않는다. 이는 형이나 언니에게는 해라체나 해체가 (예105), 삼촌, 부모 등에게는 높임의 등급이 아닌 해체로 실현될 수 있음에 반해, 같은 항렬이라도 손아래 시동생이나 시누이에게는 아래의 예(106)와 같이 높임의 등급인 해요체가 쓰이는 경향이 말해 준다.

(105) 미애(청자-언니 또는 동생): 봤지? 이게 바로 대본이라는 거야!
   달래: 지랄헌다. 아니 근디 니가 맡은 배역은 뭐여, 그럼?
   <미>102/26)
(106) 수아(청자-올케 또는 시누이): 단풍 씨, 뭐 화 나는 일 있어요?

단풍: 새언니두요? (<미>121/9)
수아: 백호라고 부르는 거 갖고 괜히 또 잔소리하지 말아요.
　　　가뜩이나 기분 안 좋은데.
단풍: 새언니가 아무리 그래도 전 자꾸만 거슬리네요. 피 한
　　　방울 안 섞였지만 그래도 오빠는 오빠 아닌가?(<미>121/
　　　9)

　　본고의 검토 결과에 의하면, [그림 1]에서 확인된 바, 합쇼체와 해
요체의 뒤섞임을 실현한 관계는 혈연관계든 혼인에 의한 관계든 자
식이 (조)부모에게 사용한 경우였다. 이는 자식이 부모에게 사용한
뒤섞임 양상인 합쇼체:해라체:해요체:해체(13.3:0.3:69.6:16.8%)의 비
율에서 다시금 확인된다. 흥미로운 것은 부모에게 말하는 딸과 아
들, 며느리, 사위의 높임법 실현에 다소 차이가 있는 것인데, 딸이
부모에게 '합쇼체'를 실현한 경우는 발견되지 않았는데, 이는 3.5.3.
과 3.5.4.에서 논의될 것이다. 혼인에 의한 관계에서 며느리와 사위
에게 실현한 뒤섞임의 양상도 차이를 보인다. 딸과 며느리 사이에는
유의미한 차이를 보이지 않으나, 아들에게는 실현된 '해라체'가 사
위에게는 실현되지 않는다. 한편, 며느리에게는 해라체:해요체:해체
(25.4:1.1:73.5%), 사위에게는 하게체:해체(30.3:69.7%)를 보여 이들 사
이에 차이가 나타난다. 또한, (조)부모가 자식에게 실현한 뒤섞임은
[그림 4] 해라체와 해체의 뒤섞임 양상에서 나타난 바, '해라체:해요:
해(20.8:4.1:75.1%)에서 확인된다. 이러한 검토 결과는 서정수(1994)
에서는 해라체와 해체의 구별 기준이 친밀성과 비친밀성만이 아니
고, 해라체도 해체 못지않게 친밀한 관계에서 사용될 수 있다는 언
급을 상기시킨다.

또한 부부간의 대화에 실현된 뒤섞임은 합쇼체:해라체:해체:해요체(1:4.3:63.8:30.9%)로 이는 앞서 살핀 [그림 5]에 나타난 바와 같은 맥락에서 이해된다. 해체와 해요체의 뒤섞임이 고빈도를 보이는 것은 비격식체의 특성과 관련이 있을 것이다. 또한 부부간 담화에 나타난 뒤섞임 실현의 특징은 합쇼체와 해라체, 해체, 해요체와 같이 높임 등급의 격차가 크다는 것이다.

3.5.2. 사회적 관계

본고에서 살핀 분석 자료에서 사회적 관계는 직장 동료를 비롯하여 손님과 직원, 경찰과 시민, 간호사와 환자 가족, 식당 주인과 손님 등의 담화에서 살필 수 있었다. 직장 동료, 직원이나 주인 그리고 손님 간의 담화에서 분석된 뒤섞임 실현 양상을 [그림 7-9]로 정리하였다.

[그림 7] 직장 동료 간의 뒤섞임 실현 양상

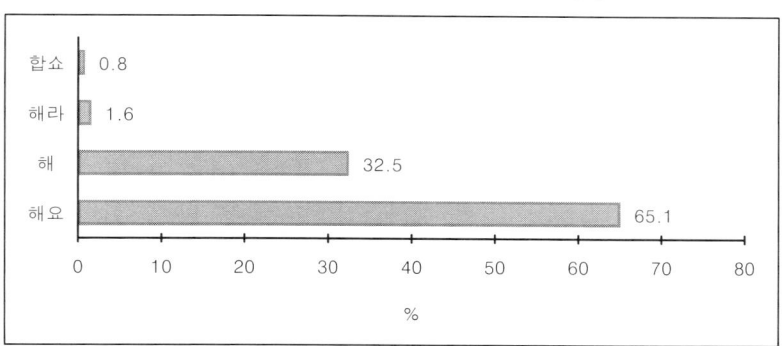

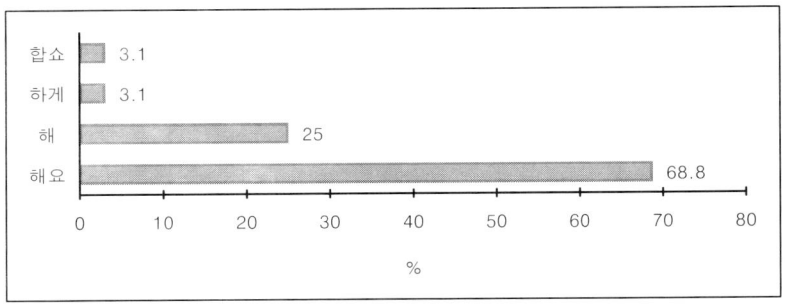

[그림 8] 손님이 직원(주인)에게 실현한 뒤섞임 양상

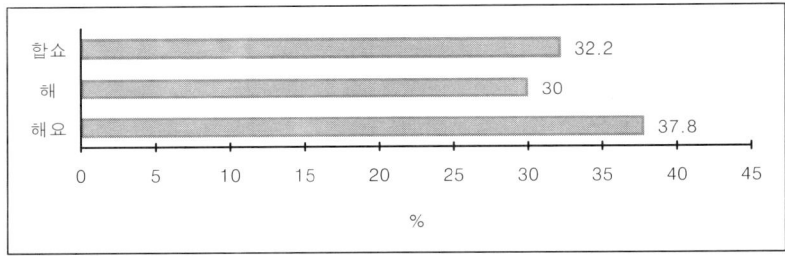

[그림 9] 직원(주인)이 손님에게 실현한 뒤섞임 양상

위의 [그림 7-9]를 살피면, 사회적 관계에서는 해체와 해요체의 뒤섞임 실현 빈도가 높게 나타났다. 이는 원활한 대화 분위기를 유지하려는 담화 전략의 실현으로 파악된다. 또한 손님과 직원, 직원과 손님 간에서의 뒤섞임 양상은 차이가 있다. 직원이나 주인은 손님에게 합쇼체를 많이 실현하였다. 이는 장면에 따른 격식성의 영향과 예의를 갖추어 손님을 대하려는 의도에 따라 높임의 형태로써 실현되었기 때문으로 생각된다. 다음의 예에서 사회적 관계에 의한 뒤섞임 양상을 살필 수 있다.

(107) 딸: 아빠! 이거 결재해 줘요. 나 이거 할래.

　　회장: 여기 회사야. 그 이야기는 나중에 다시 하자.

　　　(… 회사 임원 등장)

　　　김과장, 자넨 그만 나가 보게. 그리고 그건 내 지시대로 하고.

　　딸: 네, 그만 가 보겠습니다.

3.5.3. 친소 관계

3.5.3.에서는 친밀도의 정도에 따른 뒤섞임의 실현 양상을 살펴보겠다. 친밀도와 높임 등급은 반비례한다. 이는 아이들이 자신의 어머니에게는 '해체'를 사용하면서 어머니의 친구나 이웃 아주머니에게는 '합쇼체'나 '해요체'를 사용하고, 친구에게는 해체나 해라체를 사용하면서 친구의 동생에게는 더 높은 등급이 실현되는 경우가 있다는 사실에서 알 수 있다.

[그림 4]에서 쌍방 간에 해라체와 해체가 많이 실현된 관계는 부부, 친구, 연인 등의 순을 보이고, [그림 2]에 따르면, 합쇼체와 해요체는 사돈과 처음 만나는 관계에서 실현된 빈도가 높았다. 다양한 인간관계에서 친밀도의 정도가 실현 양상으로 증명된 셈이다. 또한 이는 3.5.1.에서 언급된 바, 부모가 아들, 딸, 며느리에게는 해라체를 실현하지만 사위나 재혼한 아내가 데려온 아들에게는 그러한 경우를 찾을 수 없었던 점에서도 확인된다. 물론 이들 사이에 친밀의 정도가 높아지면 실현될 가능성도 있다. 이는 [그림 10-11]에서 보듯이 며느리와 딸에 대한 부모의 실현 양상에서도 살필 수 있다.

연인 간에 실현된 뒤섞임 현상은 합쇼체:해라체:해체:해요체(1.2:4.3:50.3:44.2%)의 비율로 뒤섞임 현상이 확인되어 부부관계에서의 뒤

섞임 현상 분포 합쇼체:해라체:해체:해요체(1:4.3:63.8:30.9%)와 빈도
의 순서에서 상당히 유사함을 보인다. 또한 이는 앞서 살핀 예(54)에
서 알 수 있듯이 친밀도가 높은 관계에서는 비교적 자유스럽게 높임
법이 실현되는 것으로 해석된다.

[그림 10] 며느리가 실현한 뒤섞임 양상

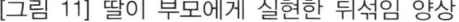

[그림 11] 딸이 부모에게 실현한 뒤섞임 양상

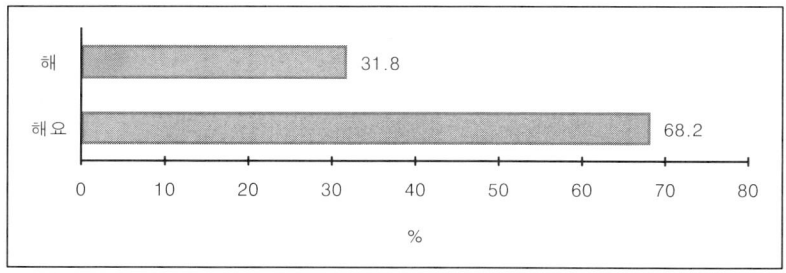

3.5.4. 성별

앞서 3.5.1.에서 언급된 바, 성별에 따른 뒤섞임 실현의 차이는 합
쇼체, 하게체 등이 포함된 뒤섞임과 관련 딸과 아들의 발화와 며느
리, 사위에 대한 발화에서 찾을 수 있다. 위의 [그림 11]에서 보듯이
딸이 합쇼체를 실현한 경우는 없고, 아래의 [그림 14]와 같이 사위에

게 고빈도로 하게체를 사용한 것은 성별에 따른 차이로 보인다. 다음의 예(108-109)에서 보듯이 혼인에 의한 부모자식간이라는 점에서는 동일하지만 사위와 며느리 관계에게는 차이점이 발견된다. 사위를 꾸짖는 예(108)에서는 하게체와 해체의 뒤섞임 현상이 나타나는 반면, 예(109)에서와 같이 며느리에게는 해체가 일관되게 사용된다. 이는 꾸짖고 타이르는 유사한 상황에서 성별의 차이가 개입된 것으로 해석할 수 있게 한다.

[그림 12] 아들이 부모에게 실현한 뒤섞임 양상

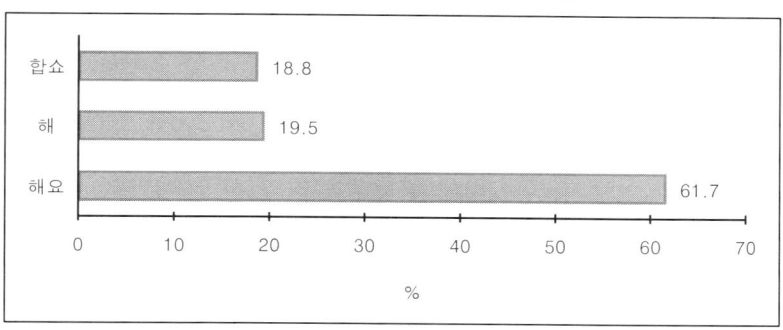

[그림 13] 며느리에게 실현한 뒤섞임 양상

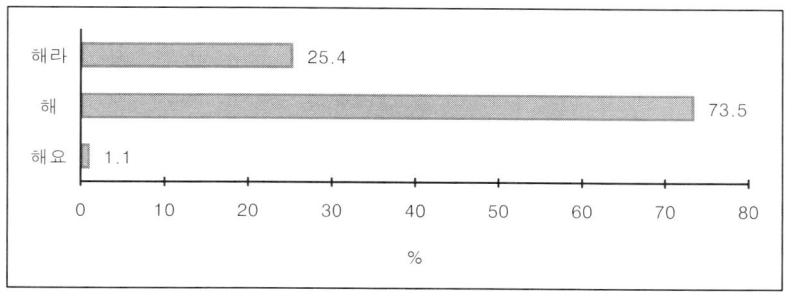

[그림 14] 사위에게 실현한 뒤섞임 양상

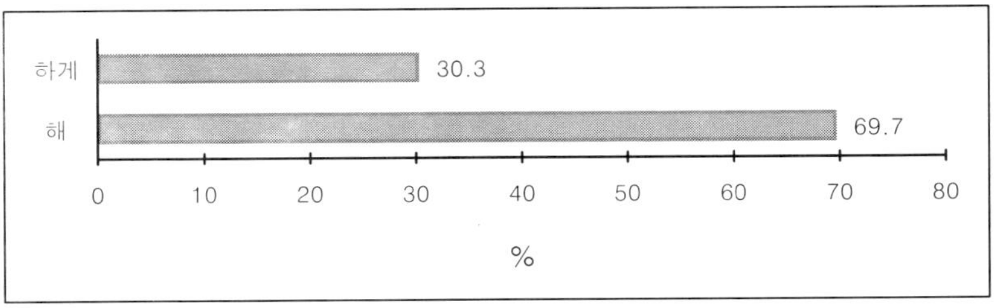

(108) 청자-사위
만수: 누구나 과거는 있어. 하지만 과거는 덮는 걸세. 더군다나 남녀
　　　관계는. (<미>102/1)
(109) 청자-며느리
기태: 새애기 어제도 말했지만 친정에서 받은 카드는 돌려 주도록 해.
종순: 아버님 말씀대로 해. (<미>121/11)

　성별의 차이에 따른 뒤섞임 현상의 차이는 서정수(1984), 이맹성
(1975)에서 살필 수 있는데, 이들에 의하면, 합쇼체와 해요체의 사용
빈도에 있어 딸이 어머니(60:236)에게 혹은 딸이 아버지(83:244)에게
말하는 경우가 아들이 아버지에게(179:141) 혹은 어머니에게(153:150)
하는 경우보다 압도적으로 높게 나타났고, 해체 사용 빈도도 아버지
는 1.8%인데 비해 어머니의 경우 8.7%로 나타나 이를 높낮이의 차이
가 아닌 친밀성과 같은 심리적 거리의 표현으로 파악해야 함을 시사
한다. 친구에게는 해라체나 해체를 사용하면서 친구 동생에게는 오
히려 해요체를 사용하는 경우에서 이해될 수 있다.

3.5.5. 연령

　연령은 높임법 실현에서 기본 조건이 된다. 이는 앞서 살핀 가족

관계, 사회적 관계나 친소 관계에서도 고려 대상이 되었음을 알 수 있다. 본고에서 살핀 드라마 대본에서는 이웃, 연인간의 담화에서 '연령'이 고려된 경우들을 분석할 수 있었다. 다음의 예(110-111)는 이웃 간의 대화인데, 이 둘의 차이점으로 '연령'이 고려된다. 해라체와 해체를 사용한 대화자(예110)보다 해체와 해요체를 사용한 대화자(예111)의 연령이 높다. 또한 연인의 경우 예(112)에서와 같이 연령이 낮은 '선재'의 경우에는 해라체와 해체의 뒤섞임이 나타나고, 이보다 연령이 높은 '기하'는 합쇼체와 해요체의 뒤섞임을 실현한다. 놀이터에서 처음 만난 아이의 대화를 살펴보면, 이들 사이에서 해라체나 해체가 자연스럽게 실현되는 것을 볼 수 있으나, 모르는 성인들 사이에서 이러한 일은 거의 불가능하다. 이는 높임의 등급을 선택하는 데 연령에 따른 구별로 볼 수 있다.

(110) 백호(청자-이웃): 잘 지내냐? 별일 없어? (<미>102/14)
(111) 재복(청자-이웃): 금자는 금자 걱정이나 해유. 남 걱정 말고.
(<미>102/26)
(112) 기하(청자-연인): 뭘요? 어제부터 뭘 그렇게 자꾸 물어봅니까?
(<며>46/13)
  선재(청자-연인): 그러게 말이다. 나 갈게. 신경 쓰지 마라.
(<미>121/1)

3.5.6. 상황

높임법의 적용과 '담화 상황'은 밀접한 연관이 있다. 상황에 의해 높임법 실현은 예(70)과 같이 달라질 수 있으므로 앞서 언급한 바대로 상황에 대한 논의에서는 넓은 범위에서 실현된 뒤섞임 현상을 살필 필요가 있다. 본고는 '상황'에 대해 논의함에 있어 '내용'과 '장면'으로 나누어 살펴보고자 한다. '내용'은 '칭찬, 사과, 언쟁, 싸움, 불평, 설득, 축하, 격려' 등의 '담화 주제'와 관련이 있고, '장면'은 '집, 경찰서, 직장' 등과 같은 담화 장소와 청자의 수, 혼잣말 등과 관련된다. 따라서 '장면'에 대한 논의에서는 혼잣말 실현에 따른 뒤섞임 현상을 살필 것이다.

3.5.6.1. 내용

다음의 예(113)은 동일한 부부사이의 대화인데, 높임의 등급에서 차이가 큰 경우들을 보인 것이다. 부부간의 담화에서는 가장 높은 높임법 등급이라고 할 수 있는 합쇼체와 해요체, 가장 낮은 등급인 해라체와 해체를 확인할 수 있다. 3.5.1.에서 언급된 바, 부부간의 대화에서 실현된 뒤섞임에서 합쇼체:해라체:해체:해요체(1:4.3:63.8:30.9%) 비율에서 '해라체'의 등장은 '언쟁'이라는 특수 상황에서 상대를 제압하려는 의도 때문인 것으로 해석된다. 또한 (114)는 어머니와 어린 아들의 담화인데, 어머니 '미진'은 어린 아들에게 높임의 등분을 사용한다. 이는 교육적 차원이라는 특수한 경우로 해석되지만 기대했던 대답이 돌아오지 않자 '낮춤'으로 실현하는 것에서 확인된다.

> (113) 수길(청자-부부): 어머니한테 받은 통장도 다 썼냐? 캬바레 가느라고 다 썼지?
> 　　　미순: 그래 다 썼다. 어쩔래? (<며>46/31)
> 　　　미순: 근데 우리 손주 어디 있어요? 어디 우리 손주 좀 봅시다.
> 　　　　　　　　　　　　　　　　　　　　　　　　(<며>52/49)
> 　　　수길: 애들 바빠요. 직장 다니느라고 피곤한 애들이야.
> 　　　　　　　　　　　　　　　　　　　　　　　　(<며>52/77)

　　(114) 미진(청자-자식): 아우 그러셨군요. 그럼 아드님은 윤아가 좋아
　　　　　　　　　　　　요? 엄마가 좋아요?
　　　　미진: 뭐얏! 뭐가 어쩌고 어째? 너 엄마가 개는 안 된다고 그
　　　　　　랬지. (<며>52/78)

　한편, 다음의 예(115-116)에서 보듯이, 항렬이 높은 화자(할아버지,
어머니)가 항렬이 낮은 청자(손녀, 아들)에게 높임법의 상단을 차지
하는 해요체를 사용하여 해체와 해요체, 해라체와 해요체의 뒤섞임
을 실현하였다. 이 경우에는 청자에 대한 애정의 표시와 교육적 목
적으로 실현되었다는 해석이 가능하다.

　　(115) 연중(청자-손녀): 아이구, 이거 정말 미인이네. 반가워요.
　　　　　　　　　　　　　　　　　　　　　　　(<며>46/54)
　　(116) 미진(청자-자식): 아우 이뻐라. 그럼 오늘 유치원에서는 누구랑
　　　　　　　　　　　　놀았어요?(<며>52/78)

　다음의 예(117)는 아들에게 해라체와 해체로 실현하다가 높임의
'해요체'를 실현하는 경우를 보인 것이다. '설득'이라는 특수 상황이
고려된 것으로 해석된다.

　　(117) 수길(청자-아들): 넌 임마 내가 볼 때 너무 고지식해. 그렇게 고
　　　　　　　　　　　　지식해서는 사업하기 힘들어요.(<며>46/11)

　보통의 사돈 관계라면 합쇼체나 해요체의 높임이 사용되어야 하
겠지만 다음의 예(118)에서 '명희'는 상대를 낮잡아 보는 자신의 감
정을 노골적으로 나타내는 데 해라체와 해체의 뒤섞임을 사용하고

있다.

> (118) 명희(청자-사돈): 서 있지 말고 앉아. 넌 여전히 건방지구나. 앉
>   아!(<며>46/59)

화자와 청자의 관계는 높임의 정도를 선택하는 데 우선 조건이
된다. 따라서 일상적으로 쓰이는 등급에 비해 높낮이의 정도에 차이
가 있을 경우에는 이를 해석하기 위해서는 담화 상황에 대한 정보가
필요하다.

3.5.6.2. 장면

언어 행위가 이루어지는 장면은 집, 경찰서, 직장 등과 같은 담화
장소와 배경, 담화에 관여하는 화자와 청자의 수 즉, 혼잣말이냐, 의
도된 청자가 있느냐, 제3자가 간접적 청자로 관여하느냐 등과 같은
문제와 관련된다. 이는 교사가 지각한 학생을 일대일로 꾸짖는 경우
와 다수의 학생들을 대상으로 한 수업시간에서의 높임법 실현 양상
은 달라질 수 있다는 것으로, 높임법 실현과 청자의 수가 밀접한 관
련이 있음을 보이는 예라고 할 수 있다. 청자의 분류와 관련하여 박
영순(2007)은 청자 겸 화자, 적극적인 청자, 소극적인 청자, 단순 대
화 참여자로 분류한 바 있는데 혼잣말이냐, 화자가 자신의 말을 들
어주기 기대하는 의도된 청자가 있느냐에 따라 뒤섞임 현상의 양상
은 달라질 수 있다. '혼잣말'에 대해 「표준국어대사전(2001)」은 '말
을 하는 상대가 없이 혼자서 하는 말'로 정의하였는데, 이는 담화 장
면에 대화 상대자가 없는 '절대 독백'이라 할 수 있다. 높임법 체계

는 기본적으로 '청자'가 상정되어 있다는 점에서 '절대 독백'에 해당
되는 담화는 본고에서 논외가 된다. 본고는 박영순(2007)의 논의에
따라 혼잣말의 실현 양상을 살피기로 하는데, 이는 앞서 2.2.2.에서
논의한 바 있듯이 혼잣말로 쓰이거나 청자가 있더라도 청자를 적극
적으로 의식하지 않고 직접 청자를 향하지 않은 '-게, -네, -는가' 등
으로 실현된 '해체'의 경우에 대해 본고는 '혼잣말'에 포함하였다.
혼잣말은 대체로 아래의 [그림 15]와 같이 해라체와 해체의 뒤섞임
으로 실현되고, 감탄문과 의문문의 형식을 갖는 경우가 많은데, 혼
잣말에 대한 해석과 혼잣말에서 많이 나타나는 뒤섞임 현상과 그 이
유에 대하여 언급할 필요가 있다. 혼잣말은 '혼자만의 발화'일 경우
도 있지만 구체적인 청자를 상정하는 경우도 있고, 대화 중간에 '혼
잣말'을 섞어 담화 장면에 있는 청자를 소극적 청자로 전환하여 실
현하기도 한다. 혼잣말은 화자가 청자에게 일상적으로 실현한 높임
의 등급보다 낮추어 나타나는 경우가 많다. 이를 통해 화자는 어떤
사건에 대한 자신의 견해나 기분 등을 비교적 있는 그대로 청자에게
'간접적으로' 전달하는 효과를 얻을 수 있다. 소극적 청자라는 것은
실제로는 청자를 고려한 발화라는 것이고, 이러한 혼잣말은 화자나
청자가 발화 이후의 결과와 책임에 대해 가질 수도 있는 부담을 덜
어주는 효과가 있다. 예(119-120)에서 며느리인 '미진'은 시어머니에
게, 직장 상사와 직원 관계인 '단풍'과 '백호'는 각각 해요체에 해라
체와 해체로 높임의 등급을 낮춘 혼잣말로 자신의 속내를 표출하는
것이다. 만일 이것이 혼잣말이 아닌 직접적인 청자로 상정하였다면
통상의 언어 예절을 벗어나 무례를 범한 것이 된다.

[그림 15] 혼잣말의 뒤섞임 실현 양상

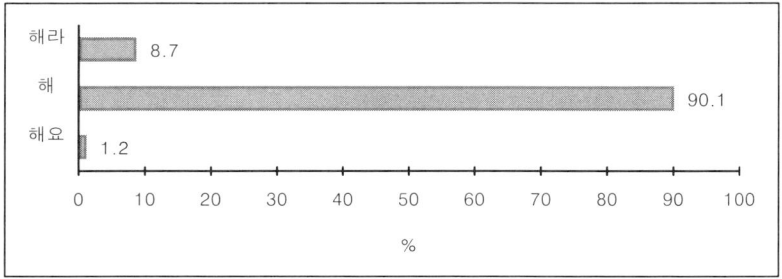

(119) 청자-시어머니

미진: 이게 다 제가 시집 와서 애 낳고, 고생만 해서 그래요. 아이고 나도 이제 늙었나 보다. (<며52/71)

(120) 청자-직장 동료

백호: 오래 기다리지 않아도 될 거예요. 저기 버스 온다. 나 먼저 갈 게요. (<미>121/25)

단풍: 괜찮아요? 어쩌냐? 이러고 중요한 약속 나가긴 좀 그렇지 않나. (<미>121/24)

3.5.7. 언어 내적 조건

뒤섞임 현상은 주어, 목적어, 서술어 등과 문장 성분들의 반복과 도치, 생략이 발생하면서 실현되기도 하고, 특정 문장종결법에서 자주 나타나기도 한다. 이와 같은 뒤섞임 현상이 실현되는 조건들은 즉각적으로 빈번하게 발생하며, 예측이 어렵다는 점에서 구어 담화의 기본 특성이 되기도 한다. 언어 내적 조건에 대한 논의는 이런 점에서 의의가 있다.

동일하거나 유사한 표현을 '반복'[13]함으로써 실현된 뒤섞임은 아

---

13) 노은희(1997)는 '반복표현'의 유형과 분류 등에 대하여 논의한 바 있는데, 높임법의 뒤섞임 현상과 관련한 본고에서의 '반복'은 '동일하거나 유사한 표현의

래의 예(121)과 같이 화자의 감정이나 생각을 강조하여 표현하는 효과를 기대할 수 있다. 특히, 예(123)에서는 청자의 의견에 강한 동의를 표시하는 화자의 담화 전략이 확인된다. 이는 본고에서 검토한 드라마 대본에서도 마찬가지로 나타난다. 또한 '반복'으로 실현될 경우, 격식체에서 비격식체로 실현되거나 하향 스위칭으로 실현되는 경우가 많다. 동일한 표현에서 오는 단조로움을 피하여 표현 효과를 얻으려는 화자의 담화 전략의 실현으로 생각된다.

(121) 가: 빨리 가자.
　　　나: 그래 간다. 가.
(122) 잘했군. 잘했군. 잘했어.
　　　잘했다. 잘했어.
　　　됐네. 됐어.
　　　좋다. 좋아.
(123) 맞습니다. 맞고요.
(124) 미애: 외국여자예요! 외국여자!(<미>121/20)
　　　수길: 오늘은 무조건 서비스입니다. 모두 다 서비스예요.
　　　　　　　　　　　　　　　　　　　　　　　(<며>52/69)
　　　민식: 아우 여기 좀 보십시오. 아주 조각입니다. 조각.
　　　　　　　　　　　　　　　　　　　　　　　(<며 52/49)
　　　미순: 도로 가자. 빨리 도로 가. 아우 정말.(<며>46/8)
　　　미순: 너는 사는 게 즐겁니? 인생이 즐거워?(<며>52/12)
　　　준명: 그래도 이번 설엔 꼭 가겠습니다. 꼭 갈게요.(<며>52/64)

　다음으로 '도치'에서 얻을 수 있는 표현 효과는 중심이 되는 의미를 서술어가 담당하면서 문장의 끝에 놓이는 한국어의 특성에서 이해할 수 있다. '도치'를 통한 뒤섞임 양상은 화자가 핵심이 되는 말

―――――――――
반복'만으로 그 범위가 제한된다.

을 먼저 전달하고, 후치된 선행절은 해체로 실현되면서 발생하는 경
우들이 많다고 할 수 있다.

(125) 선재: 죄송합니다. 본의 아니게 일을 시끄럽게 해서.(<미>102/1)
     종순: 이걸 어찌죠? 저 오늘 좀 바쁜 일이 좀 있어 놔서.

                                          (<미>102/4)

     복남: 어머님하고도 살잖아요. 어차피 다 같이 한 집에 사는데.

                                          (<며>46/2)

     미순: 우리 가게 나가 봐야 되는 것 아니냐? 바쁜 시간인데.

                                          (<며>52/71)

  '생략'으로 실현된 뒤섞임 양상은 '이유, 요청, 권유' 등의 의미를
갖는 서술어를 생략함으로써 절제된 화자의 감정을 청자가 느끼게
하여 의사소통에서의 표현 효과를 얻을 수 있다. 생략과 문장의 절
단은 아래의 예(126-127)와 같이 구별되어야 한다. '생략된 문장'은
문장이 종결된 반면, '절단된 문장'은 완결되지 않은 문장이기 때문
이다. 김형정(2002)에 따르면, 생략은 맥락에서 이미 나타났거나 담
화 상황 속에 존재하기 때문에 실제 담화 전개 과정에서 필요하지
않은 부분으로 이해된다.

  (126) 생략
  기태: 그래요? 무슨 일인지 말씀을 하시죠.
  만수: 아닙니다. 전화를 주셨는데 먼저 말씀을. (<미>102/9)
  (127) 절단
  단풍: 미안해요. 갑자기 화장실이 가고 싶어서 나오다….
                                          (<미>121/25)

이정복(1996)에 의하면, 뒤섞임 현상은 문장종결법의 영향으로 명령문과 청유문의 발화 수반력이 가장 크고, 설명문이 가장 작으며, 의문문은 그 중간이라고 한다. 명령문, 청유문에서 발화의 힘을 줄여 분위기를 부드럽게 유지하기 위한 노력의 결과로 높임의 정도에 영향을 주고, 높임의 형식을 사용할 이유가 없음에도 이를 사용하는 것은 일종의 담화 전략이라는 것이다. 좀 더 치밀한 분석이 필요하겠지만 본고의 분석으로는 문장종결법에 따른 영향이라기보다 화자와 청자의 관계, 담화 상황이 더 크게 좌우하는 것으로 보인다. 예를 들면, 부모가 자식에게 발화하는 경우 보통의 경우라면 해라체나 해체가 사용되나, 해요체 뒤섞임 발생한 경우는 평서문으로 실현되고, 역으로 자식이 부모에게 발화하는 경우 대체로 합쇼체나 해요체로 실현되는데 해라체 뒤섞임 발생한 경우는 아래의 예(128)과 같이 대화 중간에 감탄문으로 실현된 혼잣말에 기인하는 경우가 많다. 그러나 이것이 특정 문장종결법에 의한 뒤섞임 실현으로 판단하는 근거로는 무리가 있다.

   (128) 주경: 어머 그게 좋겠다. 우리 그러지 말고 일박이일 엠티 가면
            어때요? 공기 좋은 데서 아이디어 회의도 하고, 단합대
            회도 하고.(<미>102/7)
       미순: 내 말이 그 말이야. 내가 능력이 없으니까 지금 여기서
            이러고 사는 거지 능력만 있었으면 내가 이러고 안 살아
            요. 벌써 뛰쳐나갔지.(<며>46/44)

본고는 드라마 대본을 통해 뒤섞임 현상을 살핌으로써, 뒤섞임의 실현에 여러 실현 조건이 관여됨을 알 수 있었다. 또한 뒤섞임 현상

이 대화를 부드럽게 이끌어가려는 담화 전략으로 사용한다는 것을 알 수 있었다. 이와 같이 격식체와 비격식체, 비격식체 내에서 뒤섞임 현상이 자연스럽게 실현될 수 있는 이유는 첫째, 격식체와 비격식체는 쓰임에 있어 차이가 있으나 뒤섞임 현상이 나타나는 등급들에서 보이는 높임의 정도는 유사하기 때문이라고 할 수 있다. 둘째, '합쇼체와 해체'와 같이 높임의 차이가 큰 경우에 나타나는 뒤섞임 현상은 담화 상황 즉, 담화 내용이나 장면의 변화에 따른 경우들이 많다. 이는 격식체와 비격식체의 차이를 의미하는 것으로 해석하게 한다. 격식체 내에서의 뒤섞임 현상을 쉽게 발견하기 어려운 것도 격식체는 공식적인 상황에서 쓰이는 것 외에도 쓰임의 대상에 있어 엄격한 구분이 있음을 뜻한다. 반면에 격식체와 비격식체간의 뒤섞임 현상은 쉽게 발견된다는 것은 비격식체가 갖는 특별한 성격 때문인 것으로 해석할 수밖에 없다. 앞서의 예(54)에서 보인 격식체간의 뒤섞임 현상은 격식체가 갖는 성격, 즉 쓰임의 대상에 따른 격식체 실현이라기보다 담화 상황에 따른 화자의 담화 전략으로 해석해야 한다.

4. 마무리

본고에서는 텔레비전 드라마 대본 분석을 통해 높임법의 뒤섞임 현상에 대해 살펴보았다. 이를 위하여 높임법 체계의 설정 방법에 대하여 전반적으로 살펴보고, 이원적 처리의 적절성에 대하여 언급하였으며, 비격식체의 하위 체계를 살피면서 해체의 개념과 범주,

그 실현 양상과 조건에 대하여 면밀히 살펴보았다.

2장에서는 높임법 체계의 설정 방법과 하위 체계, 실현 어미들을 살펴보고, 이원적 체계로써의 설정의 필요성을 밝히었다. 또한 여러 문법서에서 설정한 격식체와 비격식체의 하위 체계의 실현 방법에 대하여 고찰하고, 실제 언어 사용 양상을 고려하여 '해체'의 범주를 설정하였다.

3장에서는 높임법의 뒤섞임 현상과 관련하여 텔레비전 드라마 대본을 분석한 내용을 중심으로 살펴보았다. 격식체 내에서의 뒤섞임 현상과 격식체와 비격식체간의 뒤섞임 현상으로 나누어 이원적 체계로써의 높임법 체계 설정 방법의 타당함을 주장하였다. 또한 뒤섞임 현상이 실현되는 조건과 특징 등을 가족 관계, 사회적 관계, 친소 관계, 성별, 상황, 언어 내적 조건으로 나누어 논의하였다.

높임법 체계는 한국어의 두드러진 특징의 하나라고 할 수 있다. 화자가 실현할 수 있고, 이에 따라 청자가 감지할 수 있는 높임법 체계는 훨씬 복잡하고 세분화될 수 있다. 예를 들면, 요청하는 문장에서 '문 좀 열어 주시겠어요?', '문 좀 열어 주겠어요?', '문 좀 열어 줄 수 있으세요?', '문 좀 열어 줄 수 있어요?', '문 좀 열어 주세요.' '문 좀 여세요.', '문 좀 열어요.', '문 좀 열어.', '문 좀 열어라' 등 다양한 방법으로 실현이 가능하다. 여기에 앞서 언급된 문장도 '문 좀 여세요.', '문 좀 열어요.'는 분명히 높임의 등급에서 차이를 느낄 수 있다. 높임선어말어미와 결합하지 않는 해라체를 제외하면 적어도 11개의 등급으로 나눌 수 있는데, 이렇게 되면 한국어의 높임법 체계는 상당히 복잡해지고, 이를 일원적 체계로써 단선적으로 배열하기란 쉽지 않다. 여기에 높임법 체계 설정의 어려움이 있다.

높임법은 담화 참여자인 화자와 청자를 비롯하여 주변 상황, 즉 담화 참여자의 숫자와 담화가 이루어지는 장소 등이 고려되어야 하는 고도로 숙련된 언어적 기술의 성격을 갖는다고 할 수 있다. 동일한 화자와 청자라 하더라도 담화 상황에 따라 높임법은 상이하게 실현될 수 있고, 일정한 높임의 등급을 선택하는 데 있어 사회 규범 즉, 객관적인 신분이나 친족 관계, 사회적 지위 등에 따르는 경우도 있겠지만 담화가 실현되는 상황과 청자에 대한 화자의 주관적인 의도가 보다 크게 작용하는 경우도 있다. 높임으로 실현된 것이 높임이 아닌 비하, 비난 등으로 해석될 수 있다는 것이다.

높임법의 뒤섞임 현상은 외국인을 위한 한국어 교육에서 시사하는 바가 크다. 친밀감을 표시하는 한국인의 의사 표현에서 사용되는 적절한 높임의 정도를 이해하고 표현하지 못 하면 의사소통과 한국어 학습의 목적을 달성하는 데 문제가 될 수 있다. 또한 공식적인 자리에서 적절한 격식체를 사용하지 못 하거나 친구들과 가벼운 이야기를 나누는 상황에서 이에 적절한 비격식체를 사용하지 못 할 때에도 한국어로써 원만한 의사소통을 하는 데에 심각한 문제가 야기될 수 있다는 것이다. 특히, '혼잣말'에 대한 교육은 한국어 학습자의 담화 전략 향상과 밀접한 관련이 있다. 향후 이에 대한 연구가 필요하다고 생각한다.

▌참고문헌▐

고영근. 1974. "현대국어 존비법에 대한 연구." 「어학연구」(서울대 어학연구소) 10-2.

고영근. 1976. "현대국어의 문체법에 대한 연구: 서법 체계(속)." 「어학연구」(서울대 어학연구소) 12-1.

교육 인적 자원부. 2002. 「고등 학교 문법」 서울: (주)교학사.

국립국어원. 2001. 「표준국어대사전」 서울: 두산동아.

김민수. 1971. 「국어문법론」 서울: 일조각.

김석득. 1968. "현대 국어 존대법의 일치와 그 확대 구조." 「국어국문학」(국어국문학회) 41.

김종택. 1981. "국어 대우법 체계를 재론함: 청자대우를 중심으로." 「한글」(한글학회) 172.

김형정. 2002. "한국어 입말 담화의 결속성 연구: 생략 현상을 중심으로." 「텍스트언어학」(한국텍스트언어학회) 13.

김혜숙. 1991. 「현대 국어의 사회언어학적 연구: 국어의 운용 실태와 방향」 서울: 태학사.

김희상. 1911. 「조선어전」 京城: 보급서관.

남기심·고영근. 1993. 「표준 국어문법론」 서울: 탑출판사.

노은희. 1997. "반복 유형의 체계적 분류를 위하여." 「한국국어교육연구회 논문집」(한국어교육학회) 63.

박영순. 2007. 「한국어 화용론」 서울: 도서출판 박이정.

박재연. 1998. "현대 국어 반말체 종결 어미 연구." 「국어연구」(서울대 국어연구회) 152.

박창해. 1964. 「한국어 구조론3: 형태소론 및 형태소 배합론」 서울: 연세대출판부.

서정수. 1980. "존대말은 어떻게 달라지고 있는가?(Ⅱ)." 「한글」(한글학회) 167.

서정수. 1984. 「존대법의 연구」 서울: 한신문화사.

서정수. 1994. 「국어 문법」 서울: 한세본

성기철. 1970a. "존비법의 한 고찰." 「어문학」(한국어문학회) 23.

성기철. 1970b. "국어 대우법 연구." 「論文集」(忠北大學校) 4.

성기철. 1985. 「현대 국어 대우법 연구」 서울: 개문사.

양인석. 1980. "한국어 말끝말씨의 간소화." 「언어와 언어학」(한국외대 언어연구소) 6.

오미정. 2007. "외국인을 위한 한국어 존대법 교육" 「한국어의미학」(한국 어의미학회) 22.

유송영. 1997. "국어 청자 대우 어미의 교체 사용(switching)과 청자 대우법 체계: 힘(power)과 유대(solidarity)의 정도성에 의한 담화 분석적 접근." 고려대 박사학위논문.

유현경. 2003. "연결어미의 종결어미적 쓰임에 대하여." 「한글」(한글학회) 261.

윤천탁. 2004. "학교 문법의 상대 높임법 기술 내용 재고." 「청람어문교육」 29. 청람어문교육학회.

이관규. 2002. 「학교 문법론」 서울: 월인.

이규창. 1992. 「국어 존대법론」 서울: 집문당.

이길록. 1981. 「국어문법연구」 서울: 일신사.

이맹성. 1975. "韓國語 終結語尾와 對人關係要素의 相關關係에 관한 연구." 「인문과학」(연세대 인문과학연구소) 33-34.

이상복. 1984. "국어의 상대 존대법 연구." 「배달말」(배달말학회) 9.

이윤하. 2001. 「현대 국어의 대우법 연구」. 서울: 역락.

이익섭. 1974. "국어 경어법의 체계화 문제." 「국어학」(국어학회) 2.

이익섭. 1994. 「사회언어학」. 서울: 민음사.

이익섭·이상억·채완. 1997. 「한국의 언어」 서울: 신구문화사.

이정복. 1996. "국어 경어법의 말 단계 변동 현상." 「사회언어학」(한국사 회언어학회) 4-1.

이정복. 2001. 「국어 경어법 사용의 전략적 특성」 서울: 태학사.

이희승. 1968. 「새문법」 서울: 일조각.

임홍빈. 1984. "문종결의 논리와 수행-억양." 「외국어로서의 한국어교육 (구 말)」(연세대 한국어학당) 9.

장경현. 1995. "국어 명사 및 명사형 종결문에 대한 연구."「국어연구」(서울대 국어연구회) 130.

장석진. 1972. "Deixis의 생성적 고찰."「어학 연구」(서울대 어학연구소) 8-2.

장소원. 1986. "문법 기술에서의 문어체 연구."「국어연구」(서울대 국어연구회) 72.

정렬모. 1946.「신편고등국어문법」서울: 한글문화사.

조준학. 1976. "화용론과 공손 규칙."「어학 연구」(서울대 어학연구소) 16-1.

차현실. 1990. "반말체의 구성과 반말체 어미의 문법적 기능에 대하여."「이화어문논집」(이화여대 이화어문학회) Vol. 11.

최현배. 1961.「우리말본」서울: 정음문화사.

한 길. 1982. "반말 종결 접미사 {-아}와 {-지}에 관하여."「외국어로서의 한국어 교육(구 말)」(연세대 한국어학당) 7.

한 길. 1987. "현대 국어 반말에 관한 연구: 반말 종결 접미사를 중심으로." 연세대 박사학위논문.

한 길. 1991.「국어종결어미연구」춘천: 강원대학교출판부.

한 길. 2002.「현대 우리말의 높임법 연구」서울: 역락.

황적륜. 1976. "한국어 대우법의 사회언어학적 기술."「언어와 언어학」(한국외대 언어연구소) 4.

Hudson, R.A. 1996. *Sosiolinguistics*. Cambridge University Press.

국어 문법의 탐구 2

05 상대 높임 화계에 대한 연구

∷ 이 은 희

1. 머리말

국어는 높임법이 매우 발달한 언어이다. 높임법 중에서도 상대높임법은 높임법의 하위 범주 가운데 매우 복잡한 양상을 보인다. 국어의 '높임법' 범주는 다른 문법 범주와는 달리 문법론에만 국한되는 것이 아니기 때문에 더욱 그러하다. 따라서 제대로 된 우리말의 상대 높임 체계를 정립하기 위해서는 문법론 차원뿐 아니라 화용론 차원에서의 관찰도 반드시 필요할 것이다.[1]

높임법은 특히 인간관계를 형성하는 데 필요한 '예의'와 관련되기 때문에 사회생활에서 매우 중요한 부분을 차지하고 있다. 따라서 그 실체를 정확히 규명하는 것은 우리말 연구에 있어 최우선의 과제 중 하나임에 분명하다.

본고는 이러한 현실 인식을 바탕으로 먼저 '상대 높임'이라는 용

---

1) 박영순(1972)에서는 국어 경어법은 순수언어학적인 문법론 차원만이 아니라 사회언어학적 규칙을 포함한 확대된 의미의 문법에 포함되어야 함을 주장하였으며, 이관규(2005)에서는 높임법은 문장론 보다는 화용론 차원에서 검토되어야 할 내용임을 밝힌 바 있다.

어와 그 실현 방법을 관찰한 후 상대 높임 화계의 바람직한 등급 설정을 모색해 보려 한다. 본고에서는 특히 청자 높임의 현실적인 사용 양상에 초점을 맞춰 현재 일반적으로 사용되는 일반화계와 특별한 상황에 한해 사용되는 특별화계로 화계를 이원화하여 제시해 보고자 한다. 또한 청자와 주체의 동일성 여부에 따라 그 체계를 달리 설정하며, 주체높임 선어말 어미 '-시-'의 삽입에 따른 높임값의 차이도 보이려고 한다.

2. 상대 높임과 그 실현 방법

상대 높임이란 상대(혹은 청자)를 높여 대우하는 높임법을 말한다. 여기서는 그 용어법과 실현 방법을 중심으로 국어 상대 높임의 범주를 관찰하되, 규범 차원에서 논의된 기존의 화계 등급을 재검토하고 그 개선 방향을 모색하는 데 초점을 맞추고자 한다.

2.1. 용어 사용의 문제

우리말의 '높임법'은 '경어법', '존대법', '존비법', '대우법' 등으로도 불려져 왔으며, 본고에서 사용하는 '상대 높임법'은 '공손법', '상대 경어법' '청자대우법' 등 논자에 따라 달리 다양하게 명명되어 왔다.

본고에서는 이러한 용어의 문제를 '상대'와 '청자' 그리고 '대우'와 '높임'으로 단순화 하여 관찰하고자 한다. 우선 '상대' 또는 '청자' 중 어떤 것이 더 적합한 지 살펴보도록 하자. 임홍빈(1986)에서

05 상대 높임 화계에 대한 연구 ┃ 이은희 205

는 '상대=청자'라는 개념으로 보고 있으며, 기타 '청자 대우법'이라
는 용어를 사용하는 논의들에서는 관찰 대상을 '구어'로 한정시키는
경향이 있다.2) 그러나 '상대'라는 개념은 '청자'보다 더 넓은 범위를
포괄하는 것으로 파악할 수 있을 것이다. 왜냐하면 '상대'는 청자와
독자 모두를 포함할 수 있기 때문이다. 따라서 관찰 대상이 구어만
이라면 '청자'가 더 정확한 용어일 것이고, 문어까지 포함한다면 청
자와 독자를 모두 포함하는 '상대'가 적합할 것이다. 높임법이 주로
구어에서 나타나기는 하지만 국어 전체를 연구 대상으로 한다면, 구
어와 문어를 모두 포함할 수 있는 '상대'라는 용어가 보다 적절하다
고 생각한다.

이제 '높임(경어)'이냐 '대우'냐의 문제를 살펴보자. '높임'은 상대
를 높여 대우하는 것을 말한다. '높임'이라고 하면 '안 높임'은 포괄
할 수 있지만 '낮춤'은 포괄할 수 없다. 왜냐하면 '높임'이라 할 때에
는 당연히 '안 높임'을 함께 고려해야 하나, '안 높임'과 '낮춤'은 다
른 것이기 때문이다. 반면 '대우'는 상대를 높여 대우하거나 낮추어
대우하는 것 모두를 포함할 수 있다3). 따라서 화계 등급에서 '낮춤'
의 의미를 포함하려면, 상대를 어떻게 대우하느냐에 초점을 맞춘
'대우법'이나 혹은 높임, 낮춤을 다 포함하는 '존비법'이라는 용어가
타당할 것이다. 따라서 우리말 상대 높임법의 본질을 어떻게 파악하
느냐에 따라 그 용어법이 달라져야 하는데, 지금까지의 연구에서는

---

2) 유송영(1994) 역시 이러한 범주에 속한다. 여기서는 힘과 유대라는 원리로 청
   자대우법을 설명하면서 그 이전의 논의들이 특정 청자만을 대상으로 하였던
   것과 달리 불특정 청자를 중심으로 논의를 진행하였다.
3) 그러나 실제로 많은 논의에서는 '높임법'이라는 용어를 '낮춤'까지 포함하는
   개념으로 사용하고 있다.

이러한 원칙을 다소 소홀히 다룬 듯하다.

본고에서는 문어와 구어를 모두 포함한다는 의미에서 '상대'라는 용어를 사용하고, 화계의 등급에서 '낮춤'의 의미는 인정하지 않기 때문에 '안 높임'까지만 포괄할 수 있는 '높임법'이라는 용어를 사용하려고 한다. 그리고 '경어법, 존대법' 등과 '높임법'이라는 용어의 차이는 한자어와 고유어의 차이에 불과하므로 큰 문제가 되지 않을 것이라고 생각한다. 따라서 본고에서는 '상대 높임'이라는 용어를 채택하고자 한다.

2.2. 실현 방법

상대 높임은 상대를 높여 대우하는 것으로 대부분 종결어미에 의해 실현되지만 호칭 등 기타 형식에 의해 표현되기도 한다. 따라서 문법적 체계를 중시해 종결어미에 의해 실현되는 상대 높임만을 기술할 수도 있고, 상대 높임의 의미 실현을 중시해 모든 형식을 상대 높임의 범주 안에 포괄해 다룰 수도 있다. 그런데 대부분의 연구들은 상대 높임법을 철저하게 문법의 입장에서 관찰함으로써 상대 높임은 종결어미를 통해 실현되는 것으로 파악하고 있다. 고영근, 남기심(1985)에서는 "상대높임법은 말하는 이가 특정한 종결어미를 씀으로써 말 듣는 이를 높이거나 낮추어 말하는 법을 일컫는다."라고 정의하며, 특수 어휘에 의한 높임법은 상대높임법에 포함시키지 않고 있다. 또 이익섭, 임홍빈(1983)에서는 "화자가 청자를 자기와 대비하여 그 존비 관계에 맞추어 대접하는 경어법"으로 정의하고 주체경어법이나 객체경어법보다 훨씬 복잡한 경어법이라고 하였다.

또 이관규(2005)에서는 "화자가 청자에 대해 높이거나 낮추어 말하는 방법으로 종결 표현으로 실현되며 크게 격식체와 비격식체로 나뉜다."고 설명하면서, 종결표현으로 실현되는 것만을 상대 높임으로 다루고 있다.

한편 종결어미 외에 다른 형식, 즉 호칭, 어휘, 비종결형, '-시-' 등에 의해 실현되는 상대 높임까지 포함하여 개념을 설정한 경우도 있다. 이는 앞에서 언급한 후자의 입장으로, 성기철(1990) 등이 이러한 관점을 보여주고 있다. 여기서는 "청자 대우법은 화자가 청자를 대우하는 언어 상의 표현법으로 이는 대체로 세 가지 방식을 통해 실현된다. 첫째는 청자에 대한 호칭을 통해, 둘째는 문의 종결형을 통해, 셋째는 문의 기능을 가진 구, 즉 비종결형을 통해 실현된다."로 설명하고 있다. 그러나 성기철(1990)의 논의에서도 화계의 등급을 설정할 때에는 종결어미로 실현되는 것으로만 체계를 세우고 있다. 그리고 이정복(1998)에서는 "상대경어법은 주로 문장 종결어미를 통해 대화의 상대를 높여 대우하는 경어법을 말한다. 1차적으로는 종결어미 형식에 의해 청자의 높임 정도가 결정되지만, 2차적으로 어휘적 수단을 통해서 대우 정도를 세부적으로 조절한다"고 하여 상대 높임을 '정도성'의 개념으로 받아들이고 있다.

상대 높임이 문법 형식인 종결어미뿐 아니라 기타 형식에 의해서도 표현될 수 있지만 많은 기존 연구에서 종결어미에 주목하고 있는 것은 우선 높임법을 문법의 테두리 안에서 다루어 왔기 때문이며 둘째로 다른 형식들을 모두 포함해서는 화계의 체계를 잡기가 어렵기 때문일 것이다.

2.1.1. 종결어미로 실현되는 상대 높임

상대 높임 화계의 등급은 연구자와 연구 대상에 따라 다음과 같이 매우 다양한 양상을 보인다.

먼저 최현배(1937)에서는 '마침법의 등분'이라 하여 '아주 낮훔(해라), 낮훔(하게), 높임(하오), 아주높임(합쇼), 반말(등외)'로 상대 높임의 화계를 체계화한 바 있는데, 이는 이후 논의에 기본적인 골격을 제공해 주었다. 이희승(1964)와 김민수(1964)에서는 극존경으로 '하소서체' '하나이다체'를 '합쇼(합니다)체'에서 분리하였고, 이맹성(1973)에서는 하오체를 포함하여 6단계를 순차적으로 배열하였다. 한편 이익섭(1974), 조준학(1976, 1982)에서는 공히 '하오'를 비존대로 파악한 바 있다. 이익섭.임홍빈(1984)는 '하오체'를 '하게체'와 묶어 이해해야 한다고 했다. 또 김종택(1984)에서는 '-ㅂ니다'와 '하오'를 같은 등분으로 보아 3등급 체계를 세우고 '해체'는 등외로 보았다. 그 내용을 정리하면 [표1]과 같다.

[표 1] 상대 높임의 화계에 대한 여러 견해들

	상대 높임의 화계 설정 내용
최현배(1934)	'마침법의 등분'이라 하여 '아주 낮훔(해라), 낮훔(하게), 높임(하오), 아주높임(합쇼), 반말(등외)'의 화계를 체계화 (정렬모(1946), 김민수(1964), 김석득 (1966),이희승(1964), 허웅(1969) 등은 기본적으로 이와 같은 유형)
이희승(1964)	극존경으로 '하소서체' '하나이다체'를 '합쇼(합니다)체'에서 따로 분리하여 체계를 세움
김민수(1964)	극존경으로 '하소서체' '하나이다체'를 '합쇼(합니다)체'에서 따로 분리하여 체계를 세움

이맹성(1973)	'-습니다', '-어요', '-오', '-네', '-어', '-(는)다' 의 6단계를 순차적으로 배열
이익섭(1974), 조준학(1976, 1982)	'하오'를 비존대로 파악.
김종택(1984)	경어법을 '존대'와 '평대'로 구분하고 '-ㅂ니다'와 '하오'를 같은 등분으로 보아 3등급 체계를 세움.

이들과는 달리 성기철(1970)에서는 화계를 1차, 2차로 나누어 체계를 세웠는데, 이 체계가 근간이 되어 지금의 학교문법에까지 이르고 있다. 즉, 반말과 '-요'형의 화계를 분명히 규정하여 반말은 예사낮춤과 아주낮춤에 두루 통용되는 두루낮춤의 화계를 형성하며, '-요'형은 아주높임과 예사높임에 두루 통용되는 두루높임으로 해석하였다.

[표 2] 상층 화계 체계(성기철 1970)

	1차 화계	2차 화계
높임	아주 높임(하십쇼)	두루높임(해요)
	예사높임(하오)	
낮춤	예사낮춤(하게)	두루낮춤(해)
	아주낮춤(해라)	

이어 성기철(1985)에서는 [표2]의 화계 체계를 다시 연령층에 따라 대략 30대 이하의 화계 체계를 '하오'와 '하게'를 제외하고 재구성하여 [표3]과 같이 구분하였다.

[표 3] 하층 화계 체계 (성기철 1985)

	1차 화계	2차 화계
높임	높임	높임
낮춤	낮춤	낮춤

서정수(1972)에서는 위 [표2]의 체계에 '격식성'을 등급 설정의 한 기준으로 내세웠다. 즉 성기철(1970)에서 '1차 화계'와 '2차 화계'라고 한 것을 각각 '격식체'와 '비격식체'로 명명하였고, '높임'과 '낮춤'의 분류도 '존대'와 '비존대'로 바꾸었다. 그런데 상대 높임 화계에 '격식성'4)을 도입한 문제는 좀 더 정밀히 재고해 볼 필요가 있다고 생각한다. 화계에 격식성을 부여한 논의의 단초는 한국인 학자가 아닌 S. Martin(1954)이다. 그리고 본격적으로 '격식성'을 국어 화계에 도입한 것은 서정수(1972)로 볼 수 있다. 서정수(1972) 이후 화계와 격식성의 관계는 불과분의 관계로 여겨져 그동안 여러 학자들이 국어 화계에 '격식성'을 부여해 왔다. 서정수(1984)에서는 격식체가 '주로 공적인 자리, 상하관계를 분명히 해야 할 자리, 잘 모르거나 그리 친하지 않은 사이 등에서 쓰이는 말씨'라고 하고, 비격식체는 '주로 사적인 자리, 동등한 관계가 위주 되는 자리, 서로 친하고 허물없는 사이일 경우 등에 쓰이는 말씨'로 정의하였다. 그리고 높임법이 격식체와 비격식체로 나누어지는 것은 '해요체'와 '해체'의 쓰임이 널리 퍼진 사실과 관련이 깊다고 하였다. (1)은 기존 논의에서

---

4) 사실 '격식성'이라는 용어의 의미도 재검토의 여지가 있으며 '격식성'의 개념 또한 명확히 할 필요가 있다. 만일 이것이 단순히 영어 'Formal'의 번역이라면 '공식성' '형식성'이라는 용어와의 구별도 필요할 것이다.

분류한 격식체의 예이고, (2)는 비격식체의 예이다.

   (1) 가. 지금부터 임시 총회를 시작하겠습니다. (합쇼)
          나. 다음 대화를 잘 듣고 물음에 답하시오. (하오)
          다. 이교수, 오래간만이오. 요즈음 건강은 어떻소? (하오)
          라. 자네 요즘 신혼 재미가 어떤가? (하게)
          마. 너 참 예쁘구나. (해라)
          바. 종원아, 숙제부터 빨리 하고 나서 놀아라. (해라)

   (2) 가. 김인수 씨가 멋진 노래를 불렀어요. (해요)
          나. 종원아, 숙제부터 빨리 하고 나서 놀아. (해)

서정수(1984)에서는 '해요체'와 '해체'가 공적, 격식적 상황에서는 많이 쓰이지 않고, 사적이고 친밀한 일상 대화에서 주로 쓰인다는 점을 근거로 격식체와 비격식체를 구별하였다. 그런데 (1마,바)의 상황은 격식적이거나 공적인 상황으로 이해되지 않는다. 그리고 (1바)와(2나)를 비교할 때 '해라체'는 '해체'보다 강조된 느낌 정도로 여겨진다. 이런 의미에서 격식체와 비격식체를 공적 또는 사적이라는 기준으로 분류하는 것도 재고의 여지가 있을 것이다.

    고영근・남기심(1985)에서도 상대 높임법의 종결어미를 격식체와 비격식체로 나누고, 격식체 용법을 '의례적 용법', 비격식체 용법을 '정감적 용법'으로 구분하였다. 또 일반적으로 격식체는 표현이 직접적, 단정적, 객관적인데, 비격식체는 부드럽고 비단정적, 주관적이고 풍부한 어조와 결합되어 나타난다고 설명하고 있다.

   (3) 선생님 안녕하셨습니까? 오래간만에 뵙습니다. (합쇼체)
       그런데 하시던 일은 잘 되셨나요? 그동안 고생 많으셨지요? (해요체)

위의 (3)을 격식체와 비격식체가 섞여 쓰인 예로 들면서 격식체는
상대에게 당연히 표해야 할 존경을 나타내고 상대와 대비되는 자기
의 위치를 확인하는 기능을 가진다고 보았다. 그리고 비격식체는
'격식체의 심리적 거리감을 해소하고 더 친근하며 정감적인 태도를
보인다'고 설명하며 동일 대화 가운데 격식체, 비격식체의 교체 현
상을 이런 관점에서 해석하면 타당성을 지닐 수 있다고 하였다. 그
러나 이 역시 격식체의 '합쇼체'와 비격식체의 '해요체'를 비교할 때
관찰되는 대비에 불과하다. 다음 (4)에서 필자가 구성한 예를 살펴
보자.

> (4) 종서야, 넌 왜 밥 먹으러 안 가니?(해라체) 너도 같이 가. (해체)
>   다 먹고 살자고 하는 일인데... 그러지 말고 같이 가자. (해라체)

(4)에서 격식체인 해라체와 비격식체인 해체가 섞여 쓰였는데도 격
식체에서의 존경이나 비격식체에서의 친근감 등의 태도를 구별하기
는 어렵다. 따라서 격식체인 '해라체'와 비격식체인 '해체'의 교체를
(3)에서와 같이 설명하는 것은 무리가 있을 것이다.

   이제 화계 등급 설정에서 격식성을 기준으로 하지 않는 성기철
(1985, 1990)의 논의를 살펴보자. 여기서는 '해요체'와 '해체'가 그
성격상 비격식성을 띠는 것은 당연한 결과이지만 화계와 격식성이
그렇게 획일적이고 간명하게 설명되는 것은 아니라고 주장한다. 아
래 [표4]에서 입증해 주듯이 격식성이라는 것이 화계에 적용될 때
논자에 따라 아래와 같이 큰 인식의 차이를 보인다는 사실도 이에
대한 방증이 될 수 있다고 하였다. 즉 격식성에는 화계의 수나 대화

자 사이의 수평, 수직 관계 등 여러 요인이 복합적으로 작용하는 것으로 본 것이다. 결국 성기철(1990)은 격식성을 기준으로 화계를 양분 하는 것은 화계와 격식성의 포괄적이고도 완전한 이해를 위해서는 바람직하지 못하다는 판단을 하고 있다.

[표 4] 화계의 격식성에 대한 인식의 차이(성기철 1990)

	서정수 (1972)	서정수 (1984)	이익섭 (1974)	박영순 (1976)	황적륜 (1976)	이정민 (1981)	조준학 (1982)
하십시 오체	+F	+F	+F	+F	+F	+F	+F
해요체	-F	-F	-F	-F	-F	-F	-F
하오체	-F	+F	+F	-F	+F	+F	-F
하게체	-F	+F	-F	-F	+F	+F	-F
해체	-F	-F	+F	-F	-F	-F	-F
해라체	+F	+F	-F	+F	+F	+F	+F

이제 '낮춤'과 '비존대'라는 용어에 대해 생각해 보자. 서정수(1972)에 따라 고영근, 남기심(1985)에서도 '낮춤'대신 '비존대'라는 용어를 사용하고 있다. 그런데 '비존대'라는 말과 '낮춤'이라는 말은 그 의미가 같지 않다. 비존대, 즉 존대를 하지 않는다는 것이 곧 상대를 '낮춤'을 뜻하는 것은 아니기 때문이다. 그런데도 이들 체계에서는 '비존대'라는 용어를 쓰면서 '비존대'를 일종의 '낮춤'으로 파악하고 있다.

또 이관규(2005)에서는 고영근, 남기심(1985)의 내용을 받아들였는데, 다만 존대, 비존대의 구분을 성기철(1970)에서와 같이 높임, 낮춤으로 수정하여 체계를 맞췄다.

[표 5] '국어교육을 위한 국어 문법론' (이관규 2005)

	격식체	비격식체
높임	아주높임(하십시오체)	두루높임(해요체)
	예사 높임(하오체)	
낮춤	예사 낮춤(하게체)	두루낮춤(해체)
	아주 낮춤(해라체)	

그런데 이렇듯 규범 차원에서 체계화된 상대 높임의 화계는 실제
사용 측면에서 살펴보면 재고의 여지가 많다. 그 예로 교육인적자원
부에서 제시한 상대 높임법의 실례를 [표6]에서 살펴보기로 한다.

[표 6]5) 상대높임법의 실례 (교육인적자원부)

	평서법	의문법	명령법	청유법	감탄법
하십시오체	가십니다	가십니까?	가십시오	(가시지요)	-
하오체	가(시)오	가(시)오?	가(시)오, 가구려	갑시다	가는구려
하게체	가게,감세	가는가?, 가나?	가게	가세	가는구먼
해라체	간다	가냐?, 가니?	가(거)라, 가렴, 가려무나	가자	가는구나
해요체	가요	가요?	가(세/셔)요	가(세/셔)요	가(세/셔)요
해체	가, 가지	가?, 가지?	가, 가지	가, 가지	가, 가지

---

5) 이관규(2005) 재인용

[표6]을 살펴보면, 실제 사용 측면에서 볼 때 언중들에게 많이 사용되는 '갑니다' '갑니까?'등은 제시되어 있지 않다. 그리고 '하게체'의 평서법은 '가네'가 일반적일 듯한데, 명령형인 '가게'를 그대로 제시하고 있다. 이는 '명령법' 기준으로 실례를 구성하면서 생긴 오류로 여겨진다.

또한 상대 높임으로 나타나는 '-시-'의 삽입이 임의적이라는 생각도 든다. 예를 들면 '하오체'에서 '가시오'는 제시되었으나 명령법의 '가시구려'나 감탄법의 '가시는구려'는 제시되지 않았다. 또 주체와 청자가 동일할 경우 평서법과 의문법에서도 상대 높임이 나타날 수 있는데, 평서법과 의문법에서 '-시-'의 삽입 형태가 제시되어 있지 않다. 상대 높임을 나타내는 선어말 어미 '-시-'의 쓰임이 불규칙적이라고 해서 이를 완전히 제외시키고 규칙적인 것만으로 불완전한 체계를 설정할 수는 없는 일이다. 그렇다고 분명한 기준 없이 임의로 '-시-'를 삽입하는 것도 이상한 일이다. 규범 차원에서 체계화된 상대 높임의 화계는 실제 사용 측면에서 살펴보면 이렇듯 재고의 여지가 있는 것으로 여겨진다.

한편 왕문용, 민현식(1993)에서는 상대 대우의 등급에서 '하대'라는 개념이 현대 사회에서 가능한가의 문제를 제기하면서 '해체'와 '해라체'의 낮춤의 의미를 부정하고 규범차원에서 새로운 체계를 제시한 바 있다. 여기서는 '하오체'가 현대 국어에서 손윗사람에게 사용할 수 없다는 근거를 들어, 높임의 의미를 부정하면서 다음과 같은 체계를 제시하였다.

[표 7] 상대높임의 화계 (왕문용·민현식 1993)

존 대	하십시오체
	해요체
비존대	해라체
	해체
옛말투	하오체
	하게체

[표7]에서 '하오체'와 '하게체'를 옛말투로 분리한 것과 해라체와 해체에서 낮춤의 의미를 부정한 것은 현대 국어의 모습을 비교적 정확히 파악한 결과로 볼 수 있다. 그러나 '하오체'는 손윗사람에게 쓰지 못하므로 높임으로 볼 수 없다는 논리는 무리가 있어 보인다. 높임이라는 것은 손위가 아니어도 상대를 예우하는 경우에는 언제든지 사용될 수 있기 때문에 손아랫사람을 높일 경우에는 쓸 수 있는 것이다.

이와 같이 왕문용·민현식(1993)에서는 '낮춤'의 의미를 부정하고 있는 반면, 대부분의 화계 체계에서는 '낮춤'의 의미를 포함한다. 최현배(1937)이래 대부분의 논의는 '하게체' '해라체' '해체'는 높임의 의미가 없고 상대방을 낮춘다고 생각하여 '낮춤'으로 분류한다. 하지만 최소한 '하게체'에는 상대방을 낮추는 의미가 확실히 없는 것으로 여겨진다. 이것은 하게체가 사용되는 상황들을 보면 알 수 있다. '하게체'는 (5)와 같이 주로 교수가 장성한 제자에게 이야기하는 경우나 장인, 장모가 자식인 사위를 대우하면서 말할 때에 사용된다.6) 또 나이든 친구 사이에서 반말을 해도 되지만 사회적 지위나 신분 등을 고려해서 친구를 예우할 때 사용되고 있다. 따라서 '하게체'에서 낮춤의 의미를 찾기는 어렵다고 볼 수 있다.

> (5) 가. 교수: 김 군, 이리 좀 와 보게. 자네 논문은 언제 쓸 <u>건가</u>?
> 제자: 네. 교수님. 지금 구상 중입니다.
>
> 나. 장인: 이서방 요즘 사업은 잘 <u>되나</u>?
> 사위: 사업이요? 그럭저럭 꾸려가고 있습니다.

 이제 지금까지 낮춤으로 분류되어 왔던 '해체'와 '해라체'의 문제를 좀 더 자세히 살펴보기로 한다. 우선 기존 논의에서 '낮춤' 혹은 '안 높임'으로 해석이 갈렸던 '해라체'는 이정복(1998)에서와 같이 청자에 대한 높임의 절대값이 '0'인 기본 등급으로 다룰 수 있을 것이다. '해체'는 높임값이 '0'인 '해라체'와는 다소 느낌이 다르지만 여기서도 높임의 태도를 읽기는 어렵다. 따라서 이 역시 '안 높임'으로 분류해야 마땅하다고 생각한다. 국어 화계에서 굳이 '낮춤'의 의미를 찾고자 한다면, 기타 형식으로 실현되는 상대 높임에서 상대방을 비하하는 '욕' 정도를 그 예로 들 수 있을 것이다.
 따라서 높임의 순위는 '해라, 해< 하게 < 하오 < 해요 < 하십시오'로 파악되며, 높임과 안 높임으로 분류할 수 있을 것이다. 이러한 본고의 입장을 정리해 보이면 다음 [표8]과 같다.

---

6) 이 경우도 여성이나 젊은 층 교수일수록 그 사용빈도가 낮을 것이라는 예상을 할 수 있다.

[표 8] 종결어미로 실현되는 상대 높임의 체계[7)]

화계	높임값	높임의 정도
하십시오	4+α	높 임
해요	3+α	
하오	2+α	
하게	1+α	
해	0	안높임
해라	0	

(α는 절대값이 1보다 작은 일정하지 않은 값을 나타냄)

2.1.2. 기타 형식으로 실현되는 상대 높임

상대 높임은 주로 종결형으로 나타나지만 이외에 다른 형식들에 의해서도 표현될 수 있다. 성기철(1990)에서는 상대 높임이 청자에 대한 호칭이나 문의 기능을 가진 구, 즉 비종결형을 통해서도 실현된다고 하였다. 청자에 대한 호칭은 2인칭 대명사와 기타 청자 지칭의 명사에 의해 이루어지는데, 2인칭 대명사는 청자에 대한 대우의 화계에 따라 4 가지로 구분하여 다음과 같이 분류하였다.

(6) 아주 높임: 어른, 어르신, 선생님
    예사 높임: 당신, 댁, 형
    예사 낮춤: 자네
    아주 낮춤: 너

---

7) 앞으로는 이 체계도 변화가 있을 것으로 생각된다. '하오체'는 현대 사회에서 거의 사용되지 않으므로 체계에서 제외될 수도 있을 것이다. 하지만 '하게체'는 사용 빈도는 높지 않으나, 학문으로서의 체계에서 이를 제외시키기는 아직은 어려울 것 같다.

여기서는 이러한 인칭 대명사와는 달리 직접 청자를 지칭하는 명사인 '아버지', '어머니', '사장(님)', '과장(님)' 등도 제시하고 있다.

또 비종결형으로 표현되는 청자 대우는 다음과 같은 대화의 예로 제시하였다.

> (7) 가: 문현이는 점심을 어디서 먹었지?
> 나: 학교 식당에서.
> 다: 학교 식당에서요.

(7)에서 (7나)와 (7다)는 성분이 생략되었지만 '문'의 기능을 담당하는 '구'인데, 여기에서도 존대와 하대의 구분을 볼 수 있다는 것이다. 성기철(1990)에서는 (7가)에 대한 대답은 완전한 문의 형태를 갖추지 않는 한, 화계와 관련하여 (7나)와 (7다)의 두 가지만 가능하다고 하였다.

또 이정복(1998)에서는, 상대경어법에서 청자를 직접 부를 때 사용하는 말과 청자를 가리킬 때 사용하는 말이 함께 쓰이기도 하는데 이런 부름말 및 가리킴말과 상대 경어법 어미는 서로 잘 어울려 쓰이는 '호응' 현상이 있다고 하였다. 그러나 이때의 호응이란 절대적인 것은 아니다. 왜냐하면 하나의 부름말이 둘 이상의 등급에 걸쳐 쓰일 수도 있기 때문이다.

> (8) 가. 너<^{2}자네, *당신, *거기, *댁>가 알아서 해라. (이필영 1997)
> 나. 자네<*너, *당신, $^?$거기, *댁>가 알아서 하게. (이필영 1997)
> 다. 당신<*너, *자네, 거기, 댁>이 알아서 해요.(하세요) (이필영 1997)

(8)에서는 종결어미와 2인칭 대명사들이 어느 정도 호응 관계에 있음을 보여준다. 또 부르는 말에 따라 청자를 높이는 정도에서 세밀한 차이를 보이기도 한다. 즉 같은 등급의 상대 높임 어미가 사용되더라도 아래에서 볼 수 있듯이 부름말에 따라 상대에 대한 높임의 정도가 달라질 수 있는 것이다.

> (9) 가. <u>영호야</u>, 어디 아퍼? (이익섭 1993)
>   나. <u>영호</u>, 어디 아퍼? (이익섭 1993)
>   다. <u>박 군</u>, 어디 아퍼? (이익섭 1993)
>
> (10) 김영수 군/ 김 군/ 영수 군, 말해 보게. (유동석 1990)

(9)의 문장은 모두 '해체'의 의문법 종결 어미로 끝나므로 이런 면에서 상대에 대한 높임의 정도는 같다고 볼 수도 있다. 그러나 부름말과 관련지어 생각할 때, '영호야' 또는 '영호', '박 군'으로 부를 때 청자에 대한 대우의 정도가 다르게 인식된다는 것이다. 또 종결어미가 '하게체'인 (10)에서도 부름말에 따라 높임의 정도가 다르게 느껴진다. 이익섭 외(1997)에서는 상대 높임법의 종결어미와 함께 쓰일 수 있는 부름말의 서열이 (11)과 같다고 하였다.

> (11) 과장님> 김 과장님>김민호 씨>민호 씨>민호 형> 김과장> 김
>   씨> 김 형> 김 군> 김민호 군> 민호 군> 김민호> 민호> 민호야

  따라서 우리말의 상대 경어법은 부름말에 따라 청자에 대한 높임의 정도를 세부적으로 조절할 수 있는 것이다.
  이 외에도 국어에는 특정한 명사, 동사, 조사 등도 높임의 기능을

가질 수 있으며 이들의 사용으로 청자에 대한 높임의 정도를 조절할 수 있다. 다음 (12)의 예는 같은 문장에서 1차적으로 종결어미에 의해 문법적 높임이 이루어지고, 2차인 방법으로 해당 인물에 대한 높임의 정도가 조절되는 예이다.

> (12) 가. 할머님은 이쪽으로 오세요. (이익섭 외 1997)
>   나. 할머님께서는 이쪽으로 오세요.(이익섭 외 1997)

(12)의 두 문장은 똑같이 '해요체'를 사용하고 있으나 주격 조사 '께서'가 사용된 (12나)가 주체이자 청자인 인물을 더 높여 대우하고 있다.

또 주체 높임 기능을 담당하는 선어말 어미 '-시-'가 청자를 높이기 위해 쓰이는 일이 있다. 청자와 문장의 주체가 일치할 때 나타나는데 이것도 청자에 대한 높임의 정도를 조절하는 수단이 된다. 아래 (13)의 두 문장에서 '-시-'가 사용되었을 때에는 그렇지 않을 때보다 청자를 더 높이 대우하는 효과가 나타난다. 이는 주체와 청자가 겹치는 문장에서 '-시-'가 상대 높임법의 기능을 추가적으로 담당하기 때문이다.

> (13) 가. 권선생님께서는 몇 시에 돌아와요? (성기철 1985)
>   나. 권선생님께서는 몇 시에 돌아오세요? (성기철 1985)

이상의 내용을 요약하면 상대 경어법은 일차적으로는 종결어미로 청자의 높임 정도가 결정되지만 명사, 대명사, 조사 및 선어말 어미 '-시-'를 통해 이차적으로 대우 정도를 조절한다고 할 수 있다.

3. 화용 차원의 상대 높임

최현배(1934)이래로 상대 높임 화계에 관한 연구들은 주로 높임법의 규범 측면에서 이루어졌고 체계화되었다. 그러나 높임법은 실제 사용 환경과 분리하기 어려운 범주이므로 이러한 접근법에는 한계가 따른다.

이같은 인식을 가지고 규범 차원 즉 문법의 테두리 안에서 이루어진 상대 높임 화계의 문제를 지적한 논의들이 있다. 이러한 논의들은 높임법을 문법적인 방법론으로만 연구할 경우, 국어의 모습을 온전히 반영하기 어렵다는 인식에서 출발하는 경우가 많다.

먼저 상대경어법 등급 체계가 다양한 언어공동체의 특성을 고려하지 않았다는 점을 지적한 논의들이 있다. 즉 노년, 중년, 청소년층 등 세대에 따라 등급 체계가 달라진다는 점을 지적한 논의들이다. 또 김주관(1989), 이정복(1998, 2001)에서는 군대 등 특수 집단에서도 독특한 성격을 보인다는 것을 실제 연구를 통해 보여주었다. 이 두 연구는 집단의 특성을 고려할 것을 제안하면서 각각 단기사병과 교육 부대 장교들의 언어공동체를 대상으로 하였다. 그리고 방언권에 따라 등급 체계가 달리 설정되어야 함을 주장한 논의로는 이익섭(1974), 최명옥(1980), 이기갑(1982) 등이 있다. 우리 사회 안에는 매우 다양한 집단들이 공존하고 있음을 생각할 때, 이렇게 다양한 언어 집단을 대상으로 하는 연구 성과들이 축적된다면 국어 높임법에 대한 연구는 한층 발전할 수 있을 것이다. 이정복(1998, 2001)은 지금까지의 등급 설정은 어떤 화자 집단에게도 그대로 적용될 수 없는 추상적 체계로서 그것은 종결어미 형식 목록 이상의 의미를 갖기 어렵다고 지적하면서 높임법의 사용 측면을 강조한 바 있다. 즉 높임법을 규범 측면과 사용 측면으로 나누고, 완전한 높임법 체계를 구축하기 위해서는 그동안 연구가 미진했던 사용 측면에서 깊이 있는 연구가 진행되어야 함을 주장하였다.

이 장에서는 이러한 문제들을 염두에 두고, 상대 높임의 등급 명칭 문제에서 출발하여 사용 측면을 고려하여 실제적인 상대 높임의 화계를 새롭게 설정해 보고자 한다.

3.1. 상대 높임의 등급을 나타내는 명명법

상대 높임의 등급을 나타내는 명명법은 크게 세 가지로 나눌 수 있다. 우선 어휘적인 명명법으로 '높임', '예우', '상칭', '수상 존대' 등 화자의 청자에 대한 관계나 태도를 나타내는 어휘적인 요소를 이용하여 명명하는 방법이다. 두 번째는 '-ㅂ니다'와 같은 문종결 형식, 즉 평서법의 종결형을 이용하는 명명법이다. 마지막은 가장 많이 사용되는 것으로 '하다' 동사의 명령형에 '체'를 붙여 '하게체' '하오체' 등으로 쓰는 방법이다. 이 방법은 현재 학교 문법으로까지 이어지고 있다.

임홍빈(1986)에서는 이 중 마지막 방법이 가장 심각한 결함을 지닌 명명법이라는 점을 지적한 바 있다. 즉 명령형은 분포가 극히 제약되기 때문에 어떤 등급을 명령형으로 대표한다는 것은 대표형을 결정하는 일반적인 원리에 크게 어긋난다고 보았으며, 교육적 측면에서도 명령법부터 가르치는 것이 결코 바람직하지 않다는 점을 지적하였다.[8]

또 이관규(2007)에서는 화계의 대표적인 어미 형태로 명령형이 사용되어야 할 필연적인 이유가 있는 것은 아니라고 하여, 명령형으로 사용하는 명명법을 임의적인 것으로 보았다.

아래 예문 (14)를 통해 알 수 있듯이 우리말의 명령형은 그 쓰임이 제약되는 것이 사실이다. 따라서 임홍빈(1986)에서 지적한 것처럼 명령형을 대표형으로 설정하는 것은 아무래도 무리인 듯하다.

> (14) 선생님: 지금 선생님이 설명한 내용을 잘 알겠어요?
> 학생: 선생님! 잘 모르겠어요. *칠판에 쓰십시오.

따라서 본고에서는 화계를 설정할 때, 사용 빈도가 높고 교육적 차원까지 고려한 평서법을 대표로 삼아 그 체계를 마련해 보고자 한다.

3.2. 상대 높임의 화계 설정 기준

어떤 현상이든 그 현상의 실체를 정확히 파악하기 위해서는 일정한 원리나 기준이 필요하다. 화용 측면에서 화계를 설정하기 위한 기준은 다음과 같이 설정할 수 있을 것이다.

첫째, 사용 측면에 중점을 두는 만큼 현재 한국어 화자들의 언어 사용 실태를 반영함을 최우선적으로 고려해야 한다. 본고에서는 이를 위해 한국어의 화계를 일반 화계와 특별 화계로 구분한다. '일반 화계'는 청장년층이 현재 일상생활에서 많이 사용하는 화계를 중심으로 체계화하며, '특별 화계'는 몇몇 계층 혹은 특별한 상황에서 사

---

8) 그러나 상대 높임의 화계가 명령형으로 대표된다고 하여 명령형부터 가르쳐야 하는 것은 아니다.

용되는 표현들을 중심으로 체계를 잡기로 한다.

둘째, 사용 측면에서 볼 때 상대 높임은 종결형 이외에 기타 형식으로도 나타난다. 하지만 이러한 불규칙적인 내용을 모두 포함해 체계를 설정하기는 어렵다. 그렇지만 상대 높임에서 청자와 주체가 동일할 경우, 선어말 어미 '-시-'의 존재 유무에 따라 달라지는 높임의 값을 기술하는 것은 가능하고 또 필요하다고 본다. 왜냐하면 상대높임법의 실제 사용에서 청자와 주체가 동일할 경우에 높임법을 사용하는 빈도는 매우 높기 때문이다. 따라서 본고에서는 '-시-'의 삽입에 의한 상대 높임의 차이를 구별하여 종결형의 등급을 설정하기로 한다.

셋째, 화계에 사용되는 용어 또한 사용 빈도와 교육적 효과까지 고려하여 명령형이 아닌 평서형을 대표로 삼아 체계를 설정해 보고자 한다. 실제로 높임법을 사용해야 하는 상대에게 명령을 하는 경우는 많지 않으며, 화자보다 높은 위치의 상대에게 명령을 한다는 것은 원칙적으로 불가능할 수도 있기 때문이다.

3.3. 화용 측면에서의 상대 높임 화계

앞의 [표6]에서 살펴보았듯이 규범 차원에서 체계화된 상대 높임의 화계에 있어 화용 측면에서 문제가 될 수 있는 것은 '-시-'의 삽입과 관련된 내용이다. 이미 언급한 것처럼 청자와 주체가 동일할 경우 선어말 어미 '-시-'의 삽입에 의해 달라지는 높임의 등급을 설정하는 것은 가능할 뿐 아니라 필요한 일이다. 따라서 본고에서는 '-시-'의 삽입과 관련된 상대 높임의 화계에 중점을 두어 검토하고 새로운 화계 체계를 모색해 보고자 한다.

이를 위해 먼저 현대 국어에서 '-시-'와 종결어미가 결합된 모든 예들을 높임의 등급과 상관없이 나열해 보면 아래 (15)와 같다.

(15) 명령법	평서법
1.하십시오체	하십니다/합니다체
2.하시오체	하시오체
3.하오체	하오체
4.하시게체	하시게체
5.하게체	하네체
6.하시라체	하신다체
7.해라체 /하라체	한다체
8.하세(셔=시어)요체	하세요체
9.해요체	해요체
10.하셔(=시어)체	하셔체
11.해체	해체

그리고 위 (15)에 '가다' 동사를 대입하면 [표9]를 얻을 수 있다.

[표 9] '-시-'와 종결어미가 결합된 화계의 실례

	평서형	의문형	명령형	청유형	감탄형
하십시오 체	가십니다	가십니까?	가십시오	가십시다	-
	갑니다	갑니까?			-
하시오체	가시오	가시오?	가시오, 가시구려	갑시다	가시는구려
하오체	가오	가오?	가오, 가구려	가세	가는구려

하시게체	가시게	가시는가?	가시게	가시게	가시는구면
하게체	가네	가는가?, 가나?	가게	가세	가는구먼
*하셔라체	가신다	가시냐?, 가시니?	*가셔라	*가시자	가시는구나
해라체	간다	가냐?, 가니?	가라	가자	가는구나
하세(셔=시어)요체	가세요	가세요?	가세요	가세요	가세요
해요체	가요	가요?	가요	가요	가요
하셔(=시어)체	가셔	가셔?	가셔	가셔	가셔
해체	가	가?	가	가	가

그런데 어떤 체계의 설정은 단순하면서도 포괄적이고 일관성을 유지할 때 더욱 설득력을 지니게 된다. 설명이 아무리 사실에 가깝더라도 그 설명이 오히려 현상 자체보다 장황하거나 복잡하다면 규칙으로서의 가치는 그만큼 떨어질 수 있다. 이런 뜻에서 위 [표9]를 살펴보면 이러한 설정은 그다지 바람직하지 못한 것으로 여겨진다9). 또한 위의 순서가 상대 높임의 등급 순이라고 보기도 어렵다. 예를 들면 '합니다'와 '하세요'의 경우, '-ㅂ니다'체가 '-아/어요'체보다 높임값이 높은 것이 사실이지만, '-아/어요'체에 높임 선어말어미인 '-시-'가 들어가면 그 높임값은 달라진다. 즉, (16)에서 (16나)가 (16가)

---

9) 이것은 한국어의 현상을 단순화해서 교육해야 하는 한국어 교육의 입장에서도 바람직하지 못한 것으로 판단된다.

228 국어 문법의 탐구 2   국어 높임법 표현의 발달

보다 청자인 과장님을 더 높이는 것으로 느껴진다.

> (16) (부하 직원이 열심히 일하는 과장을 보고)
>   가. 과장님! 과장님은 참 열심히 일합니다.
>   나. 과장님! 과장님은 참 열심히 일하세요.

따라서 위 [표9]는 높임값에 따라 체계를 다시 조정해야 할 필요가
있다. 그리고 사용 측면에 초점을 맞추고자 한다면 규범 측면에서
설정된 하나의 화계는 둘로 분리해야 할 것이다. 왜냐하면 현재 한
국어에서 사용 빈도가 높은 화계와 그렇지 못한 화계는 명확히 구분
되기 때문이다. 따라서 본고에서는 이를 일반화계와 특별화계로 구
분하여 제시하기로 한다.

  [표10]에 제시된 '일반화계'는 한국어 화자들이 일상생활에서 일
반적으로 많이 사용하는 화계 체계이다. 일반화계는 동일한 장면에
서 동일 화자에 의해 여러 가지 화계가 함께 사용되기도 한다. 그런
데 실제 대화 상황에서는 청자가 주체가 되어 대화 현장에 함께 있
을 경우에 높임법은 더 잘 지켜지는 경향이 있다[10]. 즉 주체가 대화
현장에 있는 경우 높임법을 더 많이 사용한다는 것이다. 따라서 주
체와 청자가 같은 지 다른 지에 따라 분리하여 체계를 세우는 것도
실제 사용 측면에서는 의미가 있을 것이다. 이러한 현상을 고려한다
면 다음과 같은 화계를 제안할 수 있다.

---

10) 이정복(1994)에서는 주체 인물이 대화 현장에 있는지 없는지에 따라 화자의
   높임법 사용 양상이 다름을 밝힌 바 있다.

[표 10] 상대 높임의 일반화계

Ⅰ. [주체=청자]

화계	높임값	높임의 정도
하십니다	4+β	
하세요	3+β	
합니다	2+β	높 임
해요	1+β	
해	0+α	
한다	0	안높임

Ⅱ. [주체≠청자]

화계	높임값	높임의 정도
합니다	2+β	
해요	1+β	높 임
해	0+α	
한다	0	안높임

($|α|\leq1$, $|β|<1$)

　　다음에 제시된 [표11]은 일상생활에서 흔히 사용되지 않는 화계를 보여 준다. 따라서 필자는 이 화계를 '특별화계'로 분류하고자 한다. '하시오체'는 옛말투로 보아야 하나, 현재 '미시오' '당기시오' '답하시오' '답을 고르시오' 처럼 주로 다수의 불특정 청자를 대상으로 할 경우에 한해 사용되기도 한다. '하오체'는 현대 한국어에서는 그 사용 실례를 찾기 어려울 정도이므로 옛말투로 보는 것이 좋을 것이다. 또 '하시게체'는 '하게체'와 함께 이해해도 무난할 것인데 이는 청자가 일정한 자격이나 지위가 되었을 때 수의적으로 사용할 수 있는 화계이며 이 또한 옛말투에 가깝다. 마지막으로 '하셔체'는 관계가 모호한 아랫사람에게나 동등한 관계의 상대방을 대우하는 느낌으로 사용하는 듯하다. 그런데 실제 사용 측면에서 살펴보면 '하셔체'는 농담을 할 때나 재미를 더한 말투로 사용되기도 하고, 개인적인 습관으로 사용되기도 하므로 수의적으로 사용되는 특별한 말투로 볼 수 있을 것이다.

    (17) 신동 욕을 하는데 왜 장윤정 씨가 화를 내고...그러셔!!
        (2007. 2.11 재방송 KBS TV "스타 골든벨" 자막 중)

그런데 이들 화계도 앞서 살펴 본 일반화계와 마찬가지로, 높임의 선어말 어미 '-시-'가 삽입되면 상당히 높은 높임값을 부여받을 수 있는 것 같다. 아래 (18)에서 보듯이, '하셔'가 '하오'보다 더 높게 느껴진다. 또 (19가)보다는 (19나)에서 보다 큰 하대의 느낌이 들기 때문에 어른인 '엄마'에게 하는 말로는 부적절하게 느껴진다.

    (18) 가. 모두 퇴근했으니 이 일은 김부장이 좀 하셔.
        나. 모두 퇴근했으니 이 일은 김부장이 좀 하오.

    (19) 가. 모두 자고 있으니 이 일은 엄마가 좀 하셔.
        나. *모두 자고 있으니 이 일은 엄마가 좀 하오.

[표 11] 상대 높임의 특별화계

Ⅰ. [주체=청자]

화계	높임의 절대값	높임의 정도
하시오	$4+\beta$	높임
하셔	$3+\beta$	
하오	$2+\beta$	
하시네	$1+\beta$	
하네	$0+\alpha$	

Ⅱ. [주체≠청자]

화계	높임값	높임의 정도
하오	$2+\beta$	높 임
하시네	$1+\beta$	
하네	$0+\alpha$	

($|\alpha|\leq 1$, $|\beta|<1$)

4. 마무리

상대 높임법은 타 분야에 비해 비교적 많은 연구가 이루어졌고 또 그 성과도 상당 부분 인정된다. 그러나 낮춤을 인정할 것인지 의 여부와 각각의 화계가 갖는 높임값에 대한 판단 등이 학자마다 다르 다. 또한 격식과 비격식의 설정 문제, 격식의 정도 등에 대해서도 일 치를 보지 못하고 있는 실정이다. 또한 이러한 어미의 등급 설정만 으로는 한 사람의 말이나 글에서 한 가지 이상의 등급이 섞여 쓰이는 현상을 설명하기도 어렵다는 한계를 갖고 있다.

  이러한 문제가 남게 되는 이유는 국어 높임법이 문법적인 접근만
으로는 풀 수 없는 범주이기 때문일 것이다. 높임법은 본질적으로
화용론적인 고려 없이는 해결할 수 없는 현상이다. 따라서 이 범주
를 총체적으로 보다 충실히 이해하기 위해서는 상대 높임법의 화용
적인 측면에 대한 정밀한 연구가 활발히 진행되어야 할 것이다. 본
고에서는 이러한 인식을 바탕으로, 상대 높임 화계를 재검토해 보았
다. 즉 규범 차원에서 체계화된 상대 높임의 화계가 실제 사용 측면
에서는 재고의 여지가 있다는 것을 확인하였고, 주체 존대 '-시-'에
따른 높임값 변화를 관찰하여 새로운 화계 체계를 마련해 보았다.

  또한 현재 한국어에서는 사용 빈도가 높은 화계와 그렇지 못한
화계가 명확히 구분된다. 그렇기 때문에 현재 많이 사용되고 있는
'일반화계'와 일상생활에서 많이 사용되지는 않으나 여전히 남아 있
는 '특별화계'로 나누되, 그 각각을 청자와 주체의 동일성 여부에 따
라 분류하여 체계를 마련하였다[11].

---

11) 이렇게 이원화하는 분류는 교육 차원에서도 의미가 있다고 생각한다.

▌참고문헌▌

강창석. 1987. "국어 경어법의 본질적 의미."「울산어문논집」(울산대학교) 3.

고영근・남기심. 1993.「표준국어문법론(개정판)」서울: 탑출판사.

김광해 외. 1999.「국어지식탐구」서울: 박이정.

김종택. 1981. "국어 대우법 체계를 재론함-청자 대우를 중심으로."「한글」
　　　　(한글학회) 172.

김종훈. 1984.「국어 경어법 연구」서울: 집문당.

김주관. 1989. "존대말 사용의 이상적 규범과 실제적 변이상-단기 사병의
　　　　언어공동체를 중심으로." 서울대 석사학위논문.

김태엽. 2007.「한국어대우법」서울: 도서출판 역락.

김혜숙. 1991.「현대국어의 사회언어학적 연구」서울: 태학사.

민현식・왕문용. 1993.「국어 문법론의 이해」서울: 개문사.

박양규. 1993. "존대와 겸양."「국어사 자료와 국어학의 연구」서울: 문학
　　　　과 지성사.

박영순. 1998.「한국어 문법 교육론」서울: 박이정.

서덕현. 1996.「경어법과 국어교육 연구」서울: 국학자료원.

서정수. 1984.「존대법의 연구」서울: 한신문화사.

성기철. 1985.「현대 국어 대우법 연구」서울: 개문사.

성기철. 1990. 공손법.「국어 연구 어디까지 왔나」서울: 동아출판사.

성기철. 2007.「한국어 대우법과 한국어 교육」서울: 글누림.

유동석(1996). "보조 용언 구문의 높임법."「이기문교수 정년퇴임기념논총」.
　　　　신구문화사

유동석. 1990. "국어 상대 높임법과 호격어의 상관성에 대하여."「주시경
　　　　학보」(주시경학회) 6.

유송영. 1994. "국어 청자 대우법에서의 힘과 유대."「국어학」(국어학회) 24.

이관규. 2005.「국어 교육을 위한 국어 문법론」. 서울: 집문당.

이윤하. 2001.「현대 국어의 대우법 연구」서울: 역락.

이익섭・임홍빈(1983), 국어문법론, 서울: 학연사.

이익섭. 1974. "국어경어법의 체계화 문제."「국어학」(국어학회) 2.

이익섭. 1993. "국어 경어법 등급의 재분 체계." 「해양 문학과 국어국문학」 대구: 형설출판사.

이익섭. 1994. 「사회언어학」 서울: 민음사.

이정복. 1994. "제3자 경어법 사용에 나타난 참여자 효과 연구." 「국어학」 (국어학회) 24.

이정복. 1998. "상대경어법." 「문법연구와 자료」 서울: 태학사.

이정복. 2001. 「국어 경어법 사용의 전략적 특성」 서울: 태학사.

이주행. 2000. 「한국어 문법의 이해」 서울: 월인.

임홍빈. 1986. "청자 대우 등급의 명명법에 대하여." 「국어학 신연구」 서울: 탑출판사.

임홍빈. 1990. "존경법." 「국어연구 어디까지 왔나」 서울: 동아출판사.

최재웅. 1995. "한국어 '일치 현상'의 문제점; '-(으)시-'를 중심으로." 「인문논집」(고려대)40.

최현배. 1937-1983. 「우리말본(세번째 고침판)」 서울: 정음문화사.

한 길. 1991. 「국어종결어미 연구」 춘천: 강원대학교출판부.

06 [습+시] 통합 순서의 변화 양상에 대한 고찰

- 19세기부터 20세기 초기 자료를 대상으로 -

:: 하 영 우

1. 머리말

1.1. 연구 목적

존대법 요소의 하나인 {-습-}은 존대 대상 설정의 문제나 중세 이후 기능 변화 등으로 인해 그동안 많은 주목을 받아왔다. {-습-}에 대한 초기 연구는 주로 중세 국어 시기 {-습-}의 존대 대상에 대한 논의가 활발하게 이루어졌고, 이후 {-습-}의 기능 변화나 [습+시]의 통합 순서 변화 등에 대한 연구가 진행되었다. 이 중 [습+시] 통합 순서에 관한 논의는 '[습+시] > [시+습]'의 통합 순서 변화에 주목하여 주로 그 원인을 밝히는 데 집중되었다. 이후 [습+시]의 통합 순서 변화에 대한 통시적 논의가 이루어지기는 했으나 중세 이후부터 후기 근대국어까지의 시기만을 대상으로 연구되었으며, 현대 국어와 직결되는 19세기 이후 20세기 초기를 대상으로는 논의가 이루어지

지 않았다. 이에 본고에서는 19세기 이후 20세기 초기 자료를 대상
으로 하여 이 시기 '[습+시]>[시+습]' 통합 순서의 변화 양상이 어떻
게 진행되었는지 당시 문헌에서 나타나는 [습+시]와 [시+습]의 빈도
를 기반으로 살펴보고 그 특징에 대해 논의하고자 한다.

1.2. 연구 자료 및 일러두기

19세기와 20세기 초기에 나타난 [습+시]와 [시+습] 구성의 문례와
사용 빈도를 알아보기 위해 세종계획에서 마련한 역사 문헌 말뭉치
자료를 사용하였다. 자료의 목록과 어절수는 [표 1]과 같다. 본고에
서 사용한 19세기와 20세기 초기 자료는 소설류, 성경류, 자전류 등
으로 구성되어 있었으며, 이 중 소설류가 가장 높은 비율을 차지하
고 있었다.

[표 1] 19세기 - 20세기 초기 말뭉치 자료의 유형과 어절 수

출처	시기	자료 유형	음절/어절 수
세종 계획 역사 문헌 말뭉치	19세기	▥ 고소설 93편 136권 ▥ 자전, 성경류 등 49편 61권	8,587,967 음절 3,136,251 어절
	20세기 초기	▥ 신소설 43편 44권 ▥ 근대소설 70편 70권 ▥ 성경류, 자전 등 10편	4,541,475 음절 1,235,668 어절

말뭉치 검색 도구는 Synkdp(ver. 1.5.2)를 사용하였으며, [습+시]와
[시+습] 구성이 나타난 문례를 문헌의 종류와 어미 유형별로 나누어
빈도를 측정하였다.

'-습-'의 표기는 음운론에서 사용하는 집합 기호인 { }를 사용하여

{-습-}으로 표기하였으며, 이형태는 / /을 사용하였다. 통합 순서의
표기는 [ ]를 이용하여 [습+시] 혹은 [시+습]으로 표기하였다. [습+
시]와 [시+습] 구성의 통합 순서 변화를 나타낼 때는 'A > B(A에서
B로 변화)'의 표기 방식을 이용하여 '[습+시] > [시+습]'으로 표기하
였다. 추출한 자료를 문례로 사용할 때 자료의 명칭은 약호를 사용
하지 않고 원래 명칭을 그대로 표기하였다. 빈도는 'ㅇ회'로 표현하
였으며, 백분율은 올림을 하지 않은 채로 소수점 첫째 자리까지 표
기하였다.

1.3. 선행 연구

{-습-}과 {-시-}의 통합 순서에 관한 선행 연구는 크게 통합 순서
변화의 원인, 통합 순서를 결정하는 지배 원리 그리고 통합 순서의
정립에 관한 연구로 나누어 살펴 볼 수 있다.[1]

먼저 {-습-}과 {-시-}의 통합 순서 변화 요인에 대해서는 유동석
(1991), 최동주(1995) 등에서 논의되었는데, 이들 모두 통합 순서 변화
원인을 {-습-}의 기능이 객체 존대에서 청자 존대로 변화했기 때문이
라고 보았다. 본고에서도 이러한 선행 연구의 논의를 받아들여 '[습+
시] > [시+습]'의 변화 원인을 {-습-}의 기능 변화로 전제할 것이다.

다음으로 선어말어미 통합 순서를 지배하는 원리에 대한 논의는
일찍이 최현배(1983)에서 언급된 바 있는데, 고영근(1967, 1989)에서
는 최현배(1983)에서 배열순서와 분포를 유기적으로 관련짓지 못함

---

1) 통합 순서의 정립에 관한 논의는 주로 중세국어에 치우쳐 있고 본고에서 살펴
보고자 하는 근대국어 이후를 대상으로 한 논의는 거의 없기 때문에 여기서는
언급하지 않겠다.

을 지적하면서 선어말어미 통합 순서는 제약관계에 따라 정해진다
고 하였다. 즉 제약이 덜할수록 어간에 인접하고 제약이 심할수록
어간에서 멀어진다는 것이다. 그러나 이 견해 역시 선어말어미들의
분포가 왜 서로 다른지에 대해서는 논의하지 않았다는 점에서 여전
히 문제를 남기고 있다. 분포의 광협(廣狹)은 배열 순서에 따른 결과
일 수도 있기 때문이다(최동주 1995b).

안명철(1988)에서는 배열 순서의 지배 원리가 의미 구조와 밀접한
관계가 있다고 하면서 Ross(1969)의 의미 구조를 문법 범주로 바꾸면
'[명제]X-[시제, 서법]Y-[문체법]Z'로 표현될 수 있다고 하였다. 이는
국어가 SOV형인 것과 관련되며 이러한 원리가 선어말어미에도 그대
로 적용되어 하위적인 요소일수록 앞에 놓이게 된다고 하였다.

이승욱(1973)에서는 선어말어미들의 '문법적 소성(素性)'에 따라
배열의 순서가 정해진다고 하였다. 여기서 소성(素性)은 선어말어미
의 기능을 나타내는 것인데 이것에 따라 배열 순서가 정해진다고 본
것이다. 이에 '어기로부터 멀어진 배열일수록 문법화의 경향이 뚜렷
해지며, 역으로 어기에 접근할수록 어휘 항목에의 관여도가 크다'고
하였다. 이는 동사의 의미에 관여도가 높은 것일수록 가까이 위치한
다는 Bybee(1985)에서의 '관련성 이론(relevance theory)'과 맥을 같이
한다. 이러한 기준으로 {-습-}에 대해서는 존대법 선어말어미 {-시-},
{-습-}, {-이-}가 통사적으로 관계하는 구조적인 영역과 밀접한 연관
성이 있다고 보았다. 즉 통사적인 구조가 선어말어미의 배열순서에
반영되어 있다는 것이다.

서태룡(1988)은 이승욱(1973)의 선어말어미의 통합 원리에 관한
논의에 기반하고 있는데, 선어말어미의 서열을 결정하는 기준을 기

능과 관련하여 아래의 (1)에서처럼 두 가지로 제시하고 있다.

(1) ㄱ. 주체와 객체의 관계처럼 문장 구성 요소의 통사론적인 관계 의미를 나타내는 선어말어미의 서열이 앞이고, 화자와 청자의 관계처럼 담화 구성 요소의 화용론적인 관계 의미를 나타내는 선어말어미의 서열이 뒤이다.

ㄴ. 동일하게 화자와 청자의 관계를 나타내는 경우, 화자에 관련된 의미를 나타내는 선어말어미의 서열이 앞이고, 청자에 관련된 의미를 나타내는 선어말어미의 서열이 뒤이다. (서태룡, 1998)

(1)에 의하면 선어말어미의 통합 순서는 '①통사론적 요소 → ②화용론적 요소(ⓐ화자 → ⓑ청자)'의 순서를 보인다고 할 수 있다. 하지만 서태룡(1988)에서는 선어말어미 통합 순서에 있어서 선후 관계의 결정이 어떻게 이루어지느냐에 대한 것은 다루지 않았다.

이러한 논의의 부재에 대한 설명은 최동주(1995a)에서 제시되었다. 최동주(1995a)에서는 "접사 및 선어말어미, 어말어미의 배열 순서는 핵으로부터의 관념적 거리를 그대로 반영하고 있다"고 하면서 명제의 구조와 명제가 쓰이는 상황을 다음과 같이 제시하고 있다.

(2) ㄱ. (((((술어)동사구)명제)화자)발화상황)
ㄴ. 잡 - 히 - (습) - 시 - 었 - 겠 - 습 - 니 - 이 - 까
ㄷ. 어간-파생접사-(객체존대)-존경-시제-추정-겸양-시점-공손-의문
ㄹ.   [통사론적 요소   ] { 화자 } {청자}
                    [화용론적 요소]

(2)의 구성을 보면 통합 순서를 '[동사] + ①동사구 내 요소 → ② 명제 내 요소 → ③명제와 관련된 시제 → ④ 화자와 관련된 추정, 겸양, 시점 → ⑤청자와 관련된 요소'로 보고 있다. 이것은 앞서 서태룡(1987)과 비교했을 때 통사론적 요소 내의 선후 관계에 대한 원리를 보다 명확히 설명해주고 있다.

이와 같은 최동주(1995a)의 논의는 이효상(1993)과 비슷한 점이 많다. 이효상(1993)에서는 선어말어미 통합 순서 원리를 Bybee(1985)의 관련성 이론을 소개하면서 언어의 구조적 거리와 관념적 거리의 도상성으로 설명하고 있다. 이는 최동주(1995a)에서 말한 '핵으로부터의 관념적 거리의 반영'과 큰 차이가 없음을 알 수 있다.

하지만 지금까지 살펴본 선행 연구들은 일부를 제외하고 대부분 현대국어의 선어말어미만을 대상으로 하였다. 따라서 선어말어미의 통합 순서가 다른 중세국어에 적용시켰을 때는 모순이 발생한다. 이러한 문제점을 지적하고 선어말어미 통합 순서의 통시적 변화에 대해 연구한 것이 박부자(2006)이다. 박부자(2006)에서는 통합 순서가 복합적으로 나타나는 쌍들을 대상으로 변화하는 유형을 살펴보았다. 연구 대상으로 한 선어말어미 통합 순서의 변화 쌍은 {-습-}의 통합 순서 변화를 보이는 [습+시]와 [시+습], [습+엇]과 [엇+습], {-더-}의 통합 순서의 변화를 보이는 [더+시]와 [시+더], 선어말어미 {-거-} 통합 순서의 변화를 보이는 [거+시]와 [시+거], [거+리]와 [리+거]였다. 이러한 선어말어미를 대상으로 근대국어 이후 19세기까지의 변화 양상에 대해 논의하였는데 기존의 현대국어에 치우진 선어말어미의 통합 순서를 통시적인 관점에서 연구했다는 점에서 의의를 가질 수 있을 것이다. 하지만 논의된 대상이 한정적이었다 할지라도 통시적인 변화 양상에 대해 방대한 범위를 살폈기 때문에 문헌에서 나타나는 실제 사용 빈도를 통한 논의는 이루어지지 못했다. 특히나 현대 국어와 직결되는 19세기 이후 20세기 초기는 연구 대상 시기에서 제외되어 있다.

이에 본고에서는 19세기 이후 20세기 초기 문헌을 대상으로 하여 [습+시]의 통합 순서 변화 양상에 대해 사용 빈도를 기반으로 살펴보고자 한다.

2. 19세기 이후 20세기 초기 [습+시]와 [시+습]의 변화 양상

2.1. 19세기 [습+시]와 [시+습]

2.1.1. 19세기 [습+시]와 [시+습]의 어미 유형과 문헌에 따른 빈도

19세기 자료에서 나타난 [습+시] 구성과 [시+습] 구성의 어미 유형에 따른 빈도와 문헌의 유형에 따른 빈도는 다음과 같다.[2]

먼저 19세기 자료에 나타난 어미 유형에 따른 [습+시] 구성과 [시+

---

2) 문헌의 유형에 따라 [습+시] 구성과 [시+습] 구성의 빈도를 살펴본 것은 문헌 유형별로 나타나는 특징을 보기 위해서이기도 하지만 존대법 요소가 문헌의 성격이나 배경 등에 따라 출현 빈도가 매우 크게 차이나기 때문이다. 따라서 일단 문헌 유형별로 나타나는 특징을 살펴본 뒤 빈도에 따른 [습+시] 구성과 [시+습] 구성의 비교에 적합하지 않은 문헌이 있을 경우 해당 문헌은 이후 세기별 비교에서 제외할 것이다.

습] 구성의 빈도는 [표 2]와 같다.

[표 2] 19세기 [습+시]와 [시+습] 구성의 어미 유형별 빈도

구성 빈도 어미 유형	[습+시]		[시+습]	
	결합 유형3)	출현 빈도	결합 유형	출현 빈도
종결어미	8	113	3	66
연결어미	27	1120	7	127
전성어미	4	632	4	21
합 계	39	1,865	14	214

　19세기 문헌에 나타난 [습+시]와 [시+습] 구성은 위의 [표 2]에 제시된 것처럼 [습+시] 구성이 [시+습] 구성에 비해 결합 유형이나 출현 빈도에서 훨씬 많이 나타났다. 이는 '[습+시] > [시+습]'의 변화가 19세기 이전부터 나타나기는 하였지만 실질적인 쓰임에 있어서는 19세기까지도 {-습-}과 {-시-}의 결합 순서 변화가 적극적으로 나타나지는 않았음을 말해준다.4)

　각 어미 유형별로 살펴보면, 먼저 종결어미에서는 [습+시] 구성이 '-라, -잇가, -오' 등 7개 유형이 나타나는 것에 반해 [시+습] 구성에

---

3) 결합 유형은 선어말어미 뒤에 결합한 어미의 종류를 말한다. 예를 들어 연결어미에서 '-니, -고, -며'의 3개 어미가 나타날 경우 연결어미의 결합 유형은 3개이다.

4) 여기에서 말하는 실질적인 쓰임이라는 것은 문헌에서 사용되는 [습+시] 구성과 [시+습] 구성의 쓰임을 말한다. 실제 구어에서는 이러한 쓰임이 어떠한 양상을 보이는지 알 수는 없지만 일반적으로 문어가 언어 변화를 덜 적극적으로 반영한다는 점에서 당시 구어에서는 '[습+시]>[시+습]' 변화가 더 적극적이었을 것으로 예상된다.

서는 '-쇼셔, -다, -잇가'의 3개 유형만 나타났다. 종결어미에서 특징적인 것은 [시+습] 구성에 쓰인 종결어미 '-쇼셔'이다. 뒤에서 제시하겠지만 19세기 [습+시]와 [시+습] 구성의 연결어미 유형에서는 [시+습] 구성에 나타난 유형은 모두 [습+시] 구성에도 나타났다. 그런데 유일하게 종결어미에서만 '-쇼셔'가 [시+습] 구성에서 단독으로 쓰였다. 또한 '-쇼셔'는 [시+습] 구성의 종결어미 전체 출현 빈도 66회 중 44회(66%)로 가장 많이 나타나는 유형이었다.

연결어미에서는 [습+시] 구성이 '-거나, -거늘, -고, -니, -며, -면' 등 총 27개 유형이 나타나는 데 반해 [시+습] 구성에서는 '-고, -나, -니-, -면' 등 7개 유형만이 나타났다. 앞서 언급했던 것처럼 [시+습] 구성에서는 [습+시] 구성에서 나타나는 연결어미 유형 외에 다른 유형의 연결 어미가 나타나지는 않았다.

전성어미에서는 관형사형 전성어미와 명사형 전성어미가 [습+시]와 [시+습] 구성에서 모두 나타났다. [습+시] 구성의 전성어미 중 관형사형 전성어미에서는 '-은'(53회)이 '-을'(14회)보다 많이 나타났다. 명사형 전성어미에서는 '-음'(43회)이 '-기'(9회)보다 많이 나타났다. [시+습] 구성에서는 관형사형 전성어미의 경우 역시 '-은'(5회)이 '-을'(2회)보다 많이 나타났고, 명사형 전성어미의 경우는 '-기'(6회)와 '-음'(5회)이 거의 비슷하게 나타났다.

다음으로 문헌 유형에 따른 [습+시] 구성과 [시+습] 구성의 빈도는 [표 3]과 같다.

[표 3] 19세기 [습+시]와 [시+습] 구성의 문헌별 출현 빈도

문헌5) / 통합 순서	고소설	번역소설	성경류	경전류	윤음	어학류	수필류	언간류	가곡류	통합 순서 유형별 빈도
[습+시]	447	4	12	10	7	4	1,052	310	19	1,865
[시+습]	167	4	2	0	0	5	15	21	0	214
문헌별 빈도	614	8	14	10	7	9	1,067	331	19	2,079

19세기 문헌별 [습+시]와 [시+습] 구성에서는 번역 소설과 어학류를 제외하고는 모두 [습+시] 구성이 많이 나타났다. 문헌별 빈도는 수필류(한듕만록), 고소설, 언간류의 순서를 보였다.

먼저 수필류에서는 '한듕만록'만이 단독으로 나타났는데, 단일 문헌임에도 불구하고 출현 빈도가 1,052회(47.5%)로 가장 높은 비율을 보였다. 이러한 원인은 '한듕만록'의 저술 시기와 저자, 그리고 문헌의 성격과 작품 배경의 특이성에 있는 것으로 보인다. 먼저 '한듕만록'이 저술되었던 시기6)는 18세기 말에서 19세기 초기였으며, 저자는 당시 60세에서 70세 사이의 왕족인 혜경궁 홍씨이었다. 이러한 점을 감안하면 이 문헌이 19세기 언어 자료라기보다는 18세기 말

---

5) 고소설과 번역 소설은 같은 소설류이지만 문헌의 특징상 서로 분류하였다. 성경류는 성경 경전을 비롯한 성경 관련 서적을 말하며, 경전류는 도교 경전 등과 관련된 부류이다. 어학류는 어학서, 교과서, 자전 등을 포함하는 부류이다. 언간류는 범주적으로는 수필에 들어가지만 수필에서 유일하게 [습+시], [시+습] 구성이 나타난 '한듕만록'의 문헌 특성상 언간류와 부류를 나누었다.

6) 본고에서 사용한 자료인 '한듕만록'은 1795년에 간행된 1편을 제외하고는 2, 3, 4편 모두 연대상으로 19세기 초기 자료에 해당한다. 하지만 본문에서 열거한 '한듕만록'의 문헌적 특성으로 인해 20세기 초기 문헌과 비교할 때에는 이를 제외하기로 한다.

자료의 특징을 가지고 있음을 예상해볼 수 있다. 두 번째로 문헌의 배경이 궁중이며 주로 왕이나 왕족, 신하 같은 계층관계가 뚜렷한 등장인물로 인해 존대법이 많이 쓰인 것으로 보인다. 이러한 특성은 [습+시]와 [시+습] 구성의 빈도에서도 잘 나타나는데, 이들이 폐쇄적인 언어 집단인 만큼 변화형인 [시+습] 구성보다는 기존 통합 순서인 [습+시] 구성이 결합 유형과 출현 빈도에서 극단적으로 더 많이 나타난다.

고소설에서는 [습+시]와 [시+습] 구성이 모두 고빈도로 나타났다. 특히 변화 지향형인 [시+습] 구성의 경우 전체 출현 빈도 중 78.0%(167회)로 문헌별 [시+습] 출현 빈도 중 가장 높은 비율을 보였다. 고소설에서 나타난 [시+습] 구성은 출현 빈도뿐만 아니라 결합 유형에서도 종결어미 3개, 연결어미 7개, 전성어미 4개로 [습+시]와 [시+습] 구성이 고빈도로 나타난 문헌인 수필류(종결어미 2개, 연결어미 4개, 전성어미 0개)나 언간류(종결어미 1개, 연결어미 3개, 전성어미 1개)에 비해 다양하게 나타났다. 고소설이 이 시기 다른 문헌에 비해 비교적 실제 언어생활을 잘 대변해 주는 자료라는 점을 생각해볼 때 '[습+시] > [시+습]' 변화가 19세기 당시 점차적으로 진행되고 있었음을 보여주는 대표적인 자료라고 할 수 있다.

언간류는 '증보언간독'과 '징보언간독'의 두 자료에서 나타난 것인데 간접적 대화 상황이라는 점과 형제나 부모 관계와 같은 상하관계의 배경으로 인해 존대법 요소가 많이 나타난 것으로 보인다. 하지만 문헌별 출현 빈도가 [습+시] 구성에서는 세 번째(310회, 16.6%), [시+습] 구성에서는 두 번째(21회, 9.8%)로 많이 나타남에도 불구하고 결합 유형은 매우 낮은 빈도로 나타났다. 먼저 [습+시] 구성에서는 결합 유형이 종결어미 2개, 연결어미 9개, 전성어미 4개였는데, 이는 출현 빈도가 비슷한 고소설의 결합 유형이 종결어미 6개, 연결어미 17개, 전성어미 4개로 나타난 것과 비교하면 상대적으로 낮은 수치이다. [시+습] 구성에서는 결합 유형이 종결어미 1개, 연결어미 3개, 전성어미 1개로 나타났는데, [시+습] 구성의 출현 빈도가 15회로 더 낮은 수필류(한듕만록)의 결합 유형이 종결어미 2개, 연결어미 4개, 전성어미 0개인 것과 비교해 보아도 역시 낮은 수치를 보이고 있었다.

이외 경전류, 윤음, 가곡류에서는 [습+시] 구성만이 나타났으며, 성경류와 번역 소설류에는 [습+시]와 [시+습] 구성이 모두 나타났다.

지금까지 살펴본 19세기 문헌에서는 [습+시]와 [시+습] 구성의 출현이 문헌의 종류에 따라 매우 특징적으로 나타나는 것을 살펴볼 수 있었다. 앞서 언급한 수필류의 '한듕만록'은 단일 문헌임에도 문헌 간행 시기와 저자의 특수성, 문헌의 배경과 성격 등으로 인해 [습+시] 구성에서만 높은 출현 빈도를 보였다. 고소설에서는 [습+시] 구성이 더 많이 쓰이기는 했으나 [시+습] 구성도 꽤 많이 나타나는 편이어서 당시의 '[습+시]>[시+습]'의 변화를 어느 정도 잘 보여주었다. 또한 언간류는 출현 빈도는 [습+시]와 [시+습] 구성에서 모두 비교적 높게 나타나지만 결합 유형에서는 상대적으로 낮은 빈도를 보이는 특징을 보였다.

2.1.2. 19세기 [습+시]와 [시+습] 구성의 특징

19세기 [습+시]와 [시+습] 구성의 분포는 기존의 선어말어미 결합 순서인 [습+시] 구성이 출현 빈도나 결합 유형에서 [시+습] 구성에

비해 어미 유형이나 문헌 유형에 구분이 없이 훨씬 더 많이 나타나
고 있음을 확인했다. 그러나 당시 [습+시] 구성이 [시+습] 구성에 비
해 어떤 유형으로든 빈번하게 쓰이고 있음은 사실이나 생산성 있게
사용되었던 것은 아닌 것 같다.

> (3) ㄱ. 이만 알외오며 닉닉 긔후 **안녕ᄒᆞᆸ심** ᄇ라ᄋᆞᆸᄂᆞ이다. <증보언
> 간독, 하:3b>
> ㄴ. 알외올 말ᄉᆞᆷ **하감ᄒᆞᆸ**심 이만 알외오니 닉닉 긔후 만안ᄒᆞᆸ
> 심 ᄇ라ᄋᆞᆸᄂᆞ이다. <증보언간독, 하:7b>
> ㄷ. 말ᄉᆞᆷ은 무산 말ᄉᆞᆷ으로 ᄒᆞ오며 외오셔 **문부ᄒᆞᆸ시고 망극ᄒᆞᆸ
> 신** 십회 오즉 ᄒᆞᆸ시랴. <징보언간독, 20a>

(3)은 언간문의 문례인데 생산성을 가진 표현이라기보다는 특정
형태로 굳어진 관용적 표현으로 보인다. 이는 언간문에서 발견되는
대부분의 [습+시] 구성이 '[하감, 안녕, 만안, 문부, 망극] + -ᄒᆞᆸ시-'
의 형태로 나타나기 때문이다. 이러한 현상은 [습+시] 구성이 언간
류에서 생산성을 갖고 쓰였다기보다는 기존의 표현 체계가 의고적
으로 정착되어 쓰이고 있음을 말해준다.

[습+시] 구성의 생산성에 대한 의문은 언간류에서 나타나는 관용
적 표현 체계에서뿐만 아니라 어미와 이형태의 쓰임에서도 나타난
다. 먼저 19세기 [습+시] 구성에서 종결어미나 전성어미에 비해 출
현 빈도나 결합 유형에서 높은 빈도를 보이는 연결어미의 경우 특정
연결어미가 한정적으로 쓰이는 경향성을 보인다. [습+시] 구성에서
나타나는 연결어미의 결합 유형 27개 중 '-고, -니, -면' 3개는 전체
연결어미 출현 빈도 447회[7] 중 387회(86.5%)로 전체 빈도의 대부분

---

7) 여기서 언급하고 있는 19세기 [습+시] 구성의 연결 어미에 대한 전체 출현 빈

을 차지하고 있다. 물론 '-고, -니, -면' 자체가 고빈도로 쓰이는 연결
어미이기 때문에 일정 부분 이러한 양상을 보일 수도 있다. 따라서
이것이 단순히 고빈도로 쓰이는 연결어미에 의한 것인지 살펴보기
위해 고소설 자료8)만을 대상으로 연결어미 '-면'과 '-며'9)의 총 출현
빈도를 살펴보았다.

[표 4] 고소설 자료에서 나타난 '-면'과 '-며'의 출현 빈도

빈도	연결어미	
	-면	-며
고소설 자료에서의 출현 빈도	10,237	21,368
[습+시] 구성에서의 출현 빈도	58	10
[시+습] 구성에서의 출현 빈도	2	0

[표 4]에서 확인해 볼 수 있듯이 19세기 고소설 자료에서 연결어
미 '-면'과 '-며'의 총 빈도는 '-며'가 '-면'에 비해 약 두 배 정도 더
많이 쓰이고 있었다. 하지만 이러한 차이에도 불구하고 [습+시]와
[시+습] 구성에 연결되어 쓰이는 빈도는 '-면'이 '-며'보다 6배 정도

도는 '한듕만록'의 빈도를 제외한 것이다. 이는 앞에서 언급했듯이 '한듕만록'
이 가지는 특성에 따른 것이다. 이후의 논의에서도 모두 '한듕만록'의 빈도를
제외한 것을 대상으로 할 것이다.

8) 고소설 자료는 19세기 전체 문헌 자료 비율 중 72.1%(2,262,606어절)로 자료의
양적인 면에서 대표성을 가질 수 있다. 또한 고소설류는 [습+시]와 [시+습] 구
성의 출현 빈도 역시 수필류 다음으로 높다. 그런데 실질적으로 수필류는 앞
서 언급했던 문헌의 특성상 19세기 자료로는 대표성을 가질 수 없다는 점을
고려해 볼 때, 고소설은 자료의 크기나 [습+시]와 [시+습] 구성의 빈도 측면에
서 다른 어떤 자료보다 대표성을 가진다고 할 수 있다.

9) 연결어미를 '-면'과 '-며'로 설정한 것은 연구자가 임의로 선택한 것이었다. 이
에 대해서는 연결어미 '-고, -니'에 대해서도 같은 방법으로 비교를 해 보아야겠
지만 본고에서 사용한 자료가 원시 자료인 관계로 모두 비교해 보지는 못했다.

더 많이 쓰이고 있다. 이것은 단지 연결어미 '-고, -니, -면'이 고빈도로 쓰이는 연결어미이기 때문에 [숩+시] 나 [시+숩] 구성에서 많이 나타나는 것은 아님을 말해준다.

[숩+시] 구성에서 나타나는 형태 결합 범위의 한정성은 이형태에서도 나타난다. [숩+시] 구성의 이형태는 '-ㅂ시-, -읍시-, -옵시-, -압시-, -ᄋᆞ시-, -오시-, -ᄉᆞ오시-'로 총 7개 유형이 있는데 이중 '-오시-(430회, 52.8%), -옵시-(208회, 25.5%)'가 전체 출현 빈도 중 78.4%(638회)를 차지하고 있다. 이에 따라 이형태 '-오시-, -옵시-'가 연결어미 '-고, -니, -면'과 결합하여 나타난 출현 빈도[10]는 높을 수밖에 없다.

이러한 점을 종합해보면 19세기 당시 [숩+시] 구성이 [시+숩] 구성에 비해 고빈도로 쓰이기는 하였으나 사용 범위와 결합하는 형태 범위가 축소되는 양상을 보이고 있다고 할 수 있겠다.

한편 변화 지향형인 [시+숩] 구성은 19세기에는 출현 빈도나 결합 유형, 나타나는 문헌의 수에서 [숩+시]와 큰 차이를 보이고 있지만 [시+숩] 구성이 쓰인 문례들은 [숩+시] 구성과는 다른 양상을 보이고 있다. 먼저 19세기 [숩+시] 구성은 언간류에서 관용적 표현이 다수 발견되는 것에 반해 [시+숩] 구성에서는 표현 자체가 형식적으로 굳어진 양상을 보이는 것이 적었다. 또한 [시+숩] 구성에서 나타난 종결어미에서는 [숩+시] 구성에는 없는 '-쇼셔'형이 새로 나타났다. 이는 기존의 통합 순서인 [숩+시] 구성이 결합하는 형태 범위가 축소되어 가는 것과는 다른 모습이며, 한편으로는 [시+숩] 구성이 변화의 지향형임을 잘 보여주는 예라고도 할 수 있다. 하지만 19세기

10) 19세기 [숩+시] 구성의 이형태인 /-옵시-/, /-오시-/가 연결어미인 '-고, -니, -면'과 결합하는 비율은 '-고(전체 158회 중 123회, 77.8%), -니(전체 180회 중 154회, 85.5%), -면(전체 65회 중 60회, 92.3%)'으로 나타났다.

[시+습] 구성에서도 종결어미의 '-쇼셔(66회 중 44회, 66%)'와 연결
어미의 '-니(127회 중 65회, 51.8%)'와 같이 특정 형태에만 높은 빈
도를 보이고 있음은 유념해야할 부분이다. 이 또한 형태 범위가 축
소되는 양상을 보이는 [습+시] 구성과 같은 맥락으로 볼 수도 있기
때문이다. 그러나 이러한 양상을 [습+시] 구성과 비슷하게 해석하기
에는 [시+습] 구성이 전체적으로 출현 빈도와 결합 유형 빈도가 낮
으며 또한 [시+습] 구성이 변화 지향형이라는 점을 감안할 때 무엇
이라 단정 지어 말할 수는 없다. 따라서 이에 대해서는 다음에서 살
펴볼 20세기 초기에 나타나는 [시+습] 구성의 양상을 살펴본 뒤에 다
시 논의하도록 하겠다.

2.2. 20세기 초기 [습+시]와 [시+습]

2.2.1. 20세기 초기 [습+시]와 [시+습]의 어미 유형과
문헌에 따른 빈도

20세기 초기 문헌을 대상으로 한 [습+시]와 [시+습] 구성의 어미
유형에 따른 빈도와 문헌의 유형에 따른 빈도는 다음과 같다.
먼저 20세기 초기 문헌에서 나타난 어미에 따른 [습+시]와 [시+습]
구성의 빈도는 [표 5]와 같다.

[표 5] 20세기 초기 [습+시]와 [시+습] 구성의 어미 유형별 빈도

구성 빈도 어미유형	[습+시]		[시+습]	
	결합 유형	출현 빈도	결합 유형	출현 빈도
종결어미	4	11	4	105
연결어미	13	107	5	18
전성어미	4	52	4	14
합 계	21	170	13	137

20세기 초기 문헌에 나타난 [습+시]와 [시+습] 구성은 위의 [표 5]에 제시된 것처럼 [습+시] 구성이 [시+습] 구성보다 결합 유형이나 출현 빈도에서 더 높게 나타나기는 하지만 그 차이가 매우 근소한 것으로 나타났다.

각 어미 유형별로 살펴보면, 먼저 종결어미에서는 [습+시]와 [시+습] 구성에서 결합 유형은 같지만 출현 빈도에서 있어서 [시+습] 구성이 훨씬 더 많이 나타났다. 이는 [시+습] 구성의 종결어미 중 '-쇼셔(54.2%), -잇가(33.3%)'가 집중적으로 많이 나타났기 때문이다. '-쇼셔'는 19세기부터 [시+습] 구성에만 단독으로 나타나는 종결어미 유형이었는데 20세기 초기에 들어서 출현 빈도가 약간 상승하였다. '-잇가' 역시 19세기 [시+습] 구성의 종결어미 유형 중 출현 빈도가 비교적 높은 유형이었는데 20세기에 들어 출현 빈도가 소폭 상승하였다.

연결어미에서는 [습+시] 구성이 [시+습] 구성에 비해 19세기와 마찬가지로 출현 빈도나 결합 유형에서 더 많이 쓰였다. [습+시] 구성의 연결어미에서는 '-고(38.3%), -샤(27.1%)'가 집중적으로 많이 나타났으며 이 외 '-며, -면, -나' 등의 연결어미가 대부분 비슷한 출현 빈

도를 보였다. [시+습] 구성의 연결어미는 결합 유형에 비해 출현 빈
도가 매우 낮았는데 이 중 '-고'가 전체 출현 빈도에서 50%(18회 중
9회)를 차지했으며 이 외 '-나, -니, -면, -는' 같은 연결어미의 출현
빈도는 거의 비슷했다.

　전성어미에서는 관형사형 전성어미 '-은'이 '-을'보다 [습+시]와
[시+습] 구성 모두에서 더 많이 나타났다. 명사형 전성어미에서는 '-
기'가 '-음' 보다 [습+시]와 [시+습] 구성에서 모두 더 높게 나타났다.
다음으로 문헌 유형에 따른 [습+시]와 [시+습] 구성의 빈도는 [표 6]
과 같다.

[표 6] 20세기 초기 [습+시]와 [시+습] 구성의 문헌별 출현 빈도

문헌 〱 통합 순서	신소설	근대 소설	성경류	번역 소설	통합 유형별 빈도
[습 +시]	139	11	17	3	170
[시 +습]	121	11	5	0	137
문헌별 빈도	260	22	22	3	307

　20세기 초기 문헌에서 나타난 [습+시]와 [시+습] 구성은 성경류를
제외하고는 모두 소설류에 해당했으며 이 중에서도 신소설 자료가
출현빈도와 결합 유형에서 높은 비율을 차지하고 있었다.

　신소설 자료와 근대소설 자료에서는 20세기 초기 [습+시]와 [시+
습] 구성 빈도가 비슷한 비율로 나타났다. 그런데 이 둘은 소설류라
는 같은 부류[11]이기는 하지만 결합 유형이나 출현 빈도에서 큰 차

---

11) 번역 소설은 같은 소설류이기는 하지만 문헌의 특징상 신소설과 근대소설과
　는 다른 부류이므로 여기서는 비교 대상에 넣지 않았다.

이를 보이고 있다. 신소설에서 나타나는 [습+시] 구성의 결합 유형
이 전성어미 3개, 연결어미 13개, 전성어미 4개인데 반해 근대소설
에서는 전성어미 1개, 연결어미 2개, 전성어미 2개('-음,' '-은')로 차
이를 보였다. 출현 빈도 역시 [표 5]에 나타난 것과 같이 신소설 자
료가 압도적으로 많았다. 이와 같이 신소설 자료에서 [습+시]와 [시+
습] 구성이 많이 쓰인 것은 같은 부류인 근대소설과 비교하여 독특
하다고 할 수 있다. 특히나 본고에서 사용한 코퍼스 자료는 근대소
설 자료의 크기가 신소설에 비해 더 크다는 점12)에서 더욱 그러하
다. 이러한 현상은 두 자료가 가지고 있는 문헌적 특성에 따른 것으
로 판단된다. 신소설은 고소설과 비교하여 주로 현실적인 문제를 다
루었으며 배경도 구체적이었다. 또한 문장이 다른 문헌에 비해 비교
적 언문일치에 근접했으며 묘사체 문장이 사용되었다. 하지만 아직
인물의 행위나 사건, 주제 등의 상투성을 벗어나지는 못했다. 이에
반해 근대소설의 경우는 현실에서 나타는 소재를 중심으로 사실적
인 산문체를 사용하였고 다양한 줄거리를 전개하는 특징을 가졌다.
이러한 점을 감안할 때 당시의 언어 표현을 좀 더 사실적으로 나타
내주는 자료는 신소설 자료라기보다는 근대소설 자료라고 할 수 있
다. 이를 기반으로 생각해볼 때 먼저 신소설 자료에서 [습+시] 구성
이 많이 나타나는 것은 자료의 성격에서 설명이 가능하다. 그런데
이러한 점들을 전제한다면 근대소설에서는 [습+시] 구성의 변화 지
향형인 [시+습] 구성이 많이 나타날 것으로 기대된다. 하지만 앞서
언급했듯 근대소설 자료가 신소설 자료보다 더 많음에도 불구하고

---

12) 20세기 초기 자료 중 신소설 자료는 총 476,465어절로 구성되어 있었으며, 근
대소설 자료는 663,453어절로 구성되어 있었다.

[습+시]와 [시+습] 구성 모두 매우 저빈도로 나타났다. 이러한 원인에 대해서는 다음 절에서 19세기와 20세기 초기를 대상으로 비교하면서 살펴보도록 하겠다.

2.2.2. 19세기 이후 20세기 초기 [습+시]와 [시+습] 구성의 사용 빈도 변화

앞서 살펴본 19세기에 나타난 [습+시]와 [시+습] 구성의 유형별 빈도에서 [습+시]가 [시+습] 구성에 비해 더 많이 쓰이고 있음을 확인했다. 하지만 [습+시] 구성을 살펴본 결과 결합하는 형태 범위가 축소되어 생산성을 잃어가고 있었으며 이에 따라 변화 지향형인 [시+습] 구성이 이후의 시기에는 더 많이 쓰일 것이라는 예상을 해볼 수 있었다. 하지만 20세기 초기 문헌을 대상으로 [습+시]와 [시+습] 구성의 빈도를 살펴보았을 때에는 이러한 예상과는 다른 양상을 보였다.

[그림 1] 19세기 이후 20세기 초기 [습+시] 구성의 출현 빈도와 결합 유형

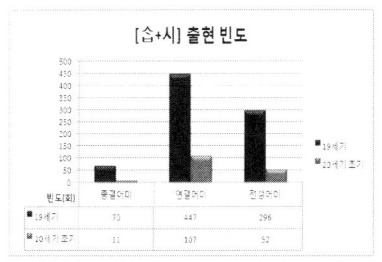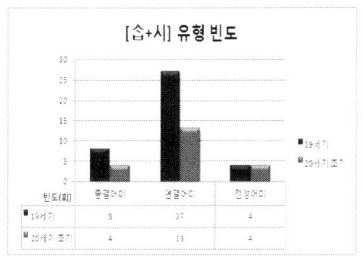

먼저 [그림 1]을 통해 [습+시] 구성의 경우 19세기에 비해 20세기 초기에는 출현 빈도와 결합 유형이 감소했음을 알 수 있다. 물론 기본적으로 19세기 자료의 크기와 20세기 초기 자료의 크기가 차이를

보이기 때문일 수도 있다. 하지만 전체 자료의 크기와 이에 따른 출현 빈도 비율을 살펴보면 자료의 크기와 상관없이 [습+시] 구성의 쓰임이 감소하고 있다는 것을 아래 [표 7]을 통해 확인할 수 있다.

[표 7] [습+시] 구성의 세기별 자료 크기 비율과 어미 유형별 비율

유형	자료 크기	종결어미	연결어미	전성어미
비율	2.53:1	6.36:1	4.17:1	5.67:1

(19세기 : 20세기 초기)

[표 7]은 19세기 자료와 20세기 초기 자료의 전체 크기 비율과 19세기 [습+시] 구성과 20세기 초기 [습+시] 구성의 어미 유형별 출현 빈도 비율을 세기별로 제시한 것이다. [표 7]을 참조하면 '[습+시] > [시+습]'의 변화 과정에서 [습+시] 구성의 쓰임이 20세기 초기를 기점으로 하여 사용 빈도가 크게 감소하고 있음을 알 수 있다. 이러한 결과는 19세기에 나타나는 [습+시] 구성의 특징에서 이미 예상 가능했다. 19세기 [습+시] 구성의 특징에서 언급하였듯이 [습+시] 구성은 관용적인 표현에서 많이 쓰였다는 점과 특정 유형의 연결어미, 특정 유형의 이형태에서만 고빈도로 나타나는 점을 들어 결합하는 형태 범위가 축소되고 있음을 지적했다. 이러한 [습+시] 구성의 결합하는 형태 범위 축소13)는 곧 생산성의 약화와 직결되어 20세기 초기에

---

13) 이러한 형태 범위 축소 양상과 함께 살펴볼만한 것은 [습+시+습] 구성이다.

  ㄱ. 츈싴니 층층흔듸 〃 괴운 안영ㅎ압시온지 우러러 〃 승망ㅎ옵나니다 <계우사, 473>
  ㄴ. 아씨게셔 이번에 힝차히 기십시오면 듸묘막을 새로 즁슈흔지가 얼마 안이 되오니 그 듸에 게압실것이압고 <홍도화 68>

들어 사용 빈도가 급감하게 된 것으로 보인다.

　하지만 20세기 초기에 들어 [습+시] 구성의 사용이 감소하기는 했지만 그렇다고 해서 이에 대한 역반응으로 변화 지향형인 [시+습] 구성의 사용 빈도가 증가한 것은 아니었다.

[그림 2] 19세기 이후 20세기 초기 [시+습] 구성의 출현 빈도와 결합 유형

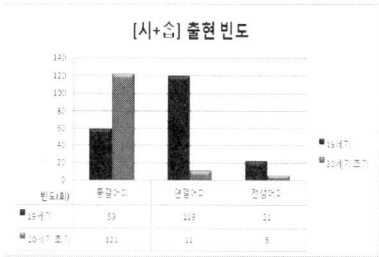 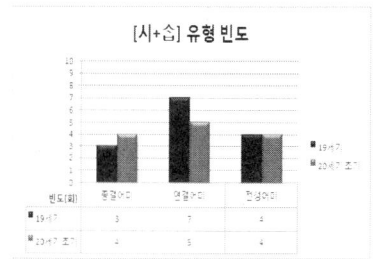

　[그림 2]에 제시된 것처럼 [시+습] 구성은 종결어미를 제외하고는 출현 빈도와 결합 유형이 모두 큰 폭으로 감소하였다. [습+시] 구성에서 보였던 것과 같은 방법으로 상대적 비율을 따져 보았을 때에도 [표 8]에 제시된 것처럼 결과는 달라지지 않는다.

　(ㄱ)은 19세기 자료이고 (ㄴ)은 20세기 초기 자료인데, 여기서 [습+시+습]의 형태가 쓰이고 있음을 확인할 수 있다. 이러한 형태는 매우 극소수의 예가 보이며, '/-ㅂ시-/+{-습-}'의 유형만이 존재한다. 여기서 [습+시+습] 구성에 대해 '{-습시-}+{-습-}'으로 분석한 것은 {-습시-}가 위에서 언급한 형태 범위 축소 과정에서 나타난 하나의 굳어진 형태라고 보기 때문이다. 이는 {-습시-}가 '/-ㅂ시-/'라는 하나의 이형태만을 가지고 있으며, 이러한 형태는 '주체=청자'일 때만 쓰이는 매우 한정적인 분포를 보이는 것에서 더 잘 나타난다. 이는 '주체=청자'인 상황에서 빈번하게 쓰이던 {-습시-}가 19세기에 나타난 형태 범위 축소 과정과 함께 하나의 단위로 인식되어 나타난 유형으로 보인다.

[표 8] [시+습] 구성의 세기별 자료 크기 비율과 어미 유형별 비율

유형	자료 크기	종결어미	연결어미	전성어미
비율	2.53:1	0.48:1	10.8:1	4.2:1

(19세기 : 20세기 초기)

　[시+습] 구성 중 19세기에 비해 20세기 초기에 들어 유일하게 증가를 보인 종결어미의 경우는 '-쇼셔, -잇가' 두 유형이 집중적으로 많이 나타났다. 두 유형은 19세기부터 [시+습] 구성의 종결어미에서 비교적 고빈도로 나타나는데 후대로 오면서 점진적인 증가를 보인 것으로 보인다. 하지만 '-쇼셔, -잇가' 두 유형의 사용 빈도 증가가 [시+습] 구성의 사용이 증가되는 단서로 볼 수는 없을 것 같다. 이 두 종결어미 유형이 모두 신소설 자료에서 고빈도로 나타났기 때문이다. [시+습] 구성에서 나타나는 종결어미 출현 빈도 중 '-쇼셔'의 경우는 80.7%, '-잇가'의 경우는 91.4%가[14] 모두 신소설에서 나타났다. 게다가 근대소설 자료에서 나타난 '-쇼셔'의 경우는 아래의 (4ㄴ)과 (4ㄷ)의 대조를 통해 확인할 수 있듯이 성경류에서 쓰이는 관용적 표현에 해당한다.

(4)　ㄱ. 약이나 잘 쓰고 조리ᄒ시면 차차 회춘ᄒ시리니 아모 념려ᄒ지 말나 ᄒ더이다 어머니 넘우 걱정마시고 **안심ᄒ시옵소셔**
　　　　<셜즁매, 01>

　　ㄴ. 쥬여, 그가 누구신지 밋게 ᄒ야 **주시옵쇼셔** <신약젼셔, 요09, 37>

　　ㄷ. 주여, 그 가엾은 무리가 낙심하지 말게 하여 주시고, 하나토

---

14) 20세기 초기 [시+습] 구성에서 나타나는 종결어미 '-쇼셔'의 출현 빈도 35회 중 32회, '-잇가'의 출현 빈도 57회 중 46회에 대한 백분율 값이다.

버리지 마시고, 다시금 새로운 광명을 받을 기회를 나려 **주
시옵소서**. 하루바삐 나려 주시옵소서! <상록수2, 171>

　20세기 초기 [시+습] 구성에서 나타난 종결어미 '-쇼셔, -잇가'의
분포를 살펴보았을 때 [시+습] 구성이 종결어미에서 사용 빈도가 증
가한 것은 사실이지만 [시+습] 구성의 전제적인 생산성은 오히려 떨
어지는 경향을 보이고 있다고 할 수 있다. 언어 표현을 좀 더 사실
적으로 나타내주는 자료는 신소설 자료라기보다는 근대소설 자료이
기 때문이다. 신소설과 근대소설은 같은 소설류이지만 앞서 20세기
초기 문헌별 빈도에서 언급했던 것처럼 실제 언어생활을 더 잘 반영
하고 있는 것은 근대소설이다. 그런데 근대소설에 비해 비교적 보수
적인 문헌인 신소설에서만 이러한 유형이 고빈도로 나타난다는 것
은 이후의 시기에는 이러한 유형이 점차 나타나지 않을 것이라는 예
상을 가능하게 해준다. 그리고 이는 곧 [시+습] 구성의 종결어미 역
시 연결어미나 전성어미처럼 그 사용 빈도가 줄어들고 있는 과정이
라는 결론을 얻을 수 있게 한다.

　지금까지 19세기 자료와 20세기 초기 자료를 대상으로 [습+시] 구
성과 [시+습] 구성의 결합 유형과 출현 빈도를 살펴보았다. 그 결과
[습+시]와 [시+습] 구성 모두 19세기에 비해 20세기 초기에 사용이
줄어들고 있었으며, 특히 [습+시] 구성의 경우 20세기 초기를 기점
으로 크게 감소를 보이고 있음을 확인했다. 다음에서는 이러한 감소
원인에 대해 살펴보도록 하겠다.

2.2.3. 19세기 이후 20세기 초기에 나타난
'[습+시] > [시+습]'의 변화 양상

19세기 이후 20세기 초기 자료를 살펴본 결과 20세기 초기에 들어서 [습+시] 구성과 [시+습] 구성의 사용 빈도가 모두 줄어들고 있음을 확인하였다. 물론 [습+시] 구성이 [시+습]에 비해 급격하게 감소하고 있는 것은 사실이지만 연역적 과정으로는 사용이 증가했어야할 [시+습] 구성의 사용 빈도 감소 양상은 다소 혼란스럽게 느껴진다. 이 경우 그 원인에 대해 몇 가지를 상정할 수 있을 것이지만 가장 결정적인 원인은 '[습+시] > [시+습]'의 변화에서 또 다른 변화형인 '[시+습] > [X]'가 나타났기 때문인 것으로 판단되며, '[시+습] > [X]' 변화에서 [X]는 주체존대 선어말어미 {-시-}로 생각된다. 그리고 이러한 변화 과정 요인은 '[습+시] > [시+습]' 변화의 원인인 {-습-}의 기능 변화와 {-습-}과 {-시-}가 나타나는 사용 맥락에 의한 것으로 보인다.

19세기 자료와 20세기 초기 자료에서 [습+시] 구성이든 [시+습] 구성이든 가장 높은 빈도를 차지하고 있는 것은 소설류와 수필류이다. 이는 이 문헌들이 주로 대화 상황이 많이 쓰이고 그 안에서 등장인물 간에 존대 관계가 자연스럽게 형성되어 있기 때문이다. 그런데 이러한 상황에서 [습+시] 혹은 [시+습] 구성이 쓰일 때 {-습-}과 {-시-}가 존대하는 대상이 동일한 경우가 많다. 즉, 화자가 주체이면서 동시에 청자인 경우가 많은 것이다. 이때 [습+시] 구성이든 [시+습] 구성이든 동일한 존대 대상에게 {-습-}과 {-시-}를 통해 복수 존대를 수행하게 된다. 물론 동일 대상에게 복수의 존대 표현을 할 경우 존대하는 대상을 더욱 존대하는 효과가 있으며 이는 현대국어에

서도 유효하다. 하지만 19세기 이후 [습+시]나 [시+습] 구성에서는
화자가 극존대 표현보다는 간결한 존대 구조를 지향하게 되었고[15]
그 결과 '[습+시] > [시]'[16] 혹은 '[시+습] > [시]'의 변화가 나타난 것
으로 생각된다. 이러한 변화 과정은 소설 자료에서 확인할 수 있다.

 (5) ㄱ. 모월 모일에 계집 하나히 집에 드러와 언어 여차여차 장황하
    올 거시니 조심하야 친근히 대졉지 <u>마시고</u> 이리이리 하야 피
    화당으로 인도하야 보내옵시면 져와 할 말이 잇나이다 <박
    씨부인젼, 425>
  ㄴ. 박씨 다시 고 왈 험로의 츌입이 어려온 쥴 아옵거니와 념려
    <u>마옵시고</u> 가게 하옵쇼셔 <박씨부인젼, 413>
  ㄷ. 쳔쳡이 존문에 드러온 후 현부인으로 무한ᄒ 고초를 당케ᄒ
    엿습고 …(中略)…당돌ᄒ 말슴이오나 용셔ᄒ야 <u>드르시옵고</u>
    부딕 무궁의복락을 누리시옵소셔 <화중화 12>
  ㄹ. 만일 그어미의 박덕ᄒ으로 그 자식을 무여ᄒ시지 아느시면

---

15) 역사적이고 사회언어학적인 검증이 필요하겠지만 이러한 변화는 당시 급변하
던 사회 체제 변화와 일부분 관련이 있을 것으로 생각된다. 19세기와 20세기
초기는 기존의 단일하고 엄격한 신분 체제에서 보다 다양하고 유연한 신분 체
제로 바뀌어 가는 과도기적인 시기였다. 물론 언어 변화 시기가 사회적인 변
화 시기와 항상 일치하는 것은 아니지만 단일 존재에 대한 복수 존대의 단순
화는 이러한 사회 변화와 관련이 있을 것으로 생각된다. 즉, 이전 시기보다 훨
씬 개방적인 신분 관계에 놓임에 따라 상대방에 대한 존대법을 사용할 때 단
일 존재에 대한 복수 존대를 사용해야할 만큼의 과도한 존대를 해야 하는 상
황이 많이 줄어들었을 것이며 이에 대한 반응으로 '[시+습]>[시]'의 단순화가
진행된 것이 아닌가 생각해 볼 수 있다는 것이다. 물론 이 외에 전체적인 언어
변화 양상에 대해서도 살펴보아야 할 것이며 사회 체제 변화에 따른 영향에
대해서는 보다 많은 검증이 필요할 것이다.
16) [습+시] > [시]의 변화는 [습+시]의 구성 순서를 가졌던 것이 [시]로 변화했다
기보다는 하나의 단위로 인식되어 쓰이던 {-습시-}가 {-시-}로 교체되어 쓰인
것으로 본다. 이는 [습+시] 구성의 형태 사용 범위 축소와 특정 형태의 고빈도
사용, [습+시+습] 구성의 사용 등에서 [습+시] 구성이 {-습시-}라는 하나의 단
위로 인식되어 쓰였음을 확인할 수 있었으며, 기존의 '[습+시] > [시+습]' 구성
의 변화 양상을 살펴보았을 때에도 {-습시-}를 하나의 단위로 설정하여 보는
것이 원활한 설명력을 가질 것으로 판단된다. 여기서는 기술의 편의를 위해
일단 '[습+시] > [시]'로 표기하겠다.

첩이 디하에 드러가도 결초보은 ᄒᆞᆯ깃사오니 이 말ᄉᆞᆷ을 거두
어 드르시고 부ᄃᆡ부ᄃᆡ 만수무강ᄒᆞᆸ소셔 <화중화 12>

(5)는 19세기 고소설 자료와 20세기 초기 신소설 자료이다. 먼저
(5ㄱ, ㄴ)은 19세기 고소설 자료인『박씨부인젼』의 일부이다. 부인이
승상인 남편과 둘이 있을 때 말을 전하는 상황으로 동일한 화자가
'주체=청자'인 대상에게 동일한 동사와 연결어미를 사용한 예를 제
시한 것이다. 이 예에서는 모든 조건이 같음에도 불구하고 (5ㄴ)에
서는 [숩+시] 구성이 나타나고 (5ㄱ)에서는 [시]가 나타남을 확인할
수 있다. 이와 같은 예는 20세기 초기 자료에서도 나타난다. (5ㄷ,
ㄹ)은 신소설 중 하나인『화중화』의 일부이다. (5ㄷ)은 원래 기생이
었다가 '김해붕'이란 사람의 첩이 된 '초월'이라는 인물이 김해붕의
본처인 '옥씨'와 둘이서 이야기하고 있는 상황이다. (5ㄹ)은 '초월'이
자신의 남편인 '김해붕'과 이야기하는 상황이다. (5ㄷ)과 (5ㄹ)은 '주
체=청자'인 상황에서 동일한 화자가 존대해야할 대상에게 동일한
동사와 연결어미를 사용한 예인데 여기서도 역시 (5ㄷ)은 [시+숩]
구성이 쓰였고 (5ㄹ)에서는 [시] 구성이 쓰였음을 알 수 있다. 이러
한 예들을 살펴볼 때 '[숩+시] > [시+숩] > [시]'17)의 변화는 최소 19
세기부터 나타났으며, [숩+시]와 [시+숩] 구성의 빈도가 감소하기 시
작하는 20세기 초기에 이르러서는 '[시+숩] > [시]'의 변화 역시 급
진적으로 나타났을 것으로 보인다. 그 근거로 사용 빈도가 증가할

---

17) '[숩+시] > [시+숩] > [시]'의 변화는 {-숩-}과 {-시-}의 통합에 있어서 단계적인
변화 순서를 제시한 것이지 꼭 이러한 순서를 거쳤다는 것은 아니다. 이는 (5
ㄱ, ㄴ)의 비교에서 [숩+시] 구성이 [시]로 쓰인 것은 '[숩+시] > [시]'의 변화가
아니라 하나의 단위로 인식되던 {-숩시-}가 {-시-}로 교체되어 쓰인 것이라는
설명과 맥을 같이 한다.

것으로 예상되었던 [시+습] 구성의 빈도가 19세기보다 20세기 초기에 더 낮게 나타났으며, 문헌에 있어서도 [습+시]나 [시+습] 구성이 신소설 자료에서 대부분 나타나고 근대소설 자료에서는 나타나지 않았던 것을 들 수 있다. 즉, 근대소설 자료에서는 이미 '[시+습] > [시]'의 변화가 원만하게 이루어져 상대적으로 [시+습] 구성이 나타나지 않게 된 것이다. 물론 이러한 변화는 {-습-}과 {-시-}가 존대하는 대상이 '주체=청자'인 상황에서 적극적으로 나타났을 것이다. 이러한 '[시+습] > [시]'의 변화는 성경류에서도 확인할 수 있다.

(6) ㄱ. 오늘날 우리의게 일용홀 량식 주옵시고 <신약전셔, 마06, 12>
ㄴ. 오늘 우리에게 일용할 양식을 주시옵고 <개역 개정 성경, 마태복음 06>
ㄷ. 오늘 우리에게 꼭 필요한 양식을 내려주시고 <우리말 성경, 마태복음 06>

(6)은 성경에 나오는 동일한 문장을 시기별 문헌에 따라 제시한 것이다. (6ㄱ)은 19세기 자료, (6ㄴ)은 20세기 자료, (6ㄷ)은 21세기 초기 자료인데 동일한 표현에 대해 각 세기별로 '[습+시] > [시+습] > [시]'의 과정을 잘 보여주고 있다.

정리해보면, 19세기 이후 20세기 초기 자료를 대상으로 '[습+시] > [시+습]'의 변화 과정을 살펴본 결과 19세기까지 [습+시] 구성이 변화 지향형인 [시+습]에 비해 결합 유형 및 출현 빈도에서 압도적인 우세를 보였으나, 20세기 초기에 들어 [습+시] 구성의 사용이 급격히 줄어든 것을 확인하였다. 하지만 [습+시] 구성의 사용 빈도 급락이 변화 지향형인 [시+습] 구성의 사용 빈도 상승을 불러오지는 않았으며 오히려 [시+습] 구성도 감소하는 양상을 보였다. 이는 최소 19세기부터 진행된 것으로 보이는 '[시+습] > [시]'라는 또 다른 변화 과정 때문이었다. 이러한 변화는 청자와 주체가 동일한 상황에서 {-습-}과 {-시-}가 존대하는 대상이 같기 때문에 이에 대한 존대법의 간결화 과정에서 나타난 변화인 것으로 보인다. 물론 {-습-}과 {-시-}가 모두 쓰인 [습+시] 혹은 [시+습] 구성은 존대 대상에 대한 극존칭이 될 수는 있다. 하지만 이러한 극존칭은 점차적으로 '화자-존대 대상'의 관계가 특수한 경우에만 사용된 것으로 보이며, 보다 단순한 구조이면서 존대 대상에 대한 존대법 기능은 동일하게 수행하는 구조인 '[시]' 구성이 쓰이게 된 것으로 보인다. 이때 {-습-}과 {-시-} 중 {-습-}이 생략되는 것은 선행 연구에서 이미 언급되었듯 {-시-}가 주체를 높이는데 반해 {-습-}은 청자를 높이는 요소이므로 더 직접적 요소인 {-시-}가 남고 {-습-}이 생략된 것으로 보인다.

3. 마무리

본고에서는 19세기 이후 20세기 초기 자료를 대상으로 하여 '[습+시] > [시+습]'의 통합 순서의 변화 양상에 대해 빈도를 기반으로 살펴보았다.

그 결과 19세기에는 기존 통합 순서인 [습+시] 구성이 어미 유형에 따른 출현 빈도, 결합 유형에서 [시+습]에 비해 압도적으로 많이 쓰이고 있음을 확인했다. 즉 '[습+시] > [시+습]' 변화가 19세기 이전부터 나타나기는 했으나 19세기까지도 기존 통합 순서인 [습+시] 구성이 주로 쓰였다는 것이다. 이러한 통합 순서의 사용 변화는 20세기 초기에 오면서 나타났는데 [습+시] 구성이 19세기에 비해 20세기 초기로 오면서 사용 빈도가 급감하는 데서 확인할 수 있었다. 하지만 이러한 변화가 변화 지향형인 [시+습] 구성의 사용 빈도 증가를 유발한 것은 아니었다. '[습+시] > [시+습]'의 변화에서 그치지 않고 '[시+습] > [시]'로 다시 한 번 변화했기 때문이었다. 이러한 변화는 주체와 청자가 동일한 상황에서 [습+시] 혹은 [시+습] 구성이 쓰일 경우 {-습-}과 {-시-}가 존대하는 대상이 같아 복수 존대를 하게 되는데 이에 대한 존대법의 간소화 과정으로 보다 직접적인 존대 요소인 {-시-}만 쓰인 것으로 보인다. '[시+습] > [시]'의 변화는 적어도 19세기부터 나타난 것으로 보이며 20세기 초기에 들어 그 사용이 증가된 것으로 보인다. 이는 20세기 초기에 들어 [습+시] 구성이든 [시+습] 구성이든 그 사용 빈도가 줄어든 것에서 확인 가능하다.

　하지만 본고에서는 '[습+시] > [시+습] > [시]'의 변화에 있어 20세기 초기 이후의 현대국어에서의 쓰임에 대해서는 자세히 살펴보지 못했다. 또한 19세기 이후 20세기 초기에 나타난 '[습+시+습]' 구성이나 혹은 '[시+습]'에서 나타나는 융합형인 /ㅂ시/, /십/ 등에 대하여 면밀히 관찰하지 못했다. 특히 19세기 이후 20세기 초기에 /ㅂ시/나 /십/ 같은 융합형은 {-습-}과 {-시-}가 하나의 단위로 문법화한 것으로 보이는데 19세기 이후 어떻게 진행되었는지, 현대국어에서는 어떠한 유형으로 남아있는지 살펴볼 가치가 있다고 생각된다. 이러한 문제를 포함에 본고에서 살펴보지 못한 {-습-}과 {-시-}의 통합 순서에 관한 문제에 대해 이후의 연구에서 진행되기를 기대해 본다.

▌참고문헌▌

고영근. 1989. 「국어 형태론 연구」 서울: 서울대학교 출판부.

김유범. 1998. "근대국어 선어말어미." 「근대국어문법의 이해」 서울: 박이정.

김현주. 2006a. "후기 근대국어의 존대법." 「후기근대국어문법의 이해」(홍종선 편) 서울: 박이정.

김현주. 2006b. "후기 중세국어 {-습-}의 기능: 존대되는 존재의 파악을 중심으로." 「한국어학」(한국어학회) 31.

김현주. 2007. "전기 근대국어 {-습-}의 이형태 분포와 빈도효과의 상관관계에 대하여." 「한국어학」(한국어학회) 35.

김형규. 1947. "경어법의 연구." 「한글」(한글학회) 102.

박양규. 1993. "존대와 겸양." 「국어사자료와 국어학의 연구」 서울: 문학과지성.

박부자. 2005. "선어말어미 {-습-} 통합 순서의 변화에 대하여." 「국어학」(국어학회) 46.

박부자. 2006. "한국어 선어말어미 통합 순서의 역사적 변화에 대한 연구." 한국학중앙연구원 박사학위논문.

서정목. 1988. "한국어 청자 대우 등급의 형태론적 해석(Ⅰ)." 「국어학」(국어학회) 17.

서정목. 1990. "한국어 청자 대우 등급의 형태론적 해석(Ⅱ)." 「강신항 선생 회갑기념 논문집」 서울: 태학사.

서정수. 1984. 「존대법의 연구」 서울: 한신문화사.

서태룡. 1988. 「국어 활용어미의 형태와 의미」 서울: 탑출판사.

성기철. 1985. 「현대국어 대우법 연구」 서울: 개문사.

안명철. 1998. "국어의 선어말어미 및 보조동사의 비례순과 발화의 의미구조와의 관계." 「인문과학연구」(대구대학교 인문과학연구소) 6.

안병희. 1961. "주체겸양법의 접미사 -습에 대하여." 「진단학보」(진단학회) 22.

안병희. 1982. "중세국어의 겸양법에 대한 반성." 「국어학」(국어학회) 11.

양영희. 2000. "15세기 국어의 존대체계연구: 「불경언해」를 중심으로." 전남대 박사학위논문.

유동석. 1991. "중세국어 객체 높임법에 대한 통사론적 접근." 「국어학의 새로운 인식과 전개」 서울: 민음사.

이숭녕. 1962. "겸양법 연구." 「아세아연구」(고려대학교 아세아문제연구소) 10.

이숭녕. 1964. "경어법 연구." 「진단학보」(진단학회) 25.

이익섭. 1974. "국어 경어법의 체계화 문제." 「국어학」(국어학회) 2.

이승욱. 1973. 「국어 문법체계의 사적 고찰」 서울: 일조각.

이현규. 1985. "객체존대 {-습-}의 변화." 「배달말」(배달말학회) 10.

이효상. 1993. "담화·화용론적 언어분석과 국어연구의 새 방향." 「주시경학보」(주시경연구소) 11.

전재관. 1958. "습 따위 경어사의 산고." 「경북대논문집」(경북대학교) 2.

정길남. 2004. "개화기 교과서의 존대법 연구." 「동악어문논집」(한국어문학연구학회) 42.

최기호. 1981. "17세기 국어 {-습-}의 통사기능." 「말」(연세대학교 한국어학당) 6.

최동주. 1995a. "국어 시상체계의 통시적 변화에 관한 연구." 서울대 박사학위 논문.

최동주. 1995b. "국어 선어말어미 배열순서의 역사적 변화." 「언어학」(한국언어학회) 17.

허 웅. 1961. "서기 15세기 국어의 존대법과 그 변천." 「한글」(한글학회) 128.

허 웅. 1962. "존대법의 문제를 다시 논함." 「한글」(한글학회) 130.

허 웅. 1963. "또 다시 존대법의 문제를 다시 논함." 「한글」(한글학회) 131.

Bybee. J. L. 1985. Morphology : A study do the Relation between Meaning and Form.. Amsterdam : John Benjamins Publishing Company.[이성하·구정형 옮김(2003). 형태론-의미-형태의 관계에 대한 연구. 한신문화사]

■ 저자약력 ■

홍종선 고려대학교 문과대학 국어국문학과 교수

곽숙영 나사렛대학교 언어치료학과 강사

권용문 고려대학교 문과대학 국어국문학과 대학원

문혜심 선문대학교 강사

이은희 고려대학교 문과대학 국어국문학과 대학원

하영우 고려대학교 민족문화연구원 음성언어정보연구실 연구원

국어 문법의 탐구 2

국어 높임법 표현의 발달

초판인쇄 2009년 8월 20일
초판발행 2009년 9월 1일

저자 홍종선 · 곽숙영 · 권용문 · 문혜심 · 이은희 · 하영우

발 행 인 윤석원
발 행 처 도서출판 박문사
책임편집 김진화
등록번호 제2009-11호

우편주소 서울시 도봉구 창동 624-1 현대홈시티 102-1206
대표전화 (02) 992 / 3253
팩시밀리 (02) 991 / 1285
전자우편 bakmunsa@hanmail.net

ⓒ 홍종선 · 곽숙영 · 권용문 · 문혜심 · 이은희 · 하영우 2009 All rights reserved. Printed in KOREA

ISBN 978-89-962895-8-6   94810   **정가** 13,000원
ISBN 978-89-962895-6   (전3권)

 * 이 책의 내용을 사전 허가없이 전재하거나 복제할 경우 법적인 제재를 받게 됨을 알려드립니다.
** 잘못된 책은 구입하신 서점이나 본사에서 교환해 드립니다.